카피캣 식당

카피캣 식당

지은이 범유진
펴낸이 임상진
펴낸곳 (주)넥서스

초판1쇄 발행 2023년 1월 10일
초판4쇄 발행 2023년 12월 20일

출판신고 1992년 4월 3일 제311-2002-2호
10880 경기도 파주시 지목로 5
Tel (02)330-5500 Fax (02)330-5555

ISBN 979-11-6683-434-9 03810

www.nexusbook.com
&(앤드)는 (주)넥서스의 문학 브랜드입니다.

카피캣 식당

범유진
장편소설

인생을 훔쳐드립니다

&

차례

· 대사 중 표준어와 실사용에 차이가 있는 경우 실사용을 우선시한 부분이
  있습니다.

거짓말쟁이의 초코파이

다른 사람의 인생을 훔칠 수 있다고?

　바짝 다가왔던 상대의 얼굴이 멀어졌다. 카운터 너머에 선
사람의 반달처럼 휜 눈꼬리를 보며, 정현아는 갈증을 느꼈
다. 머리 꼭대기까지 올라왔던 알코올 기운이 증발하면서 정
신이 또렷해졌다. 그만큼 갈증은 더 심해졌다. 정현아는 지
극히 현실적인 사람이었다. 어린 시절에는 부엉이가 초대장
을 가지고 날아오길 꿈꾸는 친구들을 이해하지 못했고 어른
이 된 후에는 멜로드라마 같은 사랑을 꿈꾸는 친구를 이해하
지 못했다. 스물다섯 살이 될 때까지 복권도 한 번 사 본 적이
없는데, 어차피 안 될 것에 오천 원을 쓰기 아까워서였다.

　그런 정현아가, 처음 만난 사람의 말에 흔들리고 있다.

　'너무 오랜만에 사람하고 말을 해서 그래. 아니다. 이 가

　　　　　　　　　　　　　　　　　카피캣 식당

게 조명, 조명이 특이해서 그런 것도 같아. 조명 탓도 아니면 저 사람 탓이야. 왜지? 왜 저렇게까지 나와 똑같이 생긴 거냐고. 대체 뭐지, 이 식당. 여우에 홀린 것만 같아.'

탁. 정현아 앞에 기다란 샴페인 잔이 놓였다.

"웰컴 푸드야. 이걸 먹으면, 계약이 시작되는 거지."

3분의 2쯤 채워진 황금빛 샴페인 위에 올라가 있는 구름 같이 몽실한 분홍색 솜사탕. 사진 속 여자의 머리카락도 분홍색이었다. 샴페인 잔에 밤새 읽은 기사의 글자들이 너울거렸다. 정현아를 새벽 6시에 집 밖으로 나서게 한 기사. 그 기사를 떠올리자 갈증이 더욱 심해졌다. 정현아는 샴페인 잔을 꽉 움켜잡았다. 인정하고 싶지 않지만, 인정할 수밖에 없다. 정현아가 상대의 말에 흔들리는 이유.

최애인 유일우의 열애설이다.

정현아의 하루는 지극히 규칙적이다. 방구석 폐인이긴 하지만 규칙적인 건 사실이다. 하루의 시작은 오후 1시쯤에 일어나 방문을 빠끔히 열고 밖을 살피는 것이다. 식구들 중 누구와도 마주치지 않고 씻은 뒤, 먹을 것을 챙겨 방으로 돌아오는 것이 하루 중 최초이자 최대의 미션이다. 미션에 실패

하면 빨리 취직하라는 날카로운 시선을 온몸으로 받아 내야 한다. 처음부터 그랬던 건 아니다. 회사를 그만둔 직후에는 부모님도 오빠도 첫 직장이니 그럴 수 있다고 다독여 주었다. 그러나 정현아가 재취업을 하지 않고 방에서 지내는 기간이 길어지자 분위기는 바뀌었다. 가족 모두가 잔소리와 술에 취한 푸념, 한숨과 눈빛으로 정현아의 무직 상태를 비난했다. 정현아는 취직을 하는 대신에 되도록 그들과 마주치지 않는 쪽을 택했다. 냉장고를 열면 엄마가 준비해 놓고 나간 정현아 몫의 식사와 간식이 있었고, 그것은 정현아에게 '아직은 괜찮다'라는 신호였다.

먹을거리를 챙겨 방으로 돌아와 컴퓨터를 켜면 그때부터는 안락한 블랙홀의 세계다. 모니터 한쪽에 SNS 창을 띄워 놓은 채 드라마를 보다가, 유튜브를 보다가, SNS를 새로고침 해 올라온 글에 '좋아요'를 찍고 사진을 저장하고 다시 영상을 본다. 주로 검색하는 건 아이돌 그룹 'N2R'에 관한 것이다. 덕질 1년 차. 최애는 서브보컬인 유일우. 덕질은 정현아의 일상을 지탱해 주는 유일한 삶의 낙이다. 정현아는 첫사랑에 빠진 듯 유일우의 사진과 움짤을 모았고, 유일우에 대한 모든 기사를 찾아봤으며, 방청을 다녀온 팬들이 올려 준 직캠을 초 단위로 쪼개어 봤다. 팬 커뮤니티에 로그인해 유일우에 대한 사랑을 고백하는 글을 쓰고, 다른 사람들이 쓴

카피캣 식당

글에 댓글을 달았다. 그러고는 자신의 글에 달린 댓글을 확인하고, 또 댓글을 달았다. 정현아는 특히 팬 커뮤니티 활동에 시간을 많이 썼다. 유일우를 좋아한다는 공통점으로 꽁꽁 묶인 실타래에서 흘러나온 끈이 정현아의 팔다리를 휘감았다. 그 소속감은 튼튼한 우주선 같아서, 정현아는 블랙홀 안을 안락하게 돌아다닐 수 있었다. 그럼 골치 아픈 일은 모두 사라지고 온전한 행복감에 뇌가 흠뻑 젖어 들어갔다.

그러나 블랙홀은 가끔 정현아를 튕겨 냈다. 유튜브 중간에 끼어 있는 화장품 광고, SNS 게시물에 불쑥 섞여 들어오는 엔터테인먼트 회사의 채용 공고 같은 게 뜰 때다. 알고리즘은 연예인 유일우와 연결된 카테고리로 '연예인 메이크업 따라 하기' 같은 영상을 추천했고, 그때마다 정현아는 현실로 돌아왔다. 정현아는 손톱 끝을 잘근잘근 씹으며 그 영상을 보고, 고작 1년이 지났을 뿐인데 메이크업 트렌드가 빠르게 바뀌고 있음을 확인하고, 피를 볼 기세로 손톱을 씹으며 구직 사이트에 접속했다. 직종에 '메이크업'을 입력하고 주르륵 떠오른 길고 긴 목록을 봤다. 정현아도 익히 이름을 아는 메이크업 숍의 구인 공고가 올라와 있을 때면 '지원' 버튼에 마우스 커서를 댄 채 한참이나 망설였다. 알고 있다. 검지에 힘을 주어 커서를 누르기만 하면 다음은 자신의 의지와는 상관없이 흘러갈 것이다.

첫 직장을 구했을 때도 그랬다. 지원한 뒤 연락이 왔고 면접을 보고 합격 통지를 받고 이틀 만에 출근을 했다. 연예인들의 단골 숍으로 미디어에 자주 소개되는, 제법 유명한 곳이었다. 실장은 정현아에게 자신의 손님 세 명을 넘겨주었다. 좋은 사람이구나, 라고 생각했다. 어느 날 밤 퇴근 후, 실장이 정현아를 뒤쫓아 오기 전까지만 해도 그랬다. 실장의 스토킹은 열흘 넘게 계속되었다. 처음에는 우연히 가는 방향이 같구나 여겼지만 편의점에 들렀던 날, 편의점 밖에서 안을 빤히 들여다보는 실장의 모습에 공포가 몰려왔다. 편의점 사건 다음 날, 정현아는 굳게 마음을 먹고 뒤따라오는 실장에게 대체 무슨 용무냐고 물었다. 실장은 정현아에게 하룻밤 같이 자자고 말했고 정현아는 필사적으로 뛰어 도망쳤다. 다음 날부터 동료들 중 누구도 정현아에게 밥 먹고 하라는 말을 하지 않게 되었다. 실장은 정현아가 손님을 대하고 있으면 혀를 차고 자신이 그 손님을 맡았다. 거긴 그렇게 하면 안 되지, 같은 말도 없었다. 정말로 끔찍해서 못 견디겠다는 듯 팔꿈치로 정현아를 손님 앞에서 밀어냈을 뿐이다. 그 모습을 보며 가게 사람들은 웃었다. 실장님 꼬셔서 손님 얻은 거잖아. 꽃뱀. 스토킹 당했다고 거짓말하고 다니더라. 실장이 뭐가 부족해서 저런 애를? 동료들의 수군거림이 정현아에게로 날아들었다. 보통 막내가 떠맡는 잡일조차 돌아오지 않아 가게 한구석에 덩그마니 혼자 앉아 시간을 보내는 날들이 이어졌다. 그때마다 정현아는 자신이 거대한 폐기물 덩어리가 된 것만 같았다.

흘러가면. 흘러가서 취직이 되면, 또다시.

방 안에 틀어박힌 이들을 인터넷에서는 '방구석 폐인' 혹은 '방구석 쓰레기'라고 칭했다. 괴롭힘을 견디다 못해 첫 직장을 그만두고 1년째 방에서만 지내는 정현아는 명실상부 '방구석 쓰레기'였다. '지원' 버튼을 누르지 못할 때마다 사람들 앞에서 쓰레기 취급을 받느니 방에서 조용히 썩어 가는 게 낫다고 애써 자기 합리화를 했지만, 그런 날은 무엇을 해도 도저히 블랙홀 안으로 다시 들어갈 수가 없었다.

그럴 때엔 술이 필요하다. 후드티를 뒤집어쓰고 집 앞 편의점에 가는 유일한 이유는 오직 술이다. 식구들이 퇴근해 돌아오는 7시 이전에 술을 사 와서는 자정이 될 때까지 일단 잔다. 혹시라도 식구들이 깨어 있을 때 술을 마셨다가 화장실에 가고 싶어지면 곤란하다. 그러고는 자정에 일어나 사둔 술을 마시며 다시 인터넷을 한다. 알코올의 힘으로 블랙홀의 문은 다시 열리고, 아침 7시가 되어 앉은 채 잠들 때까지 정현아는 다시 행복해질 수 있다.

그러나 그날. 여우에 홀린 건가 고뇌하기 12시간 전.

블랙홀 안에서의 행복이 붕괴되었다. 붕괴의 시작은 SNS 였다. 새로고침을 하자 피드에 글이 폭주하고 있었다. 무슨 일인가 싶어 허리를 곧추세워 앉았다. '연애설 진짜임?' '유일 우 미친 거 아냐? 데뷔 4년차인데 벌써 스캔들이라고?' '만나 려면 좀 급 있는 애를 만나던가. 쪽팔림' 정현아는 떨리는 손 으로 검색을 시작했다. 검색하고 또 검색했다. N2R의 소속 사가 열애설 인정 보도를 낸 뒤에도 검색은 멈추지 않았다. 평소에는 민감하게 들려오던 식구들의 현관문 여는 소리에 도 신경이 미치지 않았고, 저녁 7시면 습관처럼 몰려오던 잠 도 오지 않았다. 정현아는 날이 새도록 유일우의 열애설 기 사를 보고 또 봤다. 기사 속 유일우는 한 여자의 허리를 다정 하게 감싸 안고 있었다.

'왜? 왜 하필 쟤야?'

엄지 끝에서 피 맛이 느껴진 순간, 정현아는 집을 뛰쳐나 왔다. 새벽 6시. 술이 필요했다. 식구들 중 누군가 깨어 있으 면 마주칠 수도 있다는 염려를 뛰어넘은 욕구였다. 술을 마 시면 유일우의 열애설은 없었던 일이 되고 블랙홀은 다시 행 복의 공간으로 바뀔 것만 같았다. 늘 가던 편의점으로 달려 가 맥주 여섯 캔과 소주 두 병을 샀다. 봉툿값 백 원인데 필요 하세요, 라는 말에 고개를 가로젓고 언제나 그랬듯 후드티에 달린 모자에 맥주를 넣었다. 뻐근한 무게감에 목을 뒤로 젖히며 편의점 문을 밀고 나오는데, 벚꽃 잎 한 장이 나풀나풀 춤추듯 떨어져 정현아의 이마에 내려앉았다.

봄이다. 돌고 돌아 다시 봄이다. 1년 전에 회사를 그만둘 때도 봄이었다. 그때는 다시 봄이 오면, 무언가 달라져 있을 거라 믿었다. 그렇게 믿기를 그만둔 건 언제였을까.

'……그래도 봄은 죄가 없지.'

정현아는 이마에 붙은 벚꽃 잎을 떼어 내 주머니에 넣었다. 문득 편의점 맞은편에 위치한 가게의 간판이 눈에 들어왔다. 김밥지옥. 검은 바탕에 붉은 글씨로 쓰인 가게명은 술에 대한 욕구를 걷어 낼 정도로 강렬했다.

'저기에 저런 가게가 있었나?'

술에 취하면 집은 못 찾아가도 편의점은 찾아갈 수 있을 정도로 수없이 드나든 골목이었다. 저런 간판을 봤으면 기억을 못 할 리가 없다. 정현아는 길을 건너 가게 앞에 섰다. 가까이서 보니 유리벽 한가운데 새끼손톱만 한 크기의 글씨가 적혀 있었다.

카피캣 식당 OPEN TIME 666

'가게 이름이 김밥지옥이야, 카피캣 식당이야? 문 여는 시간도 이상해.'

가게 안쪽을 기웃거려 보았지만 불투명한 막으로 코팅된 유리창에 비치는 건 희끄무레한 자신의 실루엣뿐이었다. 보이지 않으면 포기하고 뒤돌아서면 될 일이다. 그러나 좀처럼 가게 앞을 떠날 수가 없었다. 외벽이 검은 대리석으로 뒤덮인 가게가 사각형의 까만 선물 상자인 것만 같았다. 까맣게 가려진 저 안에 원하는 무언가가 있을 것만 같은 예감. 정현아가 무언가에 사로잡힌 듯 유리창에 딱 달라붙어 있는데 스르륵 가게 문이 열렸다.

"손님이군. 들어와."

열린 문틈으로 새어 나온 목소리가 정현아를 휘감았다. 찐득하게 녹은 달콤한 바닐라 아이스크림 같은 목소리였다. 정현아는 반쯤 열린 문틈 사이를 바라보다, 엄지손톱을 잘근 깨물고는 가게 안으로 걸음을 옮겼다. 지금 집에 들어가면 식구들과 마주칠 수도 있고, 후드에 담아 놓은 맥주도 무겁고 그리고…… 가게 안으로 들어가서는 안 될 이유는 전혀 떠오르지 않고, 들어가야 할 이유만 계속해서 떠올랐다.

가게 안으로 한 발 들어서자, 천장과 벽면 전체를 감싼 오로라 빛 조명이 정현아의 옷에 스며들었다. 조명은 가게 중앙에 설치된 책장 안쪽에서 새어 나오고 있었다. 천장에서 아래로 뻗은 스프링 모양의 회전형 책장이었다. 한쪽 벽면을 따라 길게 설치되어 있는 바 테이블 앞쪽으로 스툴 두 개가 놓여 있고, 뒤로는 오픈형 주방이 펼쳐져 있었다. 전문가용 오븐부터 중화요리점에서 쓰는 철판까지, 요리를 하는 사람이라면 놀이공원이라 여길 법한, 그런 주방이었다.

"편하게 앉아."

정현아는 바 테이블 너머에 서 있는 사람을 보고 흠칫 놀랐다.

'나랑 얼굴이 똑같아.'

거울을 보고 있는 게 아닌가 싶을 정도였다. 정현아는 한 발자국 뒷걸음질 쳤지만, 곧 주춤주춤 바 테이블 쪽으로 다가가 앉았다.

'닮은 건 얼굴뿐이구나.'

테이블 너머 사람은 여자인지 남자인지 모를 독특한 분위기를 풍기고 있었다. 어디에 있어도, 무슨 일이 있어도 고개를 숙이지 않고 꼿꼿하게 서 있을 것 같은 당당함이 온몸에 흘러넘쳤다.

'저렇게 되고 싶었는데.'

정현아는 후드에서 맥주를 꺼내 바 테이블 위에 늘어놓았다. 잊고 있던 술에 대한 욕구가 치솟아 올랐다. 맥주 한 캔을 땄다. 마시고, 또 마셨다. 맹수처럼 맹렬하게 세 캔을 해치우고 나니 술기운이 올랐다. 귓가에 달콤한 목소리가 휘감아 왔다.

"훔치고 싶은 인생이 있지? 내가 이뤄 줄 수 있어."

있었다. 그 순간, 아주 절실하게 훔치고 싶은 인생이.

∽

"왜 하필 현아인 거냐고. 내 최애의 연애? 싫지. 싫어도 난 스물다섯 살이야. 연예인들 연애 안 한다 해도 뒤에서는 지들끼리 사귀는 거 안다고. 근데 왜 하필 현아야? 그 머리 텅 텅 빈 애를. 현아 진짜 극혐이라고."

"그렇게 싫은 상대의 인생을 빼앗고 싶다니. 특이하네."

말문이 턱 막혔다. 정현아는 마지막 남은 맥주 캔을 따 들이마셨다. 편의점에서 샀던 맥주 여섯 캔은 이로써 끝이다.

"지금 홍본다고 꼽 주는 거야? 어차피 진짜 걔 인생을 빼앗을 수 있는 것도 아닌데 이 정도는 괜찮잖아. 내가 뭐, 악플을 단 것도 아니고."

거짓말이다. 달았다, 악플. 정현아가 현아를 상대로 단 악플을 한곳에 모으면 A4 용지 여섯 장쯤은 될 거다.

"이름은 왜 하필 현아야. 나는 정현아. 걔는 현아. 활동명이 현아고, 본명은 아예 나랑 똑같아. 정현아. 같은 이름, 다른 인생……. 근데 그쪽은 이름이 뭐야?"

"로키라고 불러. 본명은 좀 더 긴데, 그냥 줄여서 로키."

"로키? 마블 영화에 나오는 그 로키? 이름 특이하다. 외국인이야?"

"로키가 자기를 악마와 비교하는 걸 좋아할지 모르겠군. 그 신은 자존심이 세거든."

"악마? 진짜 컨셉 확실하다. 알았어. 악마라고 믿을게. 자. 빨리 나와 현아의 인생을 바꿔 줘."

현아. 정현아가 훔치고 싶은 인생의 주인공이다.

정현아는 현아가 싫다. 정현아. 현아. 이름도 같고 나이도 같다. 처음 현아가 걸 그룹으로 데뷔했을 때부터 싫어했던 건 아니다. 나와 이름이 똑같은 연예인이 있네 싶어 신기했다. 그때 정현아는 현아가 잘되기를 바랐다. 이름이 똑같은 현아가 잘되면, 자신의 취직도 잘 풀릴 것만 같았다. 정현아가 메이크업 스쿨에서 3급 자격증을 따기 위한 연습에 몰두하던 때였다. 그 뒤 정현아는 자격증을 땄고, 간간히 나오던 현아의 그룹은 어느 순간 자취를 감췄다. 이른바 '망돌'이 된 거였다.

취업을 하고 1, 2년간 업무와 따돌림에 시달리면서 정현아는 현아를 잊었다. 그때 절실했던 건 같은 이름 따위로 이어진 희미한 끈이 아닌, 절대적인 내 편이었다. 누구든 한 명만 나를 향해 웃어 주었으면. 사직서를 제출하던 날 바란 것은 오직 그뿐이었다. 그러나 회사에서 집까지 돌아오는 동안 정현아에게 웃어 준 것은 전철 안 광고판에 붙은 포스터 속 유일우뿐이었다. 앉은 자리 맞은편에 붙은 포스터를 계속해서 바라본 덕분에 눈물을 참을 수 있었던 정현아는, 집에 돌아와 그 광고를 검색했다. 그러다 유일우의 팬 커뮤니티에 가입했다. 커뮤니티에 모인 수많은 익명의 사람들은 정현아가 유일우를 좋아한다는 이유만으로 친절하게 대해 주었다. 무엇 하나 붙잡을 것 없던 허허벌판에 갑자기 수백 개의 끈이 내려온 기분이었다. 정현아는 점점 더 유일우에게 빠져들었다. 정확히는 유일우와 연결된 끈들을 사랑했으나, 유일우 그 자체를 사랑하는 것이라 스스로에게 최면을 걸었다.

유일우의 자료를 모으다 보니 자연스럽게 다른 연예인들에 대해서도 알게 되었다. 현아가 속했던 그룹이 해체된 것도 알았고 현아가 푼수 캐릭터로 인기를 끌어 예능 이곳저곳에 나온다는 것도 알았다. 예능 프로그램에서 현아는 "예언이 뭔데요? 애인의 다른 말인가?"라는 발언으로 단번에 '머리는 나쁘지만 예쁘고 솔직한 푼수' 캐릭터를 구축했다. 정현아는 현아가 푼수처럼 구는 클립이 자신의 유튜브 추천 리스트에 뜰 때마다 몸서리를 쳤다. 하지만 관련 영상 삭제 버튼을 누르지는 않았다. 대신 뜨는 영상마다 들어가서 악플을 달았다. 처음엔 자신과 같은 이름으로 바보처럼 구는 게 짜증이 났고, 방에 틀어박힌 기간이 길어지자 왜 저런 애가 인기가 있는 건지 짜증이 났다. 같은 이름. 같은 나이. 하지만 현아는 그저 조금 예쁘다는 이유로 자신과는 비교도 안 되게 편한 삶을 사는 듯 보였다. 질투가 났다. 현아에 대한 기사를 검색해서 악플을 달았다. 가끔은 현아의 안티 채팅방을 찾아 내 채팅도 했다. 채팅창 가득 올라오는 현아의 욕을 볼 때면 자신이 멍청한 '정현아'보다 나은 '정현아'가 된 듯해서 기분이 좋았다.

그러나 지금, 정현아는 현아가 되고 싶다. 이유는 딱 하나다. 현아가 유일우의 열애설 상대이기 때문이다.

"바꿔 줄 수 있다니까. 밑져야 본전이니 시도해 보지 그래?"

"뭘 어떻게 하면 되는데?"

"간단해. 인생을 훔치고 싶은 상대의 영혼의 레시피를 알아 와. 그럼 내가 그 레시피로 음식을 만들어 손님에게 줄 거야. 손님이 그 음식을 먹으면 거래 완료. 나는 레시피를 얻는 대가로 손님이 원하는 인생을 훔칠 수 있게 해 주는 거지."

"영혼의 레시피가 뭔데?"

"미각이 아닌 마음에 새겨진 음식. 그 기억에 대한 '이야기'지. 미국에서는 말이야. 사형수에게 사형 당일 아침으로 뭘 먹고 싶냐고 물어봐. 마지막 만찬인 거지. 뭘 제일 많이 주문할 것 같아?"

"나야 모르지."

"그럼 손님은 마지막 만찬을 주문할 수 있으면, 뭘 주문할 건데?"

하필이면 왜 사형수람. 정현아는 미간을 찌푸렸다. 그런 상상은 하고 싶지 않지만 굳이 하나를 꼽으라면 뭐가 좋을까. 꼭 먹어 보고 싶었지만 비싸서 한 번도 먹어 보지 못한 호텔 빙수? 아니면 뷔페로 차려 달라고 할까? 마지막 만찬인데 너무 싼 걸 먹으면 왠지 손해인 것만 같다. 갖가지 음식이 머릿속을 맴돌았지만, 무엇 하나 이거다 싶은 것은 없었다. 결국 정현아는 고개를 가로저었다.

"모르겠어. 딱히 확 떠오르는 게 없네."

그러자 로키는 쯧, 혀를 찼다.

"그럼 손님은 영혼의 레시피를 가지고 있지 않은 거야."

"뭐야, 그 반응. 영혼의 레시피가 없는 게 엄청나게 손해라는 것처럼 말하지 마. 그딴 거 없어도 잘만 살아. 그래서 미국 사형수들은 뭘 제일 많이 주문하는데? 캐비어?"

"아니. 햄버거 세트."

"시시해라. 햄버거 레시피는 흔하잖아. 다진 고기 500g, 그런 게 영혼의 레시피가 되는 거야, 그럼?

"아니, 영혼의 레시피는 이야기라니까. 그 음식이 왜 마음에 새겨졌는지, 그 이유. 그 이야기가 곧 레시피야. 상세한 재료나 조리법은 상관없어."

　　　　　　　　　　　　　　카피캣 식당

정현아는 로키의 말을 곱씹었다. 로키의 말대로 밑져야 본전이다. 알아내야 하는 건 오직 하나, 상대가 특별하게 생각하는 음식뿐이다. 그리고 보통 연예인들은 어디서든 한 번쯤 그런 이야기를 하게 마련이다.

'현아의 인생을 내 것으로 할 수 있다면……'

정현아는 남은 맥주를 단번에 들이켰다. 그 모습을 본 로키가 바 테이블에 샴페인 잔을 놓았다. 마시기 아까울 정도로 예쁜 샴페인이었다. 정현아는 한 번도 샴페인을 마셔 본적이 없다. 대학을 다닐 때 친구들이 바에 가자고 권하곤 했지만, 비쌀 것 같아서 가지 못했다.

'현아는 이런 것쯤, 얼마든지 마시겠지.'

유일우와 마주 앉아 샴페인 잔을 기울이는 현아의 모습이 상상되었다. 얄밉다. 견딜 수 없이 얄밉다.

"웰컴 푸드야. 이걸 먹으면, 계약이 시작되는 거지."

정현아는 움켜쥔 샴페인 잔을 쭉 들이켰다.

"기한은 한 달이야. 한 달이 지나면 너는 이 가게를 발견할수 없게 돼. 알았지?"

가게를 나왔다. 밖은 이미 환하게 밝아 있었다. 비틀비틀, 술에 취한 걸음으로 집에 돌아와 정신없이 곯아떨어졌다. 유일우의 열애설도, 이상한 가게도 모두 잠에 파묻혀 사라질 것만 같았다. 그러나 새벽 1시가 다 되어 일어났을 때, 이상한 가게에 대한 기억은 밀려오는 숙취와 더불어 선명하게 떠올랐고 SNS에는 여전히 유일우의 열애설이 넘쳐나고 있었다. 혹시나 싶어 후드티 주머니를 뒤졌다. 벚꽃 잎 한 장이 얌전히 들어 있었다.

정현아는 검색창에 '현아'를 입력했다.

고소한 참기름 냄새에 입 안에 군침이 돌았다. 그릇에 소담스럽게 담긴 닭죽 한가운데 올라간 실파와 통깨의 색감에 더욱 입맛이 돌았다. 정현아는 숟가락을 들었다.

"이번에는 진짜 되는 거지? 그 트랜…… 어쩌고 하는 거."

"트랜스퍼. 세 번째 말하는 거니까 좀 외워."

일주일 전, 정현아는 다시 '카피캣 식당'을 찾아갔다. 내내 인터넷 서치를 하며 밤을 새느라 눈 아래 다크서클이 내려앉은 얼굴을 카운터 너머로 들이밀며 물었다. 어떻게 다른 사람의 인생을 훔칠 수 있냐고, 좀 더 자세히 말해 달라고. 고민한 시간이 무색하게 돌아온 대답은 간단했다. "트랜스퍼지." 뭐 당연한 걸 묻느냐는 듯한 로키의 표정이 어이없어서 긴장이 탁 풀렸다.

"웃겨. 헷갈릴 수도 있지. 그쪽이야 만날 여기 들어오는 손님한테 트랜스퍼 어쩌고 설명하니까 외우는 거지. 나 같은 보통 사람이 그런 말 들어 볼 일이 있겠어? 길 가는 사람 붙잡고 물어봐. 영혼의 체인지를 트랜스퍼라고 부르는 걸 아냐고. 하긴, 영혼을 바꾼다는 부분에서 이미 미친 사람 취급 받겠지만."

"그래도 외워. 용어를 확실하게 발음하는 건 계약할 때 중요한 요소야."

"그 유치한 문구, 아무리 외워도 아무 일도 안 일어나잖아."

정현아는 숟가락을 닭죽 한가운데 푹 찔러 넣었다. 이곳에서 밥을 먹는 게 벌써 세 번째다. 처음 볶음밥을 먹을 때는 들고 있던 숟가락이 바르르 떨릴 정도로 긴장했다. 달걀로 코팅된 미끈한 쌀알이 목 아래로 넘어가자마자 무언가 큰일이 벌어지는 건 아닐까 했다. 그러나 아무 일도 일어나지 않았다. 너무 적게 먹어서 그런가 싶어 한 숟가락을 더 먹고, 또 먹고, 접시 바닥이 보이도록 싹싹 긁어 먹었다. 로키 왈, 트랜스퍼는 음식을 먹고 잠을 자야 완성된다고 했다. 꿈의 문을 통해 영혼이 교환된다나. 그래서 집에 돌아가 잠도 안 오는데 억지로 잤다. 역시나 아무 일도 일어나지 않았다. 두 번째 시도를 했을 때도 마찬가지였다. 그리고 세 번째. 고민 끝에 카피캣 식당에 가겠노라 결심했을 때의 긴장감은 희미하게 옅어지고 그만큼의 의구심만 안개처럼 짙어졌다.

'역시 이 사람, 그냥 사기꾼 아냐?'

다른 사람의 인생을 훔칠 수 있다니. 그런 말을 믿는 게 아니었다. 정현아는 그렇게 생각하면서도 닭죽을 한 숟가락 가득 떴다. 바보 같은 일이다.

'하지만……'

그놈의 '하지만'이 문제다. 하지만 정말로 가능하면? 현아가 될 수 있다면?

유일우와 현아의 열애설은 간간히 연예면에 보도되었다. 유일우가 열애설이 터지기 전부터 현아의 녹화 현장에 찾아갔다더라, 유일우의 것이 분명한 차가 현아의 집 앞에 서 있는 것을 봤다더라, 유일우가 현아를 위해 촬영장에 커피차를 보냈다더라 하는 소소한 내용이었다. 누가 봐도 유일우는 현아에게 지극정성이었고, 그 때문에 며칠 사이 여론의 흐름도 달라졌다. 처음에는 아이돌 연애 결사반대를 외치던 팬들 중 일부가 '#사랑꾼_유일우를_응원합니다'라는 문구로 총공을 벌였다. 팬들에게 한마디 말도 없다가 갑자기 혼전 임신을 발표하는 아이돌에 비하면 알콩달콩, 연애 과정을 다 공개하는 것이 낫다는 거였다. 그렇게 유일우가 팬들의 비호 아래 사랑꾼이 되어 가는 동안, 현아는 '공공의 적'이 되었다. 유일우가 보여 주는 연애의 장면을 좋아하는 것과 연애 상대를 좋아하는 것은 완전히 별개의 문제였다. 유일우의 상대 자리를 오려 낸 후, 그 자리에 자신을 끼워 넣어 소비하는 팬들에게 현아는 그 상상을 방해하는 존재일 뿐이었다.

정현아도 현아의 자리를 바랐다. 트랜스퍼가 성공하면 정말로 그렇게 될 수 있을 터였다. 수많은 팬들의 망상이 그저 망상이라면, 자신의 망상은 미래를 위한 계획이었다.

'어차피 음식도 공짜잖아. 내내 집에만 있기도 뭐했는데 나와서 있을 곳도 생겼고. 그래서일 뿐이야. 트랜스퍼처럼 뜬구름 잡는 이야기를 믿어서가 아니라고. 나와 똑같은 얼굴이 자신만만한 태도로 이야기하는 걸 보는 게 좋기도 하고. 그뿐이야.'

정현아는 애써 자기 합리화를 했다. 절실하게 원했다가 실패했을 때의 좌절감을 또다시 맛보고 싶진 않았다. 그러나 닭죽을 퍼 올리는 숟가락은 이번에도 덜덜 떨렸다.

"잠깐만. 계약을 옮기 전까진 먹어선 안 돼."

숟가락을 입으로 옮기던 정현아의 손이 멈췄다.

"또 한다고? 그 번거로운 걸?"

"번거로워도 할 건 해야지. 안 그러면 불공정 계약으로 큰일 나."

"너 악마라면서. 악마는 원래 사람 속여서 계약하는 거 아니야?"

"난 지금 악마 업무를 하는 게 아냐. 상부에 보고 안 하고 지상에 나와 있는 거라 여기서 업무상 계약을 맺으면 문책받아. 그러니 악마의 계약이 되지 않게 절차를 밟아야지."

"악마가 무슨 문책을 받아?"

"공무원 사회는 여기든 거기든 비슷해. 자, 시작한다."

무슨 말을 하든 소용없다는 건, 정현아도 이미 알고 있다. 로키는 정현아가 무엇을 묻든 답해 주었지만 무엇을 말하든 의견을 받아들이진 않았다. 정현아는 결국 숟가락을 내려놓았다. 로키는 흠흠, 헛기침을 하며 목을 가다듬었다.

"자, 시작한다. 정현아, 이하 카피캣은 로키, 이하 갑에게 대상자인 을의 영혼의 레시피 1인분을 인도하는 대가로 트랜스퍼 계약을 체결한다. 트랜스퍼를 통해 카피캣과 을은 서로의 육체적, 환경적 요소를 모두 교환하게 된다. 단, 트랜스퍼는 계약 후 카피캣의 행동으로 일어나는 환경적 변화까지는 책임지지 않는다. 트랜스퍼 후 계약 철회를 원할 경우, 을이 카피캣 식당에 방문해 영혼의 레시피로 만든 음식을 먹으면 된다. 계약 철회 가능한 기간은 트랜스퍼가 일어난 시점에서 한 달 이내로 제한된다. 이 기한 동안 카피캣과 을은 매일 새벽 6시 6분 6초에 열리는 카피캣 식당을 자격 제한 없이 찾을 수 있다. 계약 철회 후 카피캣과 을은 각각 다른 상대와는 트랜스퍼가 가능하나, 동일 상대인 쌍방 간 트랜스퍼는 불가능하다."

로키의 목소리가 정현아의 고막에 찐득하게 내려앉았다. 긴 문장을 끊어 읽는 로키의 독특한 악센트가 아이스크림 사이에 섞인 파핑 캔디처럼 느껴졌다. 로키의 목소리가 좋은 게 그나마 다행이었다. 그렇지 않았다면 지겨워서 견딜 수 없었을 터였다.

'간단한 내용을 뭘 저렇게 길게 말하는 거람. 한마디로 왕자와 거지처럼 본인의 몸을 유지한 채 위치만 바뀌는 게 아니란 거잖아. 그리고 바뀐 후에 행동 조심하고. 계약 철회 기간, 저딴 건 들을 필요도 없어. 철회할 리가 없으니까.'

처음에 로키가 계약 내용을 말로 읊기 시작했을 때는 당황했다. 악마라면 멋들어진 금박이 장식된 종이에 검은 깃털이 달린 펜 정도는 건네며 계약을 하자고 속삭여야 하는 것 아닌가. 그렇게 물었더니 로키는 "언제부터 인간이 글자를 익히는 게 보편적인 일이 됐다고 생각해? 지금도 전 세계로 따지면 열 명 중 한 명은 글자를 못 읽어. 옛날에는 더 심했지. 악마랍시고 글자 적힌 종이 들이밀면 그건 사기꾼이야. 악마의 계약은 음성이 기본이라고."라는 타박이 돌아왔다. 설명을 듣다 보니 그런가 싶어 넘어갔던 것이 후회되었다. 지겨운 건 문제가 아니다. 가장 큰 문제는 따로 있었다.

"상기 내용에 동의하면 이하 문장을 따라 읊도록 한다. 정현아는 카피캣이 되겠습니다."

"……."

가장 큰 문제는 흡사 마법 소녀 선언처럼 부끄러운 문장을 그대로 따라 읊어야 한다는 거였다. 어릴 적 친구들이 마법 주문을 외칠 때에도 따라하는 척 입만 벙긋거렸던 정현아에게는 견디기 힘든 시련이었다.

"안 따라 해? 계약 안 할 거야?"

로키의 재촉에, 정현아는 결국 꾹 다물고 있던 입을 열었다.

"……정현아는 카피캣이 되겠습니다."

"좋았어. 계약 완료. 먹어."

정현아는 꼴깍, 침을 삼킨 후 숟가락을 입에 넣었다. 잘게 찢은 닭고기가 결대로 씹히며 퍼져 나오는 달큰한 육즙이 밥알의 고소함과 어우러져 입 안을 한가득 채웠다. 입 안 가득 떠 넣었던 죽은 식도를 타고 부드럽게 넘어갔다.

'역시 음식을 잘해.'

이전에 먹었던 볶음밥도, 냉면도 이런 게 바로 악마의 솜씨인가 싶을 정도로 맛있었다. 정현아의 숟가락질은 점점 빨라졌고, 그릇 가득 담겨 있던 닭죽은 곧 바닥을 보였다. 정현아는 숟가락을 내려놓으며 빌었다.

'제발. 이번에는 꼭 이루어지기를.'

카피캣 식당

"넌 거짓말쟁이야! 못된 거짓말쟁이!"

퍽. 베개가 모니터 속 현아의 얼굴을 때렸다. 그러나 모니터 속 현아는 여전히 환하게 웃을 뿐이다. 베개는 모니터 앞에 놓아둔 맥주 캔 무더기에 떨어졌고, 캔에 남아 있던 맥주가 키보드 위로 쏟아졌다. 평소 컴퓨터를 애지중지하는 정현아답지 않은 행동이었다.

방에 틀어박혀 지낸 지 4개월쯤 지났을 무렵, 물을 쏟는 바람에 키보드가 망가졌다. 무슨 수를 써도 고칠 수가 없어서 결국 새 것을 사야 했다. 키보드가 작동하지 않는 동안의 답답함은 이루 말할 수 없는 고통이었다. SNS에 글을 쓸 수도 없고, 커뮤니티에 자신이 남긴 글에 누군가 댓글을 달아도 반응할 수도 없었다. 쓸 수 없는 건 글이었으나 흡사 입이 꿰매어진 기분이었다. 어쩔 수 없이 키보드가 배달되어 오는 동안 휴대폰으로 인터넷을 했다. 정현아의 휴대폰은 고등학교 때 부모님이 사 준 알뜰폰이라 인터넷도 잘 터지지 않고 자판은 뻑뻑했다. 드디어 키보드가 배달되어 온 날, 정현아는 환호성을 지르며 택배를 받으러 나갔고 거실에 모여 앉아 있던 식구들과 마주쳤다. 둥글게 모여 앉아 치킨을 먹던 식구들도, 그들의 곁을 지나 현관문 밖에 놓인 택배 상자를 들고 들어오던 정현아도 서로 못 본 척했다. 정현아는 방에 들어와 택배 상자를 끌어안은 채 쪼그려 앉아 다시는 키보드를 망가뜨리지 않겠노라 다짐했다.

그러나 순간적인 화를 참을 수 없었다. 새로 올라온 현아의 영상 때문이었다. 영상 속에서 현아는 말했다. "제 인생 음식이요? 당연히 라면이지요. 스케줄 늦게 끝나고, 다음 날 얼굴 탱탱 부을 거 알면서도 끊을 수가 없어요." 현아는 라면으로 새로운 레시피를 만들어 내는 경영 프로그램에 게스트로 나온 참이었다.

'라면이라니. 저번에는 분명 닭죽이라며. 감기에 걸렸을 때 엄마가 끓여 줬던 닭죽. 그게 네 인생 음식이라며. 그전에는 아빠가 야식으로 만들어 준 볶음밥이라며!'

닭죽을 먹은 다음 날도 아무 일도 일어나지 않았다. 어차피 기대하지 않았다고 애써 실망을 억누르며 컴퓨터 앞에 앉았다. 차라리 현아에게 DM을 보내서 물어볼까 고민도 했다. 죽기 전에 뭐 먹고 싶어요, 라고. 현아는 팬이 보낸 DM에 답장을 잘 해 주는 연예인으로 유명했다. 하지만 현아의 인스타그램에 들어가니, 댓글과 DM이 막혀 있었다. 악플의 수위가 너무 높아져서 당분간 댓글과 DM을 막겠다는 공지가 올라와 있었다. 그 악플들 중에는 정현아가 단 것도 있었다.

결국 다시 현아가 출연한 프로그램이나, 잡지 인터뷰를 뒤져 영혼의 레시피가 될 만한 것을 찾아야 했다. 끓어오르는 짜증을 꾹 참고 영상을 찾았다. 현아에 대해 검색하다 알게 된 건, 현아가 의외로 사적인 이야기를 잘 하지 않는다는 거였다. 푼수 캐릭터이니 있는 말 없는 말 다 할 줄 알았고, 당연히 영혼의 레시피도 쉽게 알아낼 수 있을 거라 여겼는데 아니었다. 아빠가 만들어 준 볶음밥에 대한 이야기는 데뷔 초반, 잡지에 열 줄도 안 되게 실린 기사에서 간신히 찾았다. 현아는 노출도는 높았지만 잡지에 단독 인터뷰가 실리거나, 예능에 단독 게스트로 출연할 정도로 인기가 많은 편은 아니었기에 자료 찾기가 하늘의 별 따기, 사막에서 잃어버린 바늘 찾기 수준이었다.

'그런데 라면이라고? 네가 인생 음식이라고 한 것들 전부 영혼의 레시피가 아니었어! 그 음식을 좋아한다고 한 것도, 그 이야기도 모두 거짓말인 게 분명해. 왜 내가 너 때문에 이 고생을 해야 하지?'

이성적으론 그게 현아의 잘못이 아니란 걸 알았다. 현아가 거짓말을 했을 가능성보단, 로키가 거짓말을 했을 가능성이 높다. 애초에 트랜스퍼는 일어날 수 없는 일인 것이다. 그러나 연거푸 마신 맥주는 이성을 없애고 감정만을 남겼다.

'그만둘까? 이런 바보 같은 짓.'

정현아는 모니터에 뜬 영상을 꺼 버렸다.

'지금 이게, 부엉이가 마법 학교 초대장 물고 온다고 믿는 거랑 뭐가 달라? 악마라니. 악마가 앞치마 두르고 요리를 해? 레시피를 모아? 그래. 심심해서 어울렸던 것뿐이잖아. 진짜 믿은 거 아니잖아. 그러니까 그만두자. 그만두고······.'

습관적으로 SNS를 새로고침 하던 손이 멈췄다. 정현아는 잠시간 마우스를 움켜쥔 채 멍하니 모니터를 들여다보았다. 글이 주르륵 떠올랐지만, 전혀 눈에 들어오지 않았다.

'그만두면 뭘 할 건데?'

정현아는 잘근 손톱을 물어뜯었다. 마구 올라가던 SNS의 글 중 광고가 눈에 들어왔다. 메이크업 숍의 구인 광고였다. '현아의 단골 메이크업 숍, 라이크미에서 함께할 메이크업 아티스트를 모집합니다'라는 홍보 문구에, 입술에 물린 손톱이 떨어져 나갔다.

'이전에 한 예능에서 그랬잖아. 현아는 자기가 다니는 숍 사람들하고 굉장히 친하다고. 몇몇하고는 가끔 밥도 같이 먹는다고. 그래. 이거다! 예능이나 인터뷰에서는 거짓말을 해도, 단둘이 밥을 먹으면서 수다 떨 때 거짓말을 하지는 않을 거야.'

현아의 진짜 영혼의 레시피를 알아내려면 이곳에 취직해서 친해지는 수밖에 없다. 정현아는 홍보 게시물의 링크를 눌렀다. 지원 페이지가 새 창에 떠올랐다. 채용 신청 버튼에

카피캣 식당

마우스 커서를 올렸다. 자신을 폐기물 쓰레기처럼 바라보던 시선이 정현아의 손가락 끝을 들어 올려 좀처럼 마우스를 클릭할 수 없게 만들었다.

하지만. 하지만. 하지만. 정현아는 수없는 하지만을 되뇌다가 손가락 끝에 힘을 줬다.

'하지만 이게 마지막 기회일지도 몰라.'

치킨을 먹는 식구들의 옆을 아무렇지 않은 척 지나치지 않아도 되는 유일한 기회. 상처 따윈 받지 않고 예쁘게 웃기만 하면 행복한 삶을 얻을 수 있는 기회. 힘들 때 웃어 줄 누군가를 가질 수 있는 기회.

정현아는 두 눈을 질끈 감고 마우스를 눌렀다.

"그런데."

면접을 보는 실장의 입에서 그 말이 나온 순간 정현아는 떨어졌구나, 라고 직감했다. 정장 치마가 허리를 꼭 조였다. 대학교 졸업식 때 입었던 치마가 그 사이 작아졌다. 정현아가 메이크업 숍 '라이크미'에 들어서던 순간, 그의 몸을 위아래로 빠르게 훑어보던 실장의 시선은 그 후로 이력서에만 고정된 채였다.

'역시 옷을 새로 살걸 그랬어.'

이력서에는 이전에 일했던 경력은 적지 않았다. 혹시나 왜 그만뒀어요, 라는 질문을 받으면 무어라 대답해야 할지 도저히 떠오르지 않았다. 실장이 저를 스토킹해서요, 라고 할 순 없었다. 이 바닥은 좁다. 한 다리 건너면 서로 아는 사이일 가능성이 높다. 전 직장 경력을 삭제하니, 정현아는 전문대를 졸업한 뒤 3년 남짓 백수 생활을 한 사람이 되어 버렸다.

"대학 졸업하고 공백이 기네요. 포트폴리오는 이것뿐인가요? 그동안 뭐 했어요?"

실장이 이력서를 무릎에 내려놓으며 물었다. 정현아가 제출한 포트폴리오는 처음 취업 준비를 할 때 만든 것이라 그 안을 채우고 있는 건 대부분 유행이 지난 화장법이었다.

"아르바이트 좀 하고…… 그랬습니다."

정현아는 웅얼웅얼, 입 안으로 말을 씹어 삼키듯 대답했다. 얼굴로 열이 치솟아 올랐다. 실장은 몇 가지, 별 의미 없는 질문을 던지고는 수고했다고 말했다. 면접은 끝났다. 정현아는 들고 갔던 포트폴리오와 가방을 챙겨 정신없이 면접장 밖으로 나왔다. 문을 열고 나오자마자 그 자리에 주저앉았다. 품에 끌어안은 포트폴리오처럼 스스로가 더 이상 쓸모없는 사람처럼 느껴졌다. 목에 걸고 있던 면접용 명찰이 손등에 닿았다. 정현아는 명찰을 목에서 풀어 계단 아래로 던졌다.

"깜짝이야. 위에서 뭐가 날아오나 했네. 어머, 여기 왜 내 이름이 쓰여 있지?"

정현아는 흠칫 놀라 자리에서 일어났다. 모니터 너머에서 수백 번은 본 얼굴이 계단 아래에서 자신을 올려다봤다. 현아였다. 현아는 명찰을 손에 들고 흔들었다.

"이거, 그쪽 거예요?"

정현아는 뛰었다. 현아의 옆을 미끄러지듯이, 정신없이 계단을 뛰어 내려갔다. 빌딩 출입문에 도착해서야 멈춰 서 숨을 헐떡이다가 누군가와 어깨를 부딪쳤다. "뭐야, 재수 없어." 짜증이 가득 섞인 목소리가 누구의 것인지, 정현아는 단번에 알았다. 매일 듣는 목소리라 모를 수가 없었다. 정현아는 고개를 들어 자신과 부딪힌 사람을 봤다. 역시나 유일우였다.

"뭘 봐. 사과 안 해?"

"저, 저기. 팬입니다!"

마음은 이성을 넘어 불쑥 입 밖으로 튀어나왔다. 미쳤다, 정현아. 그렇게 생각하면서도, 정현아는 유일우의 반응을 기다렸다. 첫사랑에게 꽃을 건넨 뒤 예쁘다, 라는 한마디를 기다리는 기분이 이럴까 싶게 심장이 요동쳤다.

"뭐야, 너 사생이야? 사생이면 사생답게 눈에 안 보이게 꺼져."

유일우는 눈앞을 날아다니는 파리라도 쫓는 듯 손을 휘저었다. 정현아는 그 손짓에 떠밀리듯 빌딩을 나왔다. 집으로 돌아가는 버스 안에서, 정현아는 애써 유일우의 짜증 섞인 목소리를 기억 아래로 밀어 넣었다. 그건 유일우가 아니었다. 아니어야만 했다. 집에 도착하자마자 조이는 치마 버클을 풀고 이불 위로 쓰러지듯 드러누웠다.

'차라리 저 먼지가 되어 세상에서 사라지고 싶다.'

허공을 떠도는 먼지를 보며 멍하니 누워 있는데 휴대폰이 울렸다. 무기력하게 축 늘어진 손을 들어 메시지를 확인한 정현아는 벌떡 몸을 일으켜 앉았다.

나흘 뒤에 포트폴리오 보강해서 오세요. 한 번 더 면접 보죠.

정현아는 다급히 일어나 장롱 서랍을 열었다. 처박아 두었던 메이크업 박스가 얌전히 놓여 있었다. 다시는 꺼낼 일 없을 줄 알았던 박스. 기회는 그 안에 있었다.

❦

정현아의 하루는 지극히 규칙적이다. 메이크업 숍 라이크

카피캣 식당

미에 취직한 후에는 누가 봐도 감탄할 정도로 규칙적으로 변했다. 아침 6시에 일어나 버스로 30분 걸리는 숍에 도착해 도구를 세팅하고, 아침 연습을 한다. 새벽 예약이 잡히면 무조건 헬퍼로 지원했다. 정현아를 지명하는 손님은 없었으나, 손님 예약 확인과 식사 주문 등 막내가 떠맡아야 하는 잡무를 하다 보면 근무 시간도 바쁘게 흘러갔다.

정현아뿐만이 아니라 라이크미에서는 모두가 바빴다. 정해진 퇴근 시간은 저녁 7시였지만 그 시간에 딱 맞춰 퇴근하는 사람은 거의 없었다. 저녁 늦게 예약이 들어올 때도 있고, 대회를 준비하는 사람도 있어서 저녁 10시나 11시까지는 메이크업 숍의 불이 꺼지지 않는 것이 보통이었다. 정현아는 예약도 없고 대회도 준비하지 않았지만 숍에 남아 혼자 연습을 했다. 실장은 정현아가 실력 향상에 열심이라고 칭찬했지만, 정현아의 목적은 따로 있었다.

"짠! 오늘의 간식 타임! 다들 먹고 해."

역시나 오늘도 왔다. 근무를 시작하고 정현아는 현아가 저녁 8시에서 10시 사이에 숍에 온다는 것을 알았다. 올 때면 언제나 간식을 챙겨 왔고 창가 쪽 테이블에 앉아 수다를 떨다가 갔다. "현아가 여기 창립 멤버나 마찬가지거든. 현아가 예약 급한 연예인들 다 여기로 소개해 줘서 가게가 유명세를 탄 거야. 그래서 실장님도 현아 예뻐하고." 현아 씨는 직원들하고 친한가 봐요, 라고 묻자 돌아온 대답이었다. 기회였다. 대화에 끼어들 수만 있다면 현아에게 좋아하는 음식이 뭐냐고 물어볼 수 있을 터였다.

문제는 좀처럼 저 무리에 끼어들 수 없다는 거다. 현아를 둘러싸고 간식을 나누어 먹는 사람들은 대부분 가게의 고참들이다. 그들은 정현아가 현아 쪽을 바라보면 어딜 감히 끼어들려 하냐는 듯 눈을 흘겼다. 정현아는 연습용 마네킹 얼굴에 묵묵히 브러시를 움직이며 현아에게 말을 걸 기회를 엿보았다.

"저기, 새로 오신 분도 간식 좀 드세요. 슈크림인데."

한창 브러시질을 하는데 현아가 먼저 말을 건넸다. 정현아가 무어라 답하기도 전에 현아의 주변에 둘러앉은 사람들의 시선이 내리꽂혔다. '네가 알아서 거절해라'라는 무언의 압박이 담긴 눈빛이었다.

"현아도 참. 신입이 여기 끼면 부담스럽지."

"맞아. 먹는 게 목으로 넘어가겠어? 나중에 우리가 잘 챙겨 줄게. 걱정하지 마."

"현아 너 저 신입 신경 많이 쓰네. 실장님한테 쟤 면접 다시 한번 보게 해 달라고 말한 것도 너라며? 왜 그랬어? 혹시 둘이 아는 사이야?"

저건 무슨 소리지. 정현아는 눈앞 마네킹에 집중하는 척하면서 소곤소곤 들리는 말소리에 온 신경을 집중했다.

"그런 거 아냐. 우연히 봤는데, 면접 잘 못 본 걸 진짜 슬퍼하는 것 같았어. 그렇게 절실한 사람이면 일 진짜 열심히 할 거 아냐. 그래서 실장님한테 말한 거야. 나머지는 저분이 잘 해서 붙은 거지."

"하여간 현아 너 은근 오지랖이야."

대화가 잠시 끊겼나 싶더니, 서늘한 밤바람이 정현아의 목덜미를 스쳤다. 누군가 창문을 연 것 같았다.

"저거 건물 앞에 유일우 씨 차 아냐? 현아야, 너 데리러 왔나 보다. 어쩜, 스윗하기도 하지."

"현아 너 그만 가 봐야겠다. 남친이 기다리는데 빨리 내려가 봐."

들뜬 목소리가 터져 나왔다. 정현아는 다시 고개를 돌려 현아가 앉은 창가 쪽을 봤다. 사람들이 창문에 모여 서서 밖을 내다보고 있었다. 사람들이 현아의 등을 떠밀었고, 현아는 무척 느린 걸음으로 문을 향해 걸어갔다.

"나 여기 더 있고 싶은데."

현아의 중얼거림은 매끄럽게 돌아간 문고리처럼 부드럽고도 작았기에 현아만 주시하고 있던 정현아를 제외하고는 아무도 듣지 못했다. 현아는 숍 밖으로 사라졌다.

'면접 다시 보게 해 달라고 말해 줬다고? 현아가? 대체

왜?'

면접을 망쳤던 날, 계단에서 이름표를 주워 들던 현아의 모습이 떠올랐다. 그때 잠깐 마주쳤던 것뿐인데, 대체 왜? 도저히 이유를 알 수가 없었다. 모니터를 통해 봐 온 현아는 그런 사람이 아니었다. 생각 없고 가벼운, 주변 따윈 신경 쓰지 않는 안하무인 백치미 공주. 현아는 그래야만 했다. 그래야 현아를 마음껏 싫어할 수 있었다.

"현아 얘 파우치 두고 갔네. 내일 숍 안 들르고 바로 촬영장 간다고 했는데."

"누가 갖다줘. 아직 유일우 차 건물 밖에 서 있네."

창가에 서 있던 사람들의 표정에 귀찮음이 묻어났다. 정현아는 이때다 싶어 앞으로 나섰다.

"그거 제가 전해 주고 올까요?"

마다하는 이는 없었다. 정현아는 파우치를 들고 현아의 뒤를 따라 숍을 나섰다. 잘하면 현아에게 좋아하는 음식이 뭐냐고 물어볼 수 있을 것이다. 그리고 유일우도 볼 수 있을지도 모른다. 취직을 한 이후, 좀처럼 유일우의 영상이나 사진을 찾아보지 못했다. 바쁘고 피곤했고, 그리고……. 정현아는 고개를 가로저었다. 보려면 볼 수 있었다. 출퇴근하는 지하철 안에서, 잠자기 직전에 조금이라도 찾아볼 수 있었다. 그러나 그렇게 하지 않은 건 무엇을 보든 파리를 쫓듯이 손짓

　　　　　　　　　　　　　　　　카피캣 식당

하던 유일우의 모습이 겹쳐졌기 때문이다. 정현아는 그 사실을 받아들이지 않았다. 유일우는 여전히 정현아의 최애로 남아 있어야만 했다.

'저기 있네. 뭐 하는 거지? 밖에 안 나가고?'

엘리베이터에서 내린 정현아가 본 것은, 빌딩 출입문 뒤쪽에 쪼그려 앉아 있는 현아의 뒷모습이었다. 현아는 문밖을 살피듯 고개를 길게 빼고 두리번거리고 있었다. 정현아는 현아의 등 뒤로 다가갔다.

"저기, 현아 씨."

정현아는 현아의 어깨를 가볍게 툭 쳤다. 순간 현아의 어깨가 자신의 몸을 보호하려는 공벌레처럼 둥그렇게 말렸다. 정현아는 파우치를 현아의 어깨 너머로 내밀었다.

"놓고 가셨어요."

현아가 공벌레에서 인간으로 돌아왔다.

"놀랐네. 새로 오신 분이구나. 고마워요. 저기 근데, 나 그냥 현아라고 불러도 되는데. 말 놓아도 되고. 나도 말 놓고 싶기도 하고. 나 그쪽하고 친해지고 싶거든요."

"저랑요? 왜요?"

"아이, 말 놓자니까. 그쪽 이름이 나랑 똑같잖아요. 신기해서. 말 놔요. 알았죠? 하나, 둘, 셋 세면 놓는 거예요. 하나, 둘, 셋!"

"그럼 뭐……. 알았어. 편하게 할게."

현아의 제안을 마다할 이유가 없었다. 말을 놓으면 좀 더 빨리 친해질 터였다. 그럴수록 영혼의 레시피를 알아낼 수 있는 확률은 높아진다.

'지금 좋아하는 음식이 뭐냐고 물으면 좀 이상하겠지?'

하지만 지금 말고는 단둘이 있을 기회가 없을 텐데. 정현아가 망설이는 사이, 빌딩 출입문이 열렸다. 거리의 조명이 만들어 낸 긴 그림자가 현아의 위로 드리워졌다.

"이런 데 숨어 있으면 못 찾을 줄 알아?"

빌딩 안으로 들어온 유일우는 현아의 팔뚝을 우악스럽게 낚아채 일으켜 세웠다. 현아는 유일우에게 이끌려 빌딩 밖으로 나가며 정현아를 향해 손을 흔들었다.

'왜 그렇게 보였을까.'

대체 왜 한순간, 유일우의 그림자가 현아를 집어삼키는 것처럼 보인 걸까.

정현아는 그 비슷한 그림자를 알고 있었다. 자신의 뒤를 따라오던 그 그림자. 압도적인 공포. 그렇기에 그만 생각하기로 마음먹었다. 무엇도 생각하지 않고, 영혼의 레시피를 알아낸다는 목적만을 떠올렸다. 현아가 내민 끈은 커뮤니티의 수많은 사람들의 댓글에서 뻗어 나온 그 어떤 것보다 생생했기에, 그렇게 마음먹지 않으면 금세라도 잡아 버릴 것만 같았다.

하지만 그래선 안 되었다.

유일우는 여전히 정현아의 최애여야 했고, 현아는 유일우의 연인이었으니까.

∞

화장실 거울에 새빨갛게 충혈된 눈이 비쳤다. 정현아는 양손바닥으로 눈가를 벅벅 문질러 닦았다. 마스카라가 번져 눈 주위를 검게 물들였다.

'최악이다, 진짜.'

모든 일이 안 풀린 하루였다. 손님 두 명의 예약 시간을 헷갈린 탓에 클레임이 들어왔다. 상품 발주를 잘못 했고, 손님 옷에 주스를 엎질렀다. 그때까지는 실장의 타박에 웃음기가 섞여 있었다. 그러나 정현아가 손님의 눈썹을 반절 밀어 버렸을 때, 실장의 목소리에서 웃음기가 완전히 사라졌다. 실장은 정현아의 어깨를 툭툭 두드리곤 밖으로 나가라는 듯 손짓했다. 이전 직장에서의 기억이 떠올라서 눈물이 왈칵 치솟았다. 정현아는 다급히 메이크업 숍 밖, 빌딩 화장실로 갔다. 숍 안에 있는 화장실에서 울다가 직원들과 마주치기라도 하면 더 혼이 날 것 같았다.

'역시 난 안 되나 봐. 여기도 그만둬야 하는 걸까.'

부정적인 경험의 기억은 겨울잠을 자는 뱀처럼 머릿속에 똬리를 틀고 있다가 갑자기 몸을 펴고 정현아를 집어삼켰다. 수도꼭지에서 쏟아지는 물줄기를 멍하니 바라보고 있는데 화장실 문이 열렸다. 정현아는 다급히 수도꼭지를 잠갔다. 들어온 사람은 현아였다. 현아는 정현아를 보고 '그대로 멈춰라'라는 말이라도 들은 듯 멈춰 섰다. 위잉. 휴대폰 진동 소리가 조용한 화장실 안에 울렸다. 현아가 불쑥 말했다.

"밥 먹었니?"

뜬금없이 무슨 말인가 싶었지만 고개를 가로저었다. 현아는 세면대 앞으로 성큼성큼 걸어와 정현아의 팔을 잡았다.

"그럼 우리 밥 먹으러 가자. 내가 살게."

"나 아직 퇴근 시간 안 됐어."

"내가 실장님한테 말할게. 가자. 응?"

정현아는 현아가 이끄는 대로 화장실을 나왔다. 함께 엘리베이터를 타고 지하 주차장으로 내려가는 내내 휴대폰 진동 소리가 났다. 현아의 차에 타고, 현아가 건네준 파우치 속 화장품으로 번진 화장을 고쳤다. 그러는 동안에도 어디선가 계속해서 휴대폰 진동 소리가 났다. 정현아는 화장을 다 고쳐 갈 즈음 소리의 진원지를 알았다.

자동차 뒷좌석에 던져 놓은 현아의 작은 핸드백 속이었다.

카피캣 식당

"A코스 두 개. 거기에 선 드라이 토마토 샐러드 추가해 주세요. 와인도 한 병 주시고요. 전체랑 메인 따로 주지 말고 한꺼번에 주세요."

도착한 곳은 레스토랑이었다. 정현아는 긴장으로 목이 타서 자꾸만 물을 마셨다. 레스토랑의 낯선 분위기나 맞은편에 앉은 현아가 어색해서가 아니었다. 그 무엇보다 정현아를 긴장하게 만든 건 소리였다. 끊임없이 울리는 휴대폰 진동 소리.

자리에 앉아 주문을 하는 동안에도 현아의 핸드백 속에서는 계속해서 휴대폰 진동이 위잉 위잉 정신없이 울렸다. 이걸 받아야 한다는 신호가 아닌, 받지 않으면 큰일이 날 거라는 경고음처럼 폭력적인 소리였다. 휴대폰의 진동이 핸드백의 얇은 가죽을 일그러뜨릴 때마다, 정현아는 신경이 곤두섰다. 그 소리가 자신을 향한 것이 아님을 알면서도 그랬다. 흡사 언제 터질지 모르는 폭탄을 맞은편에 두고 앉아 있는 기분이었다.

정현아의 불안에도 아랑곳없이, 정작 휴대폰 주인인 현아는 핸드백 쪽으로 눈길 한 번 주지 않고 메뉴판에 시선을 고정한 채였다. 그러나 정현아는 경고음이 울릴 때마다 메뉴판을 쥔 현아의 손등에 파란 핏줄이 솟구쳐 오르는 것을 봤다.

현아는 아주 천천히, 메뉴판에 적힌 글자를 하나하나 읽으며 주문을 마쳤다. 서버가 메뉴판을 가져가자 현아는 깍지를 껴서 양손을 마주 잡았다. 또다시 진동이 울리고 현아의 긴 손톱이 손등을 파고드는 것을 보자 더 이상 참을 수가 없었다.

"전화, 계속 오는데 안 받아도 돼?"

정현아의 말에 현아는 그제야 옆자리에 놓인 핸드백을 봤다. 순간 정현아는 흠칫 놀랐다. 웃음기가 지워진 현아의 옆모습은 바싹 말라 버린 습자지 같았다. 언제나 웃고 있는 현아에게선 처음 보는 표정이었으나 정현아에게는 익숙한 표정이었다. 방에 틀어박혀 지내는 내내, 모니터에 비친 자신의 얼굴이 늘 저랬다. 정현아는 저도 모르게 자신의 뺨부터 턱을 손으로 쓸어내렸다.

"나 잠깐 전화 좀 하고 올게."

현아는 휴대폰을 한 손에 꽉 움켜쥐고 자리에서 일어났다. 현아가 발코니 안쪽으로 모습을 감춘 뒤에야, 정현아는 자신의 휴대폰도 울리고 있음을 알았다. 메시지 알림이 연이어 액정에 떠올랐다. 메시지 확인을 눌렀다. 대부분이 유일우의 팬이 모인 단체 채팅방과 커뮤니티에서 온 것들이었다.

'잠깐만. 이게 뭐야? 디스패치 단독. 유일우는 사실 스토커였다?'

액정을 터치하는 손길이 분주해졌다. 떨리는 손으로 기사

카피캣 식당

링크를 클릭했다. 와이파이가 잘 터지지 않는 탓인지 기사 상단에 첨부된 사진이 스크롤을 펼치듯 천천히, 위부터 아래로 떠올랐다. 사진 한 장이 온전히 떠오른 순간 정현아는 한 손으로 입을 틀어막았다.

'아니야. 아닐 거야. 그럴 리가 없어.'

네모반듯하게 드러난 사진 속, 유일우는 무릎을 꿇고 앉은 현아의 머리채를 잡고 주먹을 휘두르고 있었다. 현아는 얼굴로 주먹이 날아오는 걸 막으려는 듯 양팔을 엑스자로 만들어 뻗고 있었다. 핸드백 밖으로 밀려 나온 립스틱과 지갑, 약병. 주변에 널브러진 물건들이, 두 사람이 몸싸움을 벌인 후임을 알려 주었다.

정현아는 손으로 입을 틀어막은 채 짧게 심호흡을 한 후, 기사를 읽었다.

'유일우와 현아는 정말로 연인 관계일까? 갑자기 불거진 열애설. 그 후 순조롭게 연인 관계를 이어 가고 있는 듯 보이는 아이돌 커플의 실체를 본지에서 단독으로 취재했다……'

기사의 요지는 이랬다. 유일우와 현아는 정상적인 연인 관계가 아닌데, 그 이유는 유일우가 현아를 오랫동안 스토킹했기 때문이란 거였다. 현아가 과거 세 번의 스토킹 피해를 신고했다는 사실과 그 대상이 유일우임을 가리키는 증거가 쭉 이어졌다. 그중에는 유일우를 사랑꾼으로 보이게 했던 사진들도 끼어 있었다. 유일우가 현아의 집 앞에서, 현아가 나오기를 기다리는 사진들. 기사에는 사진 대부분이 유일우와 현아가 사귀기 전에 찍힌 것이며, 현아가 유일우에게 제발 찾아오지 말라고 애원한 음성 파일도 있다고 적혀 있었다.

'이 기사는 기자의 양심 고백이다. 피해자는 몇 번이고 기자에게 증인이 되어 달라고 말했다. 그러나 연예부 기자라는 직업 특성상, 특정 기획사와 척을 지는 선택을 하기란 쉬운 일이 아니다. 그 사이 두 사람의 열애설이 터졌고, 모든 것이 잘되었다고 여겼다. 그러나 두 사람의 열애 현장을 찍기 위해 기다리던 기자가 찍은 것이 상단의 폭행 장면이다. 이에 기자는 현아에게 연락을 취했다. 현아는 유일우를 고소할 계획이었으나 기획사의 만류로 고민하던 중이었다고 털어놓았다. 그러는 사이 열애설이 터졌고, 양쪽 기획사가 각자의 이익을 위해 열애설 인정 기사를 내 버렸다는 것이다. 여기에 자신의 의사는 없었다고 현아는 말한다. 기획사의 발표는 스토커에게 현아의 사적 공간을 거리낌 없이 침범할 권력을 주었고, 때문에 현아는 날아든 폭력에서 자신을 방어할 수 없었다. 상단 사진이 찍힌 그때, 현아는 유일우에게 자기 인생에서 나가 달라고 말하고 있었다. 이 기사는 현아의 허락하에 기재되며, 본 기자는 이후 현아의 선택이 무엇이든 응원할 것이다.'

카피캣 식당

손이 스르륵, 입가에서 미끄러져 무릎 위로 떨어졌다. 기사가 뜬 창을 엄지로 꾹 눌러 닫으면서 정현아는 어느 날을 떠올렸다. 현아가 놓고 간 파우치를 전해 주러 계단을 내려갔을 때, 계단 끝에 쪼그려 앉아 있던 현아의 모습. 그 앞에 나타난 유일우의 긴 그림자. 그 그림자가 이상하게도 현아를 집어삼킬 것 같다고 생각했던 날이다. 그 기억 위에 퇴근길에 쫓아오는 실장을 피해 편의점 안으로 들어가 진열대 사이를 한참 서성거리던 정현아 자신의 모습이 겹쳐졌다.

'하지만. 하지만. 하지만…….'

유일우가 그럴 리가 없다. 유일우는 그런 사람이어서는 안 되었다. 왜냐면 유일우는, 유일우는 나의……. 유일우와 어깨를 부딪친 날, 애써 못 들은 척했던 유일우의 중얼거림이 정현아의 귓가를 맴돌았다. 재수 없어, 라고 말하던 그 목소리. 그러는 동안에도 정현아의 액정에는 끊임없이 메시지가 떠올랐다.

자작극인 듯.

불쌍한 우리 일우, 꽃뱀한테 걸렸네.

일우가 왜 현아 같은 애를 스토킹해?

기자랑 짜고 친 듯. 조회수 늘리려고.

돈 뜯어내려는 거 아님?

열애설 터질 때 사진 봐. 현아도 좋다고 웃고 있는데 무슨 스토킹.

무슨 스토킹 피해자가 방송에서 만날 웃고 있음? 거짓말하지 마…….

휴대폰 액정에 떠오른 메시지들은 정현아가 첫 직장에서 들었던 수군거림과 너무나 비슷했다.

'……유일우가 나의 뭐지? 최애. 그런데 나, 얘 왜 좋아했지?'

최면은 걸렸을 때만큼이나 쉽게 깨졌다. 서버가 음식이 담긴 서빙 카트를 밀고 와 식탁 옆에 섰다. 발코니 안쪽으로 사라졌던 현아가 자리로 돌아왔다.

"미안. 쓸데없는 전화가 많이 오네."

현아가 자리에 앉자 식탁 위에 접시가 놓였다. 전체와 메인, 거기에 추가 주문한 샐러드까지 넓은 탁자가 비좁게 느껴지게 접시가 꽉 찼다. 현아는 호들갑스럽게 짝짝, 작게 박수 치는 시늉을 했다.

"오늘 너무너무 이렇게 꽉 차게 먹고 싶은 기분이었거든. 먹어. 아니다. 우리 일단 와인 한 잔 짠 하고 시작할까?"

정현아는 현아가 내미는 와인 잔을 받아 들었다. 현아의 미소가 너무나 평소와 같아서, 현아가 말하는 건 무엇이든 해야만 할 것 같았다. 그래서 정현아는 열심히 먹고 마셨다. 처음 먹는 스테이크는 황홀할 만큼 맛있었다. 혀를 간질이다

목 아래로 넘어가는 육즙과 소스의 조화가 폭죽처럼 터졌다. 간헐적으로 울리는 주머니 속 휴대폰 진동을 무시하기에 충분한 맛이었다. 거의 비어 버린 정현아의 접시 위에 스테이크 한 점이 놓였다.

"내 것도 먹어. 고기 좋아하는구나?"

"좋아하는 줄 몰랐는데 좋아하나 봐."

"뭐야, 그게. 하긴, 나도 내가 뭐 좋아하는지 잘 모르겠더라. 방송에서 툭하면 물어보잖아. 제일 좋아하는 음식이 뭐냐고. 그때마다 뭐라고 대답해야 좋을지 모르겠어."

포크가 스테이크에서 미끄러졌다.

"예전에 잡지에서 읽은 적 있어. 너 어릴 적에 아빠가 만들어 준 볶음밥 좋아했다고."

"어머, 그걸 읽었어? 진짜 데뷔 초반이었는데. 미안, 그거 거짓말이야. 기획사에서 멤버 컨셉을 정해 줬거든. 나는 화목한 집에서 사랑받고 자란 공주님 컨셉이었어. 그 대답도 기획사에서 정해 준 거야. 실제론 아빠가 볶음밥 만들어 준 적 없어. 나 열다섯 살 때부터 연습생이었거든. 그전에도 내가 뭐 먹기만 하면 살찐다고 혼나기만 했지. 아빠도 엄마도 진짜 엄했어. 다른 식구들은 치킨 먹을 때 나만 샐러드 먹고 그랬거든. 그때 진짜 서러웠지."

알아, 그 기분. 정현아는 그렇게 말하려다 입을 다물었다.

'역시 넌 거짓말쟁이야.'

거짓말쟁이다. 계속해서 걸려 오는 전화는 분명 기획사일 것이다. 기사를 보고 현아에게 계약을 파기하겠다거나 법적 절차를 밟겠다며 으름장을 놨을지도 모른다. 아무리 중소 기획사라도 연예인 한 명을 업계에서 매장시키는 것쯤은 간단하다. 일을 주지 않으면 그걸로 끝이다. 연예인은 대중에게 노출되어야 연예인으로 존재할 수 있다. 그런데도 현아는 별거 아닌 전화라고 말하고는, 아무 일도 없었다는 듯이 웃고 있다. 대체 왜. 그 한마디가 계속해서 정현아의 입 안에서 맴돌았다.

"······내가 아는 사람이 그러는데 죽기 직전에 생각나는 게 진짜 좋아하는 음식이래."

"어머, 말 된다. 죽기 직전에 먹고 싶은 음식이라."

정현아는 마지막 한 점 남은 스테이크를 포크로 찍었다. 현아가 썰어서 건네준 스테이크를 꼭꼭 씹고 있노라니 더욱 묻고 싶어졌다. 왜? 대체 왜?

"있다! 하나 있어. 해체한 우리 그룹 멤버들이 매니저 몰래 내 생일 파티를 해 줬었어. 데뷔하고 처음 맞는 생일이었거든. 그때 체중 관리해야 한다고 감시가 엄청 심했어. 그런데도 리더 언니가 편의점에서 초코파이 한 박스를 몰래 사 와서는 그걸 케이크처럼 쌓아서 초를 꽂아 줬지. 그것도 살찐다고 하나를 다섯 명이서 나눠 먹었어. 손가락에 묻은 것까지 쪽쪽 빨아 먹는 게 웃겨서 서로 미친 듯 웃었어. 진짜 행복했어."

애는 정말로 즐거우면 목소리가 바뀌는구나. 그토록 많은 영상을 봤음에도 이런 목소리로 말하는 현아는 본 적이 없었다.

"우리 그룹, 1년도 버티지 못하고 해체했어. 소속사가 해체시켰지. 그래서 지금은 다 뿔뿔이 흩어졌어. 한동안 일도 안 들어오고 혼자서 어떻게 하나 막막할 때마다 그 초코파이 먹던 기억으로 버텼어. 그러니까 난, 죽기 직전에 딱 하나 먹으라면 초코파이 먹을래. 먹으면서 기도할 거야. 다음 생에 우리 멤버 그대로, 또 같이 노래하게 해 주세요. 그때는 완전 대박 쳐서 빌보드 가게 해 주세요, 라고."

스테이크가 부드럽게 목 아래로 넘어갔다. 정현아는 계속해서 맴돌던 한마디를 입 밖으로 끌어 올렸다.

"오늘 나한테 왜 밥을 사 준다고 한 거야?"

대체 왜? 아무리 생각해도 이해가 되지 않았다. 오늘은 현아에게는 최악의 날이 아닐까. 그런 날에 다른 사람에게 밥을 살 이유가 뭐가 있단 말인가. 정현아의 질문에, 현아는 잠시간 자신의 앞에 놓인 샐러드를 뒤적였다.

"찾았다."

현아가 내밀어 보인 것은 샐러드에 섞여 있는 선 드라이 토마토였다.

"난 이거 이름이 선 드라이 토마토라서 좋더라. 진짜 햇빛에 말린 게 아니란 건 나도 알아. 그렇지만 선 드라이, 라고 소리 내서 말하면 햇빛이 비추는 것 같잖아."

현아는 토마토를 입에 넣었다.

"나는 이기적이거든. 그래서 온 세계 사람들의 행복은 빌수가 없어. 그런데 다른 사람의 행복을 바라고는 싶단 말이야. 그래서 나는 가끔씩 현아의 행복을 빌어, 지구 어딘가에 살고 있을 수많은 현아들."

현아는 토마토를 아주 천천히 씹어 삼키며 말을 이었다.

"오늘 나, 진짜 힘든 날이거든. 슬프고 힘든 날. 그래서 나와 이름이 같은 너라도, 잠깐이라도 행복했으면 했어. 그뿐이야."

선 드라이. 정현아는 그 단어를 혓바닥 아래 넣고 천천히 굴려 보았다.

∾

마지막 날이다.

새벽 6시. 정현아는 카피캣 식당 앞에 섰다. 카피캣 식당을 발견한 지 딱 한 달이 되는 날이다. 계약을 하고 한 달이

지나면 식당을 발견할 수 없게 될 거라고 했으니, 오늘이 영혼의 레시피를 거래할 수 있는 마지막 날인 셈이다. 정현아는 식당 문고리를 뚫어져라 바라보았다.

'카피캣 식당. 왜 하필 이름도 카피캣이야.'

카피캣(copycat). 인기 있는 제품을 모방해서 만든 제품을 일컫는 단어다. 미용 업계에서 그 단어만큼 자존심을 상하게 만드는 건 없다. 아무리 메이크업을 잘해도 자신만의 기술이 없으면 '어차피 카피캣이잖아'라는 빈정거림을 피하긴 어렵다. 정현아는 이전 직장에서 직원들이 한 신인 배우를 두고 쑥덕거리던 것을 떠올렸다. "쟤 완전 신민아 카피캣이잖아." 엔터테인먼트 업계에서는 사람도 상품이다. 대중도 그렇게 여기는 듯했다. 그렇지 않다면, 모니터 너머 연예인이 자신들과 같은 사람임을 인지한다면 그런 악플을 달 수는 없을 터였다. 정현아는 오늘까지 틈틈이 예전에 남긴 현아에 대한 악플을 지웠다. 현아의 악플을 보는 것은 이제는 즐거움이 아닌, 고통일 뿐이다. 유일우의 스토킹 폭로가 터지고 현아는 잠정적으로 활동 중단을 선언했다. 정현아는 유일우의 팬 커뮤니티를 탈퇴했다. SNS 계정도 없앴다. 자칫 다시 도망치고 싶어지면, 언제든 그곳으로 돌아가고 싶어질지 모른다. 실장에게 죄송하다고 말하러 갈 때도 도망치고 싶었고, 지금도 실수를 할 때마다 도망치고 싶다. 그러니 아예 끈을 잘라 버려야만 했다. 한때의 애정. 한때의 구원. 그러나 이제 정현아는 그곳에서 뻗어 나온 끈을 잡지 않아도 서 있을 수 있다.

'현아는 모르겠지. 내가 자신의 인생을 훔치려 했다는 걸.'

카피캣이 될 뻔했다. 잘 알지도 못하는 타인을 밖으로 보이는 모습만으로 재단해서, 멋대로 자신의 삶에 잘라 붙일 뻔했다. 그랬다면 어떻게 되었을까. 훔친 인생은 온전히 내 것이 되었을까. 정현아는 식당 유리창에 비친 자신의 희끄무레한 실루엣을 보았다. 처음 이 식당을 발견했을 때는 후드에 맥주 여섯 캔을 넣고 있었지만 지금은 한 손에 메이크업 박스를 들고 서 있다. 그걸로 된 것이다.

'혹시 다음번에 발견하면 그때 꼭 말해 주자. 식당 이름으로는 김밥지옥이 더 낫다고.'

새벽 6시 6분 6초. 정현아는 뒤돌아섰다. 카피캣 식당은 누군가 지우개로 지우기라도 한 듯 홀연히 사라졌다.

부치지 못한 달걀말이

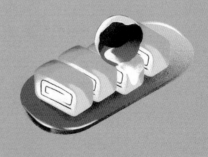

1960년대에 생산된 몽블랑 마이스터스튁 149 18C OB닙과 까르띠에 산토스 갈베 XL 사이에는 잘 정돈된 데스크 사진이 끼워져 있다. 가로 3장, 아래로는 손가락이 터치하는 대로 쭉쭉 길어지는 네모난 피드 안의 세계는 완벽하다. 팔로워는 육천구백구십이 명. 딱 여덟 명만 늘어나면 칠천 명이 되는지라 매일 팔로워 수를 확인한다. 만나고 싶다며 DM으로 사진을 보내오는 여자의 얼굴이 취향일 때면 아쉬워진다. 인스타그램에 올린 수많은 사진들. 그 사진 속의 모든 것이 진짜 내 것이면 얼마나 좋을까.

"변만진, 영업 채널에서 안내 자료 검수 요청 온 거 보냈어?"

이 대리가 손에 든 서류로 변만진의 책상을 가볍게 내리쳤다. 변만진은 휴대폰을 슬그머니 주머니에 넣고 모니터를 들여다보는 척했다.

"확인은 했는데 아직 마무리가 덜 돼서요. 오늘 중으로 해서 보내겠습니다."

완전히 거짓말은 아니다. 확인은 했다. 어떤 내용인지 보지 않았을 뿐이다. 안내 자료의 오류 검수쯤은 금방 끝날 테니 내일 해야지 하고 미뤄 둔 게 어느새 사흘이 지났다.

"저러니까 기획이 전부 퇴짜를 맞지. 정기상 좀 본받아. 입사 동기 반만 좀 따라가라고."

변만진은 아무런 대답 없이 입을 꾹 다물고 있다가, 이 대리가 사무실을 나가자마자 자리에서 일어나 탕비실로 향했다.

'이 대리, 재수없는 새끼. 나보다 별 잘난 것도 없으면서 입사 좀 일찍 했다고 잘난 척은.'

변만진은 탕비실에 들어가 과자 서너 봉지를 챙겨 냉장고 옆에 놓인 일인용 소파에 앉았다. 소파가 놓인 벽면은 굴처럼 푹 패어 있어서, 그곳에 앉아 있으면 탕비실에 누가 들어와도 들키지 않고 편히 쉴 수 있다. 변만진은 과자를 한 봉지 뜯었다.

"아까 봤어요? 이 대리님 완전 화난 것 같던데요."

과자 한 봉지를 거의 다 비워 갈 즈음, 탕비실 문이 열렸다. 변만진이 관심을 가지고 있는 박윤아의 목소리였다. 변만진은 숨을 죽이고 대화에 귀를 기울였다.

"변만진 씨 일하는 거 보면 그럴 만도 하죠. 정기상 씨랑 입사 동기인데 어쩜 그렇게 다른지. 정기상 씨, 이번 신상품 기획도 통과될 것 같다던데. 그럼 입사한 지 1년도 안 돼서 전담 기획 두 개 맡게 되는 건데, 진짜 대단해요."

"비교가 될 사람끼리 비교를 해야죠. 한쪽은 순정 만화, 한쪽은 로맨틱 코미디 재질인데."

"로맨틱 코미디라니. 너무 인심 후한데? 뭐야. 윤아 씨, 변만진 씨한테 관심 있어요?"

있다고 해, 어서. 변만진은 과자 봉지를 움켜쥐고 박윤아의 대답을 기다렸다. 박윤아가 예스, 라고만 대답하면 자신과 정기상을 비교한 것쯤은 용서할 수 있었다.

"아무리 농담이어도 어떻게 그런 말을 해요?"

왁자지껄하던 탕비실이 일순 조용해졌다.

"에이, 분위기 싸하게 정색은. 로맨틱 코미디 주인공도 나름 잘생겼잖아요. 그런데 변만진 씨를 로맨틱 코미디라고 하니까."

"주인공이라고 한 적 없어요. 변만진 씨가 어떻게 주인공이 돼요."

"그럼?"

"조연 말한 거예요. 그런 장르에 꼭 한 명씩은 있잖아요.

여자 주인공 쫓아다니면서 괴롭히는, 자격지심 심한 남자."

웃음소리가 터져 나왔다. 변만진은 웃을 수 없었다. 뒤통수를 세게 얻어맞은 듯 눈앞이 어지러웠다. "박윤아 씨도 너무하네." "너무하긴요. 선배님이 너무했어요." "맞아. 윤아 씨, 정기상 씨한테 마음 있는 거 모르셨어요?" "여기 여자들 중에 정기상 씨한테 마음 없는 사람 있어요?" 이어지는 말들이 계속 변만진에게 잽을 날렸다. 문 열고 닫는 소리가 나고, 탕비실 안은 고요해졌다. 변만진은 몸을 일으키려고 양손으로 소파 팔걸이를 꽉 잡고 힘을 줬다. 소파는 불안하게 흔들렸고, 변만진은 소파에 엉덩이가 낀 채 그대로 옆으로 넘어졌다. 에이 씨. 변만진은 욕설을 내뱉으며 바닥을 짚고 일어났다. 손에 쥐고 있던 과자가 봉지째 부서져, 손바닥이 가루와 크림으로 범벅이었다. 탕비실 싱크대의 수도꼭지를 끝까지 틀고 콸콸 쏟아지는 물에 손을 씻었다. 셔츠와 바지로 마구 물이 튀었지만 괘념치 않았다. 손에 묻은 미끈거림을 씻어 내지 않으면, 자신을 비웃던 말들이 계속 달라붙어 있을 것만 같았다.

'나쁜 년. 분명히 나한테 마음이 있었잖아. 신입 사원 환영회 때 나한테 수건 건네줬던 건 뭔데? 사무실에서 단체로 커피 주문할 때마다 나한테만 정말로 프라푸치노 먹을 거냐고 한 번씩 더 물어봤던 건? 나한테 말 한 번 더 걸려고 그랬던

거잖아. 그랬으면서 그 사이에 정기상으로 갈아타?'

변만진은 손의 물기를 털며 탕비실을 나왔다. 복사기 앞에 서 있던 정기상이 변만진에게 다가와 주머니 안에서 손수건을 꺼내 내밀었다.

"너 다 젖었다. 탕비실 수도에 문제 생겼어?"

불합리하다. 변만진은 손수건을 받아 들며 다시금 생각했다. 입사 동기란 이유만으로 정기상과 비교당하는 건 역시 불합리하다.

'애초에 출발점이 다르다고. 나와 이 녀석은.'

정기상은 회사 임원의 아들이 아닐까. 신입 사원들 사이에 퍼져 있는 소문이다. 소문은 인턴 때부터 스멀스멀 피어올랐다. 비슷한 실수를 하는 인턴들 사이에서 유독 업무에 익숙한 정기상은 눈에 띄는 존재였다. 단순히 업무만 잘하는 게 아니라, 회사 구조와 시스템까지 잘 알았다. 결정적이었던 건 임원 중 한 명이 정기상에게 "드디어 입사했군, 자네."라는 말을 건넨 거였다. 정기상이 자신의 신변 이야기를 거의 하지 않았기에 소문은 신입 사원들 사이에 사실처럼 자리 잡았다.

'나도 이 녀석처럼 좋은 부모를 만났으면, 이런 취급은 받지 않았을 거야.'

부모가 회사의 임원이었다면 취직을 하려고 3년 넘게 아등바등하지 않아도 됐을 거다. 취업 준비를 하면서 받은 스트레스 때문에 20㎏ 넘게 살이 찔 일도 없었을 거고, 업무에서 실수를 해도 질책을 받지 않았을 거다. 정기상의 기획이 통과된 것도 부모의 덕이 아닐까. 손수건을 받아 드는 변만진의 뱃속에 뾰족한 가시가 돋아났다.

"정기상, 오늘 나랑 한잔하자."

변만진은 손수건으로 젖은 셔츠의 물기를 닦아 내며 말했다. 정기상이 싫어도 휴대폰 갤러리 속 사진은 채워야 했다.

"술은 좀. 나 8시까진 집에 들어가야 하거든."

정기상은 입사 후 이제까지 한 번도, 어떤 술자리에도 참석한 적이 없다. 부서 전체 회식 때에도 초반에 얼굴만 비추고 8시 전에 자리를 떴다. 다른 신입 사원이 그랬다면 군기가 빠졌다고 호통을 쳤을 부장이, 정기상에게는 아무 말도 하지 않아 '정기상 후계자설'에 더욱 불을 붙였다.

"서운하다. 이번 신입 사원, 우리 부서에 남자라고는 너랑 나 딱 둘뿐이잖아. 동기가 술 한 잔 같이 못 해 주냐. 회사 일로 고민도 많은데, 털어놓을 사람도 없고."

"……그럼 우리, 저녁 먹으면서 가볍게 반주만 하자. 1시간쯤은 늦게 들어갈 수 있게 해 볼게. 대신에 밥은 내가 살게. 어때?"

됐다. 변만진은 속으로 쾌재를 부르며 고개를 끄덕거렸다.

부치지 못한 달걀말이

'정기상이 가는 곳이면 그저 그런 곳은 아닐 테지. 오늘 사진 좀 건지겠는데? 이제까지 저녁식사 사진이 한 장도 없었단 말이야. 술은 와인으로 하자고 해야겠어. 샴페인보다는 와인 쪽이 사진이 잘 나오지.'

변만진은 축축해진 손수건을 곱게 접어 자신의 주머니 안에 넣었다.

"그러자. 손수건은 내가 빨아서 돌려줄게."

변만진은 자신의 자리로 향하며, 점심시간에 어떻게 정기상의 눈에 띄지 않고 회사 앞 드라이클리닝 숍에 다녀올까를 고민했다. 보송하게 빤 손수건을 벤치에 놓고 찍으면 꽤 그럴싸할 것이다.

식탁 한가운데 놓인 된장찌개가 부글부글 끓었다.

'꼭 내 심정 같네.'

변만진은 접시 위 생선구이의 눈알에 신경질적으로 푹 젓가락을 박았다. 저녁을 산다던 정기상이 회사 맞은편 백반 골목으로 가자고 할 때에 설마, 하던 것이 식당 문을 열고 들어온 순간 어째서, 가 되었다. 1인분에 육천 원짜리 백반이라니. 밥맛이 싹 사라졌다.

카피캣 식당

"사장님, 여기 달걀말이 추가요."

맞은편에 앉은 정기상의 말이 끝나기도 전에 두껍게 말린 달걀말이가 식탁에 놓였다.

"여기 내 단골집인데, 달걀말이가 진짜 기가 막혀."

정기상의 말을 듣는 둥 마는 둥, 변만진은 잔에 소주를 따랐다.

"내가 달걀말이를 좋아하거든. 초등학교 때 현장실습 가잖아. 5학년 때인가. 그때 엄마가 직접 김밥을 싸서 보내겠다고, 아침 일찍 일어나서 재료 다 다듬고 난리법석을 피운 거야. 그때는 보통 일하러 오는 아줌마가 식사를 챙겨 줬거든. 우리 엄마, 요리 진짜 못해. 엄마가 김발에 김을 놓고, 그 위에 밥을 척척 펴고, 김발을 말려고 할 때에는 둘이 함께 제발 잘 말 수 있게 해 달라고 기도까지 했어."

변만진은 소주를 한입에 털어 넣었다. 정기상의 이야기 중 '일하러 오는 아줌마가 식사를 챙겨 줬다'는 부분만이 귀에 날아와 박혔다.

"결국 김밥 마는 건 실패했어. 옆구리 다 터졌거든. 그래서 엄마가 김밥 속 재료를 다 썰어서 볶음밥으로 만들어서는 그걸로 달걀말이를 부쳤어. 엄마가 유일하게 할 수 있는 요리가 달걀말이였거든. 그게 의외로 친구들한테 인기 만점이었어. 나 5학년 초에 전학 가서 반에서 좀 겉돌고 있었거든. 그런데 그 도시락 덕분에 친구들하고 많이 친해졌어. 그날 이후로 기쁜 일이 있어도 달걀말이, 슬픈 일이 있어도 달걀말이. 엄마가 넌 죽기 직전에도 달걀말이 먹을 거냐고 웃었다니까."

변만진은 소주잔을 거칠게 식탁에 내려놓았다.

"난 달걀말이 안 좋아해. 너나 많이 먹어."

연거푸 들이켠 소주의 알싸한 취기가 머리끝을 향해 단숨에 치솟아 올랐다. 취기는 변만진의 뱃속에 들어차 있던 가시를 뽑아 올렸다.

"사는 게 왜 이러냐, 정말. 정기상, 너 같은 놈은 몰라. 내가 얼마나 힘든지. 일산에서 강남까지 출퇴근하는 데 왕복 2시간 가까이 걸려. 회사 근처에 집을 얻고 싶어도 돈이 없어, 돈이. 내가 뭐 근사한 거 바란 것도 아니고 그냥 딱 원룸! 보증금이 천에 월세 백오십짜리 진짜 괜찮은 게 있었거든? 그런데 부모님이 그것도 못 해 주겠다는 거야. 말이 되냐? 아니, 사회 초년생이 이천만 원이 어디 있냐고. 게다가 월세로 백오십을 내면, 돈은 어떻게 모아? 그러니까 당연히 부모가 해 줘야 하는 거 아냐? 아빠 말이 더 가관이었어. 보증금 없이 월세 사십짜리를 가라는 거야. 곰팡내 풀풀 나고 역에서도 엄청 먼, 형편없는 집이었다고! 취업 축하랍시고 고작 아반떼 중고를 뽑아 줬을 때부터 알아봤어야 했어. 짠돌이 부모. 자식에게 쓰는 돈도 아까워하는 부모라니. 넌 이런 부모하고 안 살아 봐서, 이게 얼마나 답답한 건지 모르지? 야, 근데 너는 차 뭐 타냐? 벤틀리? 아우디? 넌 술 왜 안 마셔? 운전해서 가려고?"

뽑혀 나온 말이 두서없이 쏟아졌다.

"난 차 없어, 만진아. 너 좀 천천히 마셔야겠다."

됐어. 됐다고. 나 안 취했어. 변만진은 그 말을 반복하며 혼자서 소주 한 병을 모두 비웠다. 변만진이 '소주 한 병 더!'를 외치려는데 정기상의 휴대폰이 울렸다.

"만진아, 나 지금 집에 가 봐야 해. 사장님. 저 친구요, 택시 좀 불러 주세요."

정기상은 황급히 식당을 나갔다. 변만진은 혼자 우두커니 식탁에 앉아 있다가 식당을 나와 택시에 올라탔다. 운전기사가 도착했다며 어깨를 잡아 흔들어 눈을 떴을 때에도 취기는 가시지 않은 채였다.

'아무리 바빠도 술을 마시다 그렇게 가? 역시 정기상 그 자식, 나를 얕보는 게 분명해.'

정기상이 분위기 좋은 와인 바에서 부잣집 친구들과 어울리며 자신의 이야기를 술안주 삼아 낄낄거리고 있는 광경이 머릿속을 스쳐 지나갔다. 두통과 함께 몰려온 상상은 머릿속에서 현실로 변했다. 엘리베이터를 타고 올라가는 짧은 순간에 변만진은 자신이 가지 못한 와인 바와 자신을 비웃는 정기상에 분노했다. 신경질적으로 현관 키패드의 비밀번호를 눌렀다.

"왔어? 아이고, 술 냄새. 한약 먹는 동안은 술 마시지 말라니까."

거실에 앉아 텔레비전을 보던 어머니의 잔소리가 날아왔다.

"누가 그딴 거 지어 달랬어? 짜증나게!"

변만진은 버럭 소리를 지르곤, 자신의 방에 들어가 쾅 문을 닫았다. 침대에 몸을 던지듯 드러누워 씨근덕거리다 휴대폰을 꺼냈다.

'뭐야. 아직도 칠천 명이 안 됐잖아.'

인스타그램의 팔로워 수는 며칠간 요지부동, 오를 생각을 하지 않고 있다.

아이디 JJIN_REAL. 변만진이 인스타그램을 시작한 건 두 달 전이다. 정기상이 제출한 신상품 기획이 통과되었다고 사무실에서 조촐한 축하 파티가 열린 날이었다. 팀장이 정기상에게 꽃다발을 건넸고, 다른 사원들은 모두 박수를 쳤다. 변만진은 박수를 치지 않았다. 박수를 치기보다는 박수를 받고 싶었다. 박수를 받기 위해서는 정기상이 될 수밖에 없지 싶었다. 그래서 인스타그램 계정을 만들었다. 아이디는 JJIN_REAL. 변만진은 프로필에 정기상의 뒷모습이 찍힌 사진을 걸었다. 첫 게시물은 정기상이 받은 꽃다발 사진이었다. 다음 게시물은 정기상의 데스크 사진, 그 다음 게시물은 정기상이 벗어 의자에 걸쳐 놓은 카디건. 그 다음은 정기상의 구두였다. 댓글이 달리고 팔로워가 생겼다. 팔로워가 늘어날수록 더욱더, 변만진은 인스타그램 속에서 정기상이 되어 갔다. 그곳에 달린 댓글로 변만진은 정기상이 자주 쓰는 물건, 자주 입는 양복이 빈티지 명품이라는 걸 알았다.

디링. DM이 왔다는 알림이 울렸다. 무심코 메시지를 본 변만진은 흡, 숨을 들이마셨다.

정기상 씨? 맞죠? 인스타 하는지 몰랐어요. 팔로하고 갈게요. 혹시 회사 사람이 댓글 다는 거 싫어할까 봐 메시지 보내요. 우리 내일 회사에서 봐요!

변만진은 다급히 메시지를 보낸 사람의 프로필 사진을 눌렀다.

'누구지? 대체 누구야?'

계정의 주인은 박윤아였다. 변만진은 곤혹스러움과 안도감을 동시에 느꼈다.

'박윤아는 내게 호감이 있으니까, 잘 이야기해 보면 될 거야. JJIN_REAL은 정기상이 아니라 나라고. 다른 회사 사람들에게는 그 계정에 대해 비밀로 해 달라고.'

참고 있던 숨이 훅, 몰아쳐 나왔다. 알코올 기운의 잔재인지 아니면 긴장이 풀려서인지 졸음이 몰려왔다. 옆으로 돌아누우며 눈을 감았다.

'박윤아가 내 계정을 찾아내다니. 역시 나와 인연이 있는 거야.'

어쩌면 이건 박윤아와 잘해 보라는 신의 계시가 아닐까. 변만진은 만족스럽게 깊은 잠으로 곯아떨어졌다.

무엇이 문제였을까. 아침에 늦잠을 잔 것? 그래도 씻고는 가야 한다는 생각에 샤워를 한 것? 아버지가 쓸데없이 계속 잔소리를 해서 신경 쓰느라 준비가 더욱 늦어졌다. 게다가 그놈의 다이어트 한약. 어머니가 한약을 먹고 가라고 붙잡지만 않았어도 회사에 5분쯤은 더 빨리 도착했을 거다. 그럼 이 대리에게 붙잡혀 15분이나 지각하는 게 말이 되냐는 핀잔을 듣지도 않았을 테고, 박윤아가 정기상에게 가는 것을 막을 수도 있었을 거다. 변만진은 책상 아래 숨긴 주먹을 꽉 움켜쥐었다. 손바닥이 땀으로 축축했다.

"정말 정기상 씨 아니에요, 이 계정?"

"예, 저는 SNS는 아무것도 안 해요."

"소름끼친다. 그럼 이 계정, 누가 정기상 씨 사칭한 거잖아."

변만진이 이 대리에게 붙잡혔을 때 소동은 이미 시작된 후였다. 박윤아가 정기상에게 건넨 한마디. "어제 맞팔 고마워요."가 소동의 시작이었다. "맞팔이요? 전 그런 거 한 적 없는데요." 정기상의 대답에 박윤아의 표정은 삽시간에 굳었다. 심상치 않은 분위기를 감지한 사람들이 두 사람의 주변으로 몰려들었다.

누군가 정기상을 사칭한 계정을 운영하고 있다. 그 사실은 곧 사무실 전체로 퍼졌다. 사람들은 너도나도 정기상의 자리로 찾아와 한두 마디씩 말을 건넸다.

"피드 보니까 정기상 씨 물건을 다 찍어서 올렸던데. 그럼 같은 회사 사람인 거잖아."

"정기상 씨, 괜찮아요? 그거 신고해야 돼요."

"신고해도 당장은 계정 정지 안 된다던데. 신고한 사람이 본인인 거 증명하려면 신분증 보내고, 어쨌든 절차가 복잡할 걸요."

변만진은 사람들이 정기상에게 말을 걸 때마다 더욱 세게 주먹을 쥐었다.

'신고? 정지라니. 말도 안 돼. 곧 있으면 칠천 명이란 말이야!'

변만진을 더욱 초조하게 만든 건 정기상의 반응이었다. 정기상은 박윤아가 건네준 휴대폰으로 잠시 동안 인스타그램을 살펴봤을 뿐, 그 후로는 사람들이 무슨 말을 해도 괜찮다고 말할 뿐이었다. 변만진은 점심시간이 되자마자 부리나케 정기상에게로 다가갔다.

"어제 내가 술이 좀 과했지. 미안했다. 덕분에 잘 들어갔어."

점심이나 같이 먹을까, 하는 변만진의 말에 정기상은 그러자며 자리에서 일어났다. 함께 구내식당으로 향하면서 변만진은 슬쩍 정기상을 떠보았다.

"아까 들었어. 누가 인스타그램에서 너 사칭했다며? 괜찮아?"

정기상은 아주 잠깐, 변만진의 옆얼굴을 바라보더니 고개를 끄덕거렸다.

"응, 괜찮아. 살펴봤는데 그냥 사진만 올린 거더라고. 나쁜 일에 이용한 것 같지도 않고."

"네 사진이 좋아서 사람들이 팔로한 거잖아. 팔로워 뺏긴 거란 생각 안 들어?"

"팔로워 같은 거 별 상관 없어."

무덤덤한 정기상의 말투가 뾰족한 가시로 변해 변만진의 뱃속을 쿡쿡 찔렀다. 구내식당에 앉아 밥을 먹으면서도 음식의 맛을 느낄 수가 없었다.

'팔로워 같은 거? 같은 거라고? 나는 네 흉내를 내서라도 그걸 얻고 싶었는데, 너한테는 그게 별거 아니라 이거지.'

인스타그램에서 하트를 구걸하지 않아도, 현실에서 얼마든지 하트를 가질 수 있다는 건가. 변만진은 된장국을 들이마시며 맞은편에 앉은 정기상을 힐끔힐끔 노려보았다.

정기상이 싫다.

싫은 만큼이나, 정기상이 되고 싶다.

그 상반된 마음의 골이 변만진을 비참하게 만들었다.

"이 더러운 세상! 가진 놈들만 더 가지고. 공평하지 않아. 부모 덕분에 출발점이 다른데 어떻게 이기라고! 아씨. 여기가 어디야? 망할 택시 어디 갔어? 손님을 받았으면 집 앞까지 곱게 모셔야지. 어디 이런 길 한바닥에 내팽개치고 사라져?"

새벽 4시. 종로 골목길에 변만진의 고함소리가 울려 퍼졌다. 변만진은 비틀거리다가 셔터가 내려간 편의점 앞에 주저앉았다. 퇴근길에 포장마차에 들렀고, 꿀꿀한 기분을 달래기 위해 딱 한 잔만 혼자 마시고 가자고 했던 것이 한 병, 두 병이 되었던 것까지는 기억이 났다. 결국 몇 병을 마셨는지, 어떻게 포장마차를 나왔는지, 택시를 부른 건 누구였는지, 택

시 기사가 왜 화를 내며 자신을 끌어 내렸는지는 기억나지 않
았다. 변만진은 편의점 셔터 문에 등을 기대고 앉아 킁킁 냄
새를 맡았다.

"뭐야. 이 고약한 냄새는. 누가 내 옷에 이딴 걸 묻혔어?
아닌가? 내가 토한 건가?"

변만진은 낄낄 웃었다. 알코올과 토사물 냄새가 뒤섞인 숨
결이 새벽 주택가의 후덥지근한 초여름 공기에 눅진하게 녹
아내렸다. 더위와 함께 더욱 취기가 오른 것인지 변만진의
눈꺼풀이 무거워졌다. 흐릿해진 시야에 맞은편 가게의 간판
이 보였다. 검은 바탕에 빨간색으로 쓰인 상호명이 술에 취
한 중에도 강렬하게 다가왔다.

"김밥지옥? 무슨 가게 이름이 저래? 손님 다 도망가겠네."

하긴. 지옥이 별거냐. 지금 내 삶이 지옥이지. 혼잣말을 중
얼거리던 변만진의 눈꺼풀이 완전히 감겼다. 얼마나 지났을
까. 선잠을 깨운 건 낯선 목소리였다.

"손님이로군. 일어나. 하여간 인간들이 악마보다 주도가
없다니까."

변만진은 무거운 눈꺼풀을 들어 올렸다. 검은 대리석 천장
이 눈에 들어왔다. 변만진은 두 눈을 비비며 일어나 앉았다.
순간, 혹시 이세계로 이동이라도 한 건가 싶었다. 가게 바닥
에 주저앉아 주변을 살펴볼수록 이 세상이 아닌 어딘가에 와

카피캣 식당

있는 것만 같았다. 가게 중앙에 위치한, 바닥부터 천장까지 뚫고 올라갈 듯 이어진 나선형 책장부터가 그랬다. 그 안에서 뿜어져 나오는 오로라 빛 조명이 가게 전체를 채우고 변만진의 얼굴까지 오색찬란하게 물들였다.

"여기가 어디지? 난 분명 밖에서 잠들었는데."

"손님을 밖에 두는 건 예의가 아니라 데리고 들어온 거야."

변만진은 엉거주춤 일어나 목소리가 난 쪽을 봤다. 바 테이블 너머에 한 남자가 서 있었다. 기묘한 남자였다. 분명 어디에선가 본 듯한 얼굴인데, 어디에서도 본 적 없는 얼굴이었다. 남자인지 여자인지도 확실히 분간이 가지 않는, 묘한 친밀감이 드는 분위기를 가진 남자가 변만진을 향해 손짓했다.

"앉아, 손님. 난 로키. 그쪽은?"

"변만진. 근데 내가 손님이라고?"

"그래. 카피캣 식당에 온 걸 환영해. 훔치고 싶은 인생이 있지?"

변만진은 홀린 듯 바 테이블 앞에 놓인 의자에 걸터앉았다. 변만진의 앞에 와인 잔이 놓였다. 한눈에 보기에도 비싸 보이는 와인병을 들고 미소 짓는 남자의 초대를, 변만진은 거부할 수 없었다.

붉은 와인이 또다시 와인 잔을 채웠다. 변만진은 역시 이건 꿈이구나, 라고 생각했다. 와인을 세 병이나 마셨는데 취하지 않다니. 아무리 마셔도 딱 기분 좋을 정도의 취기만 돌 뿐, 정신은 멀쩡했다. 게다가 남자가 따라 주는 와인은 분명 같은 병에서 나오는 것인데도 잔마다 맛이 달랐다. 그것도 변만진의 취향을 조사하기라도 한 듯 입맛에 딱 맞는 맛뿐이었다.

"당신 참 신기하네. 남자도 여자도 아닌 것처럼 보여. 얼굴도 어딘가 두루뭉술한 게 달걀귀신 같기도 하고. 눈 코 입 다 붙어 있는데 왜 그럴까."

꿈이라고 생각하니 바 테이블 건너편의 남자, 로키가 더욱 편하게 느껴졌다.

"내가 그렇게 보인다면, 그게 손님이 인정받고 싶은 대상이야. 난 지옥의 주방장이니까. 요리는 그 맛을 인정해 주는 대상이 없으면 완성되지 않지. 그래서 나는 인정 욕구를 담당하는 악마이기도 해. 사람들은 나를 자신이 인정받고 싶은 누군가의 모습으로 보지. 아마 손님은 특정한 누군가가 아닌 대중에게 인정받고 싶은 모양이군. 내가 두루뭉술하게 보인다면."

카피캣 식당

"또 이상한 소리. 악마가 이 세상에 어디 있어? 인생을 훔친다느니, 영혼을 바꿔 준다느니 하는 이야기도 어이없는데."

"어디가 어이없지?"

변만진은 와인 잔을 한 손에 들고 흔들며 자신만만하게 답했다.

"설령 그 트랜스퍼라는 게 정말 된다고 쳐. 그래서 로키, 당신이 얻는 게 뭔데? 영혼의 레시피? 그게 대체 무슨 가치가 있어?"

"요리사에게 레시피보다 가치 있는 건 없어."

"그깟 레시피, 서점에 가면 얼마든지 있잖아."

"말했잖아. 영혼의 레시피는 이야기야. 이야기가 담긴 레시피여야 지옥에서 쓸 수 있어. 사람의 감정이 듬뿍 담긴 레시피로 만든 음식이 얼마나 반응이 좋다고. 지옥의 레시피야 다 고만고만, 지루하니까."

"그래도 말이 안 돼. 카피캣? 인생을 훔치고 싶어 하는 쪽을 그렇게 부른다고 했지? 카피캣이 타인의 레시피를 알아내서 당신에게 알려 준다고 쳐. 그럼 카피캣과 당신은 얻는 게 확실히 있지. 하지만 인생을 도둑맞은 쪽은? 자신과 상관없는 두 사람의 계약으로 일방적으로 인생을 뺏기는 게 되지. 당신이 그랬잖아. 악마의 계약을 해선 안 되니 상대를 속일 수 없고, 그래서 계약을 할 땐 정확한 워딩을 써야 한다고. 하지만 삼자 계약에서, 어느 한 명이 계약에 대한 동의 없이 진행되는 게 속이는 게 아니고 뭔데? 그러니까 당신 말은 오류가 있다는 거지."

어떠냐. 나의 이 냉정한 분석이. 변만진은 와인을 한 모금 마시며 로키의 반응을 살폈다.

"예리하군. 손님은 꽤 머리가 좋아."

로키는 가볍게 박수를 쳤다. 와인 잔을 입에 댄 변만진의 입가가 기분 좋은 떨림으로 실룩거렸다. 그토록 듣고 싶던 박수 소리였다. 타인의 인정이 와인과 함께 몸 안으로 흘러들어와 달콤하게 녹아내렸다.

"하지만 이 삼자 계약에서 인생을 빼앗기는 쪽은 사전 동의를 한 걸로 간주돼. 그러니 사기는 아니지."

"간주된다고? 왜? 악마가 꿈에 나와서 계약서라도 읊어 주나?"

"아니. 카피캣이 그의 이름과 이야기를 알고 있으니까. 타인에게 자신의 이름과 이야기를 동시에 맡긴다는 건, 서명을 대리할 권한을 주는 것과 같은 거야. 이게 악마의 룰이야. 고로 난 룰을 어기지 않은 거지."

"고작 이름 좀 알려 준 게 무슨……. 통성명 안 하고 사는 사람들이 몇이나 된다고."

"그러니까 인간이 어리석다는 거야. 인간은 자신의 이름을 너무 쉽게 타인에게 알려 줘."

변만진은 와인 잔을 입에서 뗐다. 어리석다니. 나는 어리석지 않아. 기분 좋게 떨리던 입가가 한일자로 맞물리며 굳게 닫혔다.

"그럼 얻는 건? 계약을 했으면 얻는 게 있어야지!"

"바로 그 점이 예리하다는 거야."

이겼다. 변만진의 입가는 다시 느슨해졌다.

"얻는 게 있지. 인생을 빼앗기는 쪽도. 내가 '더미'라고 부르는 존재. 이건 말이지, 카피캣 쪽에서 지급하는 거야. 트랜스퍼가 일어나면 카피캣의 영혼 중 일정 부분이 유실돼. 물론 악마의 계약이 아니기에 인간의 핵심에는 영향을 미치지 않을 정도로만."

"더미? 핵심? 그게 무슨 차인데?"

"더미는 나무에 핀 꽃 같은 거야. 꽃이 꺾여 나가도 나무가 통째로 베이지 않는 한, 나무가 죽지는 않잖아. 하지만 꽃이 아예 피지 않으면 그 나무는 아무것도 남기지 못하지."

"……무슨 말인지 도통 모르겠군."

"몰라도 별문제 없어. 어쨌든 '더미' 중 일부는 내가 가지고 일부는 인생을 빼앗기는 쪽에게 지급하지. 당장의 삶에는 영향을 끼치지 않지만 보유한 더미의 양이 많으면 사후 심판을 받을 때 유리하게 적용되거든. '더미'가 많다는 건 그 사람이 그만큼 인생을 풍부하게 살았다는 의미니까. 사람마다 차이는 좀 있지만 보통 한 번의 트랜스퍼로 받게 되는 더미면……. 단테의 표현을 빌리자면 8동심원에 있어야 하는 죄인이 9동심원으로 갈 수 있는 수준은 되지."

"8동심원? 9동심원? 그게 뭐야?"

변만진이 되묻자 의외라는 듯 로키의 눈썹 한쪽이 살짝 위로 올라갔다.

"『신곡』 안 읽었어?"

"요즘 누가 그걸 다 읽어. 두껍기만 하고 재미도 없는걸."

"그렇군. 또 시대가 변했나 보네. 예전에는 그게 베스트셀러였거든. 인간들 유행은 너무 빨리 변해서 따라가기가 힘들어. 뭐, 간단하게 말하면 형량이 줄어든다는 거야."

"그럼 더미를 빼앗긴 카피캣 쪽은 사후에 형량이 늘어난다는 거군."

"그렇지. 과연 손님은 똑똑하군. 아주 좋아. 참고로 더미의 총량은 사람마다 달라. 총량이 많은 영혼을 지닌 사람은 몇 번이고 트랜스퍼가 가능한 경우도 있지."

"더미가 없으면 아예 거래가 불가능한 건가?"

"불가능해. 이 식당이 보이지 않을 테니까. 식당을 볼 수 있는 최소 조건이 더미의 유무거든. 이것도 예외는 있긴 하지만."

"예외?"

"식당의 물건을 가지고 있는 사람 눈에는 계속 보여. 원하면 언제든 이곳에 찾아올 수 있게 되지. 하지만 권하지 않아. 그만한 대가를 치러야 할 테니."

식당의 물건을 가지고 있다는 건 어떤 의미일까. 변만진은 궁금했지만 대가, 라고 말할 때 로키의 표정이 일순 험악해지는 것을 보고 묻지는 않았다. 대신 다른 것을 물었다.

"만약에 카피캣이, 트랜스퍼를 후회하면? 그 거래를 무를 수는 있는 건가?"

"있지. 간단해. 인생을 빼앗긴 상대가 이 식당에 와서 거래했던 영혼의 레시피로 만든 음식을 먹으면 돼. 자신의 이야기를 되찾는 거지. 그럼 거래는 취소되고 카피캣과 상대는 다시 본래의 자리로 돌아가게 돼. 단 한 달 안에 와야 해. 계약이 성사되고부터 한 달. 그 기간이 지나면 캔슬은 불가능해."

변만진은 잔에 남은 와인을 벌컥벌컥 한 번에 들이켰다.

'나쁠 것 없는 거래잖아? 카피캣이 되어도 잃는 거라곤 사는 데 별 영향 없는 더미인가 뭔가 하는 영혼의 일부일 뿐이고. 지옥에서 받는 형량이 가중된다고 해도 나는 썩 죄를 지은 게 없어. 내가 사람을 죽이기를 했어, 누구를 때리기를 했어? 오히려 좋은 일을 많이 했지. 대학 다닐 때 봉사활동도 하고 그랬잖아. 학교 다닐 때 말썽도 안 일으켰고 취직도 턱

하니 했으니 효도도 한 셈이지. 나 정도면 당연히 천국행 아니겠어? 그럼 지옥에서 심판 안 받을 거 아냐? 형이 늘고 줄고 할 일 자체가 없어. 게다가 캔슬도 가능하다면 더더욱.'

그렇다면, 아무 대가 없이 원하는 인생을 훔칠 수 있다. 상대의 영혼의 레시피만 알면.

훔치고 싶은 인생. 있다. 정기상의 인생. 명품 빈티지처럼 고급진 삶. 송송 썬 파가 섞인 두툼한 달걀말이가 떠올랐다. 변만진은 탁 소리 나게 와인 잔을 바 테이블에 내려놓았다.

"거래하겠어. 어떻게 하면 되지?"

로키의 눈꼬리가 반달 모양으로 휘었다.

누군가 꽹과리라도 치는 듯 머릿속이 깡깡 울렸다. 몰려오는 숙취에 신음소리를 내뱉으며 눈을 뜬 변만진은 무언가 이상함을 느꼈다. 평소라면 땀으로 흥건히 젖어 있어야 할 등이 축축하지가 않았다. 살이 찐 후 이불을 바꾸고, 잠자기 전에 선풍기를 틀어 놓고 별수를 다 써도 좋아지지 않던 다한증이었다. 등에 와 닿는 보송보송한 이불의 촉감이 어찌나 반가운지 한순간 숙취도 날아가 버린 듯했다. 물론 착각이었다. 몸을 일으켜 앉자마자 구토감이 밀려와 화장실을 향해

카피캣 식당

방 밖으로 뛰쳐나갔다.

'뭐야. 화장실 어디 갔어?'

없었다. 화장실이 있어야 할 곳에 없었다. 다급히 사방을 살피자 현관에서 이어진 좁은 통로 한쪽에 위치한 화장실이 보였다. 대체 왜 집 안 구조가 갑자기 바뀐 것인지, 깊게 생각할 여유는 없었다. 자칫하면 거실에 구토를 쏟기 직전이었으니까. 화장실로 들어가 변기를 붙잡고 반성의 시간을 가졌다.

'내가 또 이렇게 술을 먹으면 사람이 아니라 개다, 개.'

간신히 변기 앞에서 벗어나 세면대의 물을 최대로 틀고 세수를 했다. 찬물로 입 안까지 헹구자 좀 살 것 같았다.

'지금 몇 시지? 또 지각하는 거 아냐? 아씨, 엄마는 안 깨우고 뭐 한 거야?'

뒤늦게 떠오른 출근 걱정에 절로 미간이 찌푸려졌다. 수건을 집어 벅벅 얼굴을 닦고, 습관처럼 거울을 봤다. 찌푸린 미간이 더욱 좁아졌다. 세면대에 바짝 붙어 서서 거울을 뚫어져라 바라보았다.

정기상이 거울 안에 있었다.

변만진은 오른손으로 자신의 **뺨**을 가볍게 때렸다. 거울 속 정기상도 **뺨**을 때렸다. 변만진이 귓불을 잡아당기자 정기상도 그렇게 했다. 한참이나 거울 앞에 서서 춤이라도 추듯 온갖 몸짓을 해 보던 변만진의 입가에 점차 주체할 수 없는 기뽐의 미소가 피어났다.

"꿈이 아니었어. 꿈이 아니었다고!"

이상한 가게와 묘한 분위기의 가게 주인. 끝없이 채워지던 와인 잔. 그리고 트랜스퍼. 영혼을 훔칠 수 있다는 말에 정기상에게 들었던 달걀말이 이야기를 했던 것, 가게 주인이 무언가를 줄줄 읊고 마지막에 따라 외치라고 말했던 것. 그 모든 것이 꿈이 아니었다니. 변만진은 수건을 꽉 움켜쥔 채 웃었다. 혹여 소리 내어 웃었다간 갑자기 찾아온 행운이 도망가기라도 할까 봐 세면대를 붙잡고 한참을 웃었다.

딸랑.

웃음이 멈춘 것은 종소리 때문이었다. 처음엔 무시했지만 종소리는 점점 더 요란스러워졌다. 딸랑, 딸랑, 딸랑, 딸랑……. 집요한 종소리에 결국 화장실 밖으로 나갔다. 처음 눈에 들어온 건 낡은 벽지였다. 곰팡이가 핀 것을 박박 문질러 닦은 흔적이 역력한, 촌스러운 꽃무늬 벽지가 당황스러웠다.

'이게 뭐지? 여기가 정기상의 집일 리는 없어.'

변만진은 통로를 벗어나 거실로 향했다. 벽을 빙 둘러 안전 바가 설치되어 있을 뿐, 텔레비전도 탁자도 무엇 하나 놓여 있지 않은 황량한 거실이었다. 그나마도 큰 보폭으로 네 걸음 걸으면 끝에서 끝까지 오고 갈 수 있을 만큼 좁았다. 거실과 주방을 구분하는 미닫이문 너머로 보이는 냉장고는 변만진이 아주 어릴 적에 할머니 집에서 봤던, 누리끼리한 색의 소형 냉장고였다. 저걸 지금도 쓰는 집이 있구나. 변만진은 멍하니 그 냉장고를 바라보았다. 시각을 통해 정보는 끊임없이 들어오는데, 그중 무엇도 상황을 파악하는 데 도움은 되지 않았다. 이곳은 대체 어디인가. 나는 왜 정기상의 집이 아닌 이런 낡은 아파트에서 눈을 뜬 것인가. 풀리지 않는 의문이 변만진을 혼란스럽게 했다. 딸랑, 딸랑, 딸랑. 그러는 중에도 종소리는 계속 울려 퍼졌다. 종소리가 들리는 방향으로 시선을 돌렸다. 주방의 왼쪽에 위치한 안방. 그 안에서 종소리가 계속해서 울리고 있었다.

'설마 무당집이나 그런 곳인가, 여기?'

영화에서 보면 이럴 때 소리가 나는 곳 문을 연 사람이 가장 먼저 죽던데. 변만진은 숨을 죽이고 안방 문 앞으로 다가갔다. 일어나 보니 다른 사람이 되어 있는데다 있어야 할 곳이 아닌 엉뚱한 곳에서 눈을 떴고, 수상쩍은 방울 소리까지 난다. 흡사 영화 속 주인공이 된 듯해 도저히 현실감이 느껴지지 않았다. 열 것인가, 말 것인가. 변만진은 방문에 귀를 바짝 붙이고 서서 고민했다. 이게 영화라면 안에서 나오는 건 셋 중 하나일 것이다. 무당이거나, 악령이거나, 혹은 여자 주인공이거나. 그제야 이곳이 정기상의 여자 친구 집일 수도 있겠구나 하는 데 생각이 미쳤다. 잔뜩 움츠러들었던 어깨가 조금 퍼졌다. 언제까지고 문 앞에 서 있을 수만은 없었다. 굳게 마음을 먹고 문손잡이를 돌렸다. 문을 열자 안에서 시큼한 냄새가 몰려나왔다.

딸랑.

한 여자가 침대에 누워 있었다. 푸석한 머리카락과 입가에 말라붙은 침, 종을 흔들고 있는 부어오른 손. 여자는 변만진을 보자 신음소리를 내며 양팔을 뻗었다. 변만진은 뒷걸음질 쳤다. 부어오른 밀가루 반죽 같은 여자가 자신을 향해 손을 뻗는 모습이 그야말로 호러 영화의 한 장면이었다.

'회사. 일단 회사에 가자.'

변만진은 허둥지둥, 대충 옷을 걸쳐 입고 집을 뛰쳐나왔다. 계속해서 종소리가 울렸지만 무시했다. 빨리 이 집을 벗어나고 싶다는 욕구만이 몸을 움직이게 했다.

'정기상에게 물어봐야겠어. 대체 이 집은 뭐고, 저 여자는 뭐냐고.'

여자는 오륙십 대 즈음 되어 보였다. 그렇다면 여자 친구일 리는 없다. 혹시 재벌 집의 숨겨진 자식 이런 건가. 아침 드라마에서나 나올 법한 재벌가의 온갖 막장 스토리가 떠올랐다.

변만진은 집을 나와서야 이곳이 아파트가 아닌 빌라라는 것, 엘리베이터가 없다는 것을 알게 되었다. 4층 계단을 걸

카피캣 식당

어 내려오면서 휴대폰을 꺼내 택시를 부르려 했다. 정기상의 차가 어디에 주차되어 있는지 느긋하게 찾고 있을 시간이 없었다. 하지만 정기상의 휴대폰에는 택시 호출 앱이 깔려 있지 않았다.

'자기 손으로 택시 부를 일 없다 이건가.'

변만진은 투덜거리며 앱을 다운받았다. 회원 가입을 하다가 잠시 손바닥을 쫙 펴서 살펴보았다. 커다란 손바닥과 길쭉한 손가락. 손바닥 안쪽에는 굳은살이 박여 있었다. 본래 자신의 손과는 완전히 다른 손을 보고 있자니 정기상이 된 것이 실감이 났다.

'그럼 정기상은 내가 된 건가? 정기상을 만나면 왜 이런 일이 일어났는지 모른 척해야겠어. 나도 피해자다, 이런 태도로 나가야지. 내가 벌인 일인 걸 들키면 화를 낼 테니까.'

변만진은 택시 안에서 나름 계획을 세우고, 회사 안에 들어가기 전에는 심호흡을 했다. 다른 사람의 눈에도 내가 정기상으로 보일까 싶어 불안했다.

"정기상 씨가 지각을 하다니 웬일이야. 무슨 일 있어?"

사무실에 들어가자 이 대리가 부드럽게 말을 건넸다. 변만진이 지각을 했을 때와는 전혀 다른 표정과 말투였다. 그런 이 대리의 반응에 변만진의 불안은 스르륵 녹아 사라졌다. 누가 봐도 지금 자신은 정기상이다. 변만진은 어쩌다 보니,

하고 대답을 얼버무리며 정기상을 찾아 사무실 안을 둘러보았다. 변만진이 된 정기상이 앉아 있어야 할 자리, 원래 자신의 자리에는 아무도 없었다.

"대리님. 변만진 씨, 아직 출근 안 했나요?"

"변만진 씨? 말도 마. 아침에 갑자기 전화해서 휴가 신청했어. 한 달이나. 유급 휴가는 최대 15일만 쓸 수 있다고 했더니 그럼 무급으로 쉬겠다고 하던데."

"휴가요? 한 달이나? 왜요?"

"부모님하고 시간을 보내야 한다나. 자세히는 말을 안 하더라고. 자기가 무급 휴가까지 써서 쉬겠다는데 뭐 어쩌겠어. 그러라고 했지."

변만진 씨야 있으나 마나, 별 도움도 안 되고. 그런 사람이 인턴은 어떻게 통과한 건지. 이어지는 이 대리의 말에 기분이 상했지만, 변만진은 애써 자신을 타일렀다. 지금 나는 변만진이 아니야. 정기상이지. 앞으로도 정기상일 테고. 그러니 저건 내게 하는 말이 아니야, 라고. 변만진은 정기상의 자리로 가 앉았다.

'정기상은 왜 휴가를 낸 거지? 한 달이나. 혹시 트랜스퍼에 대해 알고 있나?'

한 달. 로키가 말했던 계약 파기 가능한 기간과 똑같은 기간이다. 이게 우연일까. 변만진은 포털 사이트에 '김밥지옥'

이라는 키워드로 검색을 해 보았다. 검색된 글을 쭉 살펴봤지만 변만진이 만났던 남자나 식당에 관한 이야기는 없었다. 다음은 '카피캣 식당'으로도 검색. 기업의 표절 이야기만 줄줄이 떴다.

'하긴. 그런 이상한 식당이 아무한테나 막 보였으면 지금쯤 난리가 났겠지. 사람들 다 잘사는 사람의 인생을 훔치려고 할 테니까. 자기 위치에 만족하는 인간이 누가 있겠어? 다 자기보다 잘난 사람들 부러워하고 살잖아. 어, 이 글 뭐지?'

인터넷창을 닫으려는데 글 하나가 눈에 띄었다. '종로 식당 괴담 알고 있음?'이란 제목의 글. 변만진이 술을 마셨던 곳도 종로였다. 그 글을 클릭했다.

한 달 전에 종로에서 이상한 식당 목격한 썰 푼다. 나 스물일곱 살이고 환경공무관임. 난 내 직업 만족하는데 주변에서는 뭐라 하는 사람들이 좀 있어서 스트레스받아. 아, 이건 중요한 게 아니고. 미안. 이야기가 샜다. 어쨌든 그날 새벽 근무를 나갔어. 새벽 6시쯤인가? 정해진 코스로 길을 쫙 도니까 모르는 가게가 있을 수가 없거든. 그런데 그날은, 안 보이던 간판이 떡 하니 있는 거야. 새까만 간판에 붉은 글씨로 '김밥지옥'이라고 쓰여 있어서 차에 매달려 있는데도 눈에 팍 들어오더라. 김밥지옥이라니, 상호명으론 좀 그렇잖아.

그래서 내가 같이 일하는 선배한테 저거 좀 보라고. 김밥지옥이 뭐냐고 했더니 선배가 날 엄청 이상하게 보는 거야. "무슨 말이야. 그런 간판이 어디에 있다고." 그러더라. 선배가 그렇게 말하는 순간에도, 내 눈에는 그 간판이 보였거든. 그것도 계속, 계속 보였어. 청소차가 계속 이동을 하잖아. 그런데 간판이 나를 따라오는 것처럼 다른 간판들 사이에 섞여서 계속 보이는 거야. 너무 무섭더라. 나도 모르게 속으로 그랬다. 하나님, 죄송해요. 뭘 잘못한 건지 모르겠지만 죄송해요! 라고. 그랬더니 갑자기 간판이 없어졌어.

주작을 하려거든 좀 정성껏 해라. 이게 괴담임? 선교가 아니라? 더위 먹은 거 아니냐? 재미도 없고. 글 아래 달린 댓글은 서너 개뿐이었고, 그나마 반응도 좋지 않았다.

하지만 변만진은 그 글이 꾸며 낸 이야기가 아님을 알았다. 글 안에 묘사된 간판의 모양이 자신이 본 것과 일치했다. 카피캣 식당을 본 다른 누군가가 있다. 그렇다면 정기상도 봤을 가능성이 있다. 정기상이 카피캣 식당을 안다면, 트랜스퍼를 겪은 후 바로 원래의 몸으로 돌아가려 하지 않았을까. 그런데 왜 아직까지 자신은 정기상의 몸인 걸까. 그게 아니라면 휴가는 왜 낸 걸까. 그 집은, 그 여자는 누구인지, 진짜 집은 어디인지 물어봐야 하는데 휴가를 내 버리면 어떻게 하란 말인가. 온갖 상념이 휘몰아쳐 일이 손에 잡히지 않았다. 정기상에게 몇 번이나 메시지를 보냈다. 어디야? 넌 괜찮아? 난 깜짝 놀랐어. 우리 만나서 이야기 좀 해야 하지 않아? 메시지 확인 좀 해. 그러나 수십 개의 메시지 옆 읽지 않음을 뜻하는 숫자 '1'은 계속 사라지지 않았다.

결국 변만진은 자리에서 일어나 탕비실로 향했다. "정기상 씨가 웬일로 업무 중에 자리를 뜨네." "역시 정기상도 사람이었어. 그래, 좀 쉬엄쉬엄 해." 주변의 말이 전혀 귀에 들어오지 않았다. 탕비실에 들어가 문을 잠그자마자 정기상에게 전화를 걸었다. 휴대폰 너머, 이 번호가 일시정지 되었다는 안내 멘트가 흘러나왔다.

'일시정지? 정기상이 내 휴대폰을 정지시켰단 거야? 대체 왜?'

무언가 잘못되었다. 좁은 집 안에 울리던 종소리가 경고음처럼 변만진의 귓가에 되살아났다. 좁은 집. 병에 걸린 듯 보였던 중년의 여자. 갑작스러운 정기상의 휴가 신청. 정지된 휴대폰. 떨리는 손으로 다시 정기상에게 전화를 걸려 할 때였다. 부웅. 손 안에서 휴대폰이 울었다. 액정에 '김희진 선생님'이라는 이름이 떴다. 저장되어 있는 번호이니 정기상에 대해 무언가 알 수 있겠지 싶어 얼른 받았다. 휴대폰 너머에서 카랑카랑한 여자의 목소리가 흘러나왔다.

[정기상 씨? 오늘 무슨 일 있어요? 출근을 했더니 어머니 기저귀도 안 갈아져 있고, 밥도 안 드셨다고 하고. 아침 운동

도 안 하신 것 같더라고요. 평소엔 간식에 물까지 세팅 완벽하게 하고 가는 사람이 무슨 일인지 걱정이 되어서요. 오늘 내가 점심 때 일이 있어서 좀 미리 챙겨 놓고 가려고 일찍 와서 다행이었지. 5시에 다시 한번 올게요. 저녁 땐 평소처럼 8시까진 집에 올 수 있는 거죠?]

이게 무슨 말인가 싶었다. 어머니라니. 기저귀라니. 변만진은 휴대폰을 꽉 움켜잡았다.

"저, 누구세요? 전화 잘못 거신 거 아닙니까?"

[정기상 씨, 저 김희진이에요. 헬퍼요. 장애 도우미. 5년째 어머니 담당하는 사람을 모른다고 하면 어떻게 해요. 혹시 전화 받으신 분 정기상 씨 아니에요?]

여보세요, 여보세요! 휴대폰 너머의 외침은 끊겼다. 전화를 끊고 탕비실을 나왔다. 뛰듯이 빠른 걸음으로 사무실을 나가며 택시를 불렀다. "점심시간도 아닌데 어디 가?" "정기상 씨, 오늘 외근이야?" 사무실 사람들의 목소리는 단번에 등 뒤로 사라졌다. 변만진은 택시 안에서 정기상의 지갑을 꺼내 안을 샅샅이 살폈다.

'뭐야, 왜 체크카드밖에 없어? 신용카드는? 블랙 카드는 아니어도 노블레스 정도는 있어야 하는 거 아냐? 주민등록증에 적힌 이 주소. 이건 아무리 봐도⋯⋯.'

예상과 다른 모든 것이 혼란을 더했다. 택시가 멈췄고, 변

카피캣 식당

만진은 4층을 뛰어 올라갔다. 현관문을 열었을 때에 이미 숨이 턱 끝까지 차올랐지만 발을 멈추기엔 마음이 급했다. 멈추지 않고 아침에 눈을 뜬 방으로 향했다. 다급히 옷장과 침대 아래 책장을 미친 듯이 뒤졌다.

"이거다. 이거! 일기장이 있어. 쓸데없이 성실한 놈답게 일기를 다 썼네."

변만진은 찾아낸 일기장을 펼치고 가장 마지막 장부터 읽었다. 마지막 일기의 날짜는 무려 2년 전이었다. 그 뒤는 전혀 쓰지 않은 듯 백지만 이어졌다.

"인턴 기간 마무리. 정직원 제안을 받았지만 당장은 힘들다고 대답해야만 했다. 어머니가 시설 안에서 또다시 난동을 부렸다. 시설에서는 더 이상 어머니를 맡을 수 없다고 했다. 어머니가 시설을 싫어하는 건 안다. 하지만 내가 일을 하는 동안 어머니를 혼자 둘 수도 없고, 그렇다고 내가 일을 하지 않을 수도 없다. 옛날로 돌아가고 싶다. 행복했던 유년 시절로 돌아가는 건 바라지도 않는다. 아버지가 남긴 재산으로 아버지의 병원비와 장례비를 지급한 것이 상속 포기를 하지 못하는 이유가 될 수 있단 걸 몰랐던 그때로만 돌아갈 수 있어도 좋겠다. 결국 어머니는 집으로 모셔 오기로 했다. 반년쯤, 어떻게 하면 어머니와 함께 집에서 지낼 수 있을지 한번 생활해 보기로 했다. 그나마 다행인 건 회사에서 내 사정을 고려해서, 반년 후에 인턴 기회를 다시 한번 주겠다고 한 것이다. 이곳 회사의 임원 중 아버지를 알고 지내던 분이 계신 덕분이다. 아버지가 내게 절망만 남기고 간 것은 아니다."

마지막 일기를 읽던 변만진의 목소리가 점점 떨렸다. 일기장을 앞으로 넘겼다. 일기의 날짜는 띄엄띄엄, 어떤 것은 1년의 간격을 두고 쓰인 것도 있었다. 어머니가 뇌졸중에 걸린 것, 지인의 도움으로 이 빌라에 입주한 것, 어머니와 단둘이 살게 된 것, 아버지의 장례식, 아버지의 사업이 망한 것. 역순으로 진행되는 일기장 속 사건에 숨이 가빠졌다. 일기장 속 수많은 글자들이 단 세 줄로 요약되어 머릿속에 떠올랐다.

정기상은 부잣집 아들이 아니다.

아니, 부잣집 아들이었지만 스무 살 때 망했다.

지금은 병든 어머니를 간호해야 하는 빚쟁이일 뿐이다.

변만진은 일기장을 던지고 뛰쳐나갔다. 그 좁은 방이, 곰팡이 자국을 애써 지운 낡은 집이 금방이라도 입을 벌리고 자신을 집어삼킬 것만 같았다. 다시 택시에 올라탔다. 가야 할 곳. 떠오르는 곳은 오직 한 곳, 진짜 자신의 집뿐이었다. 집에 도착해 다급히 도어 록 비밀번호를 눌렀지만 현관문은 열리지 않았다. 연이은 비밀번호 오류에 도어 록은 작동을 멈췄다. 변만진은 초인종을 누르며 한 손으로 현관문을 마구 두드렸다.

"아빠! 엄마! 문 열어. 나야, 나라고!"

걸쇠가 탁 소리를 내며 한 뼘 정도 문이 열렸다. 열린 문틈으로 불안한 듯 바깥을 바라보는 어머니의 얼굴이 나타났다. 변만진은 문틈에 손을 밀어 넣고 양옆으로 벌렸다. 하지만 문은 꼼짝도 하지 않았다.

"엄마. 나야, 나라고. 만진이! 문 열어. 열라고!"

"누구세요? 만진이라니? 어쩜 좋아. 멀쩡하게 생긴 총각이 미쳤나 봐. 총각, 뒤로 물러서요. 안 그러면 경찰 부를 거예요!"

"경찰? 무슨 소리야! 엄마가 돼서 아들도 못 알아봐? 잘 보라고. 내가 만진이야! 얼굴이 좀 바뀐 것뿐이라고. 엄마, 내가 다 말해 줄게. 말하면 엄마도 이해할 거야."

"문에서 손 떼라니까! 만진아. 얘, 만진아! 경찰 좀 불러라!"

손을 떼라는 말에 변만진은 더욱 손에 힘을 줬다. 이 문이 닫히면 돌아갈 곳은 그 낡은 집뿐이다. 그건 변만진이 훔치고 싶던 인생이 아니었다.

"엄마, 무슨 일이에요?"

필사적으로 현관문을 붙잡고 있던 변만진은, 어머니의 등 뒤로 걸어 나오는 남자의 모습에 눈을 부릅떴다. 자신의 몸뚱이가 그곳에 있었다. 정기상이다. 변만진은 문틈에 얼굴을 바짝 가져다 대곤 소리쳤다.

"정기상, 너 왜 전화 안 받아! 번호는 왜 정지된 건데! 이
거, 비밀번호 바꾼 것도 너지!"

정기상은 변만진을 보지 않았다. 정기상이 허리를 굽혀 어
머니의 귓가에 무언가를 소곤거리자 어머니가 고개를 끄덕
거렸다.

"저 사람이라고? 난 네가 갑자기 회사를 쉰다기에 다니기
싫어서 거짓말하는 걸로만 알았지 뭐니. 스토킹이라니. 아
니, 저렇게 멀쩡하게 생긴 사람이 뭐가 아쉬워서. 이봐요. 물
러서요! 어디 감히 우리 아들을 해코지를 하려고! 만진아, 넌
들어가라. 엄마가 알아서 할게."

변만진은 어머니가 정기상의 등을 밀어 집 안으로 들여보
내는 것을, 자신을 무서운 표정으로 노려보는 것을, 문틈으
로 욱여넣은 자신의 손을 떼어 내는 것을 멍하니 지켜보았
다. 어머니가 저런 표정을 짓는 것을 변만진은 이제까지 딱
세 번 봤다. 초등학교 때 친구가 변만진을 때렸을 때, 중학교
때 교사가 변만진이 커닝을 했다고 몰아붙였을 때, 취직 준
비를 하던 변만진이 스터디를 끝내고 나오다 강도에게 뒤통
수를 얻어맞았을 때. 변만진을 위한 것이었던 어머니의 분노
가 자신에게로 향했을 때, 변만진은 깨달았다.

누가 봐도 나는 정기상이다. 변만진이 아니다. 이젠 돌아

갈 수 없다.

　현관문이 세차게 닫혔다. 손등이 문틈에 끼었고, 변만진은 비명을 질렀다. 그래도 문은 무자비하리만치, 더욱 세게 손등을 짓눌렀다. 간신히 손을 문틈에서 빼냈다. 붉게 부어오른 손을 축 늘어뜨리고 힘없이 걸어 버스 정류장으로 향했다. 택시를 부를 의욕도 나지 않았다. 주머니 안에서 휴대폰이 끊임없이 울렸지만 받지 않았다. 회사로 돌아갔을 때는 오후 3시가 넘어 있었다.

　"정기상 씨, 대체 무슨 일이야? 연락도 안 되고."

　변만진이 사무실에 들어서자 이 대리가 걱정스러운 듯 말을 건넸다. 변만진은 건성으로 고개를 꾸벅 숙여 보이고는 자리로 가 앉았다.

　'사기야. 이건 사기라고. 정기상 그 새끼가 나한테 사기를 쳤어.'

　변만진은 이를 갈며 인스타그램에 접속했다. JJIN_REAL 계정은 변만진이 업로드한 마지막 상태로 멈춰 있는 채였다. 정기상이 되면, 진짜 JJIN_REAL이 되어 마음껏 업로드를 하려고 했다. 박윤아가 보낸 DM에 답도 할 생각이었다. 사실은 저 정기상 맞아요. 부끄러워서 그랬어요, 라고. 그렇게 박윤아와 썸을 타고, 회사에서 인정도 받고, 결혼도 하고……. 험상궂게 일그러진 표정이 슬며시 풀렸다.

'난 이미 정기상이야. 그래. 정기상이라고.'

부잣집 아들이 아니었던 건 오류다. 그렇지만 정기상은 정기상이다. 근무시간에 갑자기 뛰쳐나갔다가 돌아와도 핀잔 대신에 걱정을 듣는 정기상이다. 이미 신상품 하나를 담당하고 있고, 박윤아가 호감을 가지고 있는 정기상. 업무 평가 능력이 최고점인 정기상. 이대로라면 최연소 임원이 되는 게 아니냐는 말을 듣는 정기상. 이 회사에서 실적을 좀 더 쌓은 후에 더 좋은 회사로 얼마든지 갈 수 있는 것 아니냐는, 시샘 어린 동기의 말도 농담으로 웃어넘길 만큼 능력 좋은 정기상이다.

'그 늙은 여자는 내버려 두면 돼. 헬퍼인가 뭔가, 그 아줌마가 와서 기저귀도 갈아 주고 하니까 내가 해야 할 일이 많진 않을 거야. 일기장에선 시설도 있다고 했어. 난리를 치든 말든, 시설로 보내 버리자. 거기서 자살이라도 해 주면 더 좋지. 그럼 난 자유야. 이 자식 능력 하나는 확실하잖아. 평판도 좋고. 조금만 고생하면 돼. 좋았어. 일단 이번에 담당하게 된 신상품. 그걸로 잭팟을 터뜨리자.'

변만진은 마음을 다잡고 모니터를 켰다. 바탕화면에 프로젝트 폴더가 보였다. 정기상이 준비해 둔 꿈꾸는 미래가 그곳에 있을 터였다.

'네가 감히 날 피해? 그래. 넌 변만진으로 잘 살아라. 변만

카피캣 식당

진의 삶이 얼마나 보잘것없는지 너도 곧 알게 될 테지. 내가 정기상으로 성공해서 떵떵거릴 때, 내 연락을 피한 걸 후회하면서 방구석에서 폐인처럼 지내라고.'

달칵. 파일을 열었다.

파일이 닫혔다.

"정기상. 자네 요즘 왜 이러나? 기초 서류가 얼마나 중요한지 몰라? 검증 단계에서 반려되었기에 망정이지, 이 약관으로 판매되었으면 회사 파산이야, 파산. 이전에는 안 시켜도 시뮬레이션까지 다 돌려 오던 사람이 갑자기 일을 왜 이렇게 건성으로 해?"

이 대리의 말투는 까칠했다. 변만진은 아무 말 없이 고개를 숙였다. 구겨진 셔츠 소매 끝이 볼품없어서 손등으로 슬며시 가렸다. 정기상으로 지낸 지 내일이면 한 달. 변만진의 행색은 날이 갈수록 추레해지고 있다.

"새로운 기획안 건은……."

"그건 더 엉망이야! 아니, 이전에는 기획안 하나를 내도 감탄이 나올 정도로 시장조사를 철저히 해 오더니, 새로 낸 기획안은 왜 그 모양이야? 책상 앞에 앉아서 인터넷만 뒤적인 티가 훤히 나는 기획안이라니. 변만진이 쓴 건 줄 알았을 정도야. 자네 장점은 넓은 시야와 성실함이었는데, 그 두 개가 모두 사라졌어. 요즘 근무 태도도 영 불량하고."

언성을 높이던 이 대리는 변만진이 아무 말도 하지 않자 한숨을 쉬며 자리에서 일어났다. 낮아진 이 대리의 목소리가 변만진의 귓속에 파고들었다.

"……자네 집 사정 딱한 건 나도 알아. 그래서 회사 쪽에서도 편의를 많이 봐주지 않나. 자네 두 번째 인턴 왔을 때 내가 말했잖아. 그러니까 자네는 더 똑바로 해서 성과를 내야 한다고. 안 그러면 물어뜯는 사람들이 생긴다고."

열심히 해, 알았지. 이 대리가 등을 툭툭 두드리곤 자리를 떠난 후에도, 변만진은 못 박힌 듯 우두커니 서 있었다.

'왜? 어째서 이렇게 되어 버린 거지?'

사무실 바닥의 어지러운 데코타일 무늬가 자신의 마음인 것만 같았다. 변만진은 고개를 숙인 채 탕비실로 향했다. 탕비실의 1인용 소파에 몸을 파묻고 숨듯이 앉아 멍하니 과자를 씹어 먹었다. 어제도 탕비실에 놓아둔 과자가 너무 빨리 떨어진다는 불평을 들은 터였지만 괘념치 않았다. 그런 불평에 신경 쓸 만한 여유가 없었다. 과자 부스러기가 불룩 튀어나온 배 위로 후두둑 떨어졌다. 한 달 사이에 눈에 띄게 살이 쪘다. 제대로 된 식사를 하지 못한 탓이다. 새벽같이 울리는 종소리에 잠이 깨서 여자를 보살피고 나면 출근할 시간이 다가왔다. 아침 식사를 챙겨 먹을 시간 따윈 없었다. 그렇다고 여자를 보살피지 않을 수도 없었다.

처음 사흘 간, 변만진은 여자가 종을 흔들든 말든 느긋이 콘플레이크를 우유에 타 먹고 출근을 했다. 사흘 째 점심시간에 김희진에게 전화가 왔다. 김희진은 불같어 화를 내며 "무슨 사정인지 몰라도 이건 아니죠. 이건 방치고, 학대예요. 내가 정기상 씨를 5년간 지켜보지 않았으면 당장 노인 학대로 신고했을 거라고요! 내일부터 다시 마음 다잡고 제대로 하세요."라고 말했다. 신고라는 말에 덜컥 겁이 났다. '병에 걸린 노모 방치' 이런 타이틀로 사회면에 오르내리고 싶진 않았다. 다음 날부터 인상을 쓰며 여자를 보살피기 시작했다. 기저귀를 갈 때마다 헛구역질이 나왔고, 여자의 입에 음식을 날라다 줄 때면 침이 손에 묻기라도 할까 봐 전전긍긍했다. 그래도 입소 신청을 한 시설에서 거절 연락이 오기 전까지는 견딜 만했다. 여자가 시설에 들어가기만 하면 끝날 악몽이었으니까. 시설에서는 지금은 자리가 없어 1년 반 뒤에야 입소가 가능하다는 연락을 해 왔다. 그렇다고 사설 요양원에 보내기엔 금액이 맞지 않았다. 악몽은 끝나지 않았고, 변만진을 집어삼켰다.

문제는 그뿐만이 아니었다. 이제껏 집안일을 해 본 적 없

는 변만진은 언제 빨래를 해야 매일 깔끔한 옷을 입을 수 있
는지를 몰랐다. 다림질을 하고 자야 한다는 걸 알았지만 피
곤함에 내일로 미루었다. 군대도 다녀왔는데 집안일쯤이야,
생각했던 건 오산이었다. 타인이 정해 준 규칙 안에서 업무
의 일환으로 빨래를 하고 청소를 하는 것과 주된 업무가 별도
로 존재하는 일상에서 시간을 쪼개어 하는 것은 완전히 다른
문제였다. 일주일이 지나자 깨끗하게 다림질 된 셔츠와 냄새
나지 않는 속옷이 사라졌다. 쓰레기통에 쌓인 도시락 찌꺼기
는 집 안의 퀴퀴함을 가중시켰다. 셔츠를 세탁소에 맡겼다.
당연히 세탁소에서 세탁 완료된 옷을 집까지 가져다줄 줄 알
았다. 변만진으로 살 때는 그랬으니까. 하지만 옷은 일주일
이 지나도 오지 않았다. 화가 나서 따지러 갔더니 그 빌라는
엘리베이터가 없어서 배달이 안 되는 걸 모르냐고 타박을 들
었다.

　'이상해. 이상하다고. 난 정기상이야. 정기상의 기획서가
통과되지 않다니, 대체 왜?'

　원래 정기상이 진행하고 있던 신상품 프로젝트가 상품 효
율 검증 단계에서 반려되었을 때, 원래 자신이 만든 기획이
아니라 그렇다 여겼다. 정기상의 파일 속 자료는 너무 방대
했고, 알아보기 힘든 숫자와 통계로 가득했다. 그래서 새로
운 상품의 기획서를 작성했다. 처음부터 컨트롤하면 훨씬 일

이 쉬울 테니까. 정기상의 기획서이니 단번에 통과할 줄 알았는데 돌아온 반응이 '변만진이 쓴 건 줄 알았다'라니. 과자를 또 하나 입에 넣었다. 퇴근 시간까지 1시간 쯤 남았으니 조금 더 쉬다 나가자 싶었다. 과자 봉지를 또 하나 잡아 뜯는데, 탕비실 문이 열렸다.

"정기상 씨, 요즘 대체 왜 그런데?"

"몰라. 완전 딴사람 같아. 점심시간에 코 풀고 휴지 식탁에 그냥 막 버리고 가는 거 봤어? 변만진인 줄. 예전에는 자기 먹은 자리 싹 다 정리하고 가던 사람이 갑자기 왜 그러지?"

"농담이 아니라, 진짜 변만진이 빙의한 것 같아. 아까 윤아 씨 엄청 짜증났었지?"

아까? 무슨 일이 있었던가 기억을 더듬었다. 없었다. 아무리 되짚어 봐도 박윤아를 짜증나게 할 만한 일은 하지 않았다. 정기상이 된 후, 박윤아와의 관계를 발전시키려고 노력 중이던 변만진이다. 요 일주일간, 정기상이 되어 건질 수 있는 건 박윤아뿐이겠다 싶어 더 적극적으로 마음을 표현했다.

"티 났어요? 짜증난 거? 오늘 입은 치마는 각선미가 잘 드러나서 예쁘다니. 들고 있던 서류 얼굴에 던질 뻔했어요. 진짜 사람이 갑자기 저렇게 바뀔 수가 있어요? 변만진 같이."

"변만진 갑자기 휴가 냈잖아. 혹시 둘이 영혼 바뀐 거 아냐? 영화 단골 소재잖아."

"에이, 그럼 둘이 같이 휴가를 냈거나 둘 다 회사 나오거나 했겠죠. 그래야 서로 감시하고 그러지. 영화라면 그게 기본 포맷이잖아요."

"영혼이 바뀐 것도 아니면 갑자기 왜 저렇게 변만진 패치가 된 거지? 둘이 친했나?"

"셔츠도 빨지 않은 것 같던데. 집에 무슨 일 있나. 사람이 약간 정줄 놓은 거 보면. 뭔가 큰 충격받은 일이 있었나."

"주식하다가 날렸나? 요즘 그런 사람 많잖아요."

발소리가 엉켜 사라지고 탕비실 안은 고요해졌다. 변만진은 자리에서 일어나 탕비실 서랍에 남은 과자를 몽땅 꺼내 싱크대 앞에 서서 우걱우걱 먹었다. 자꾸만 떠오르는 생각을 억누르려고 단것을 몸 안에 마구 집어넣었다. 퇴근 시간이 되어 회사 문을 나설 때에도, 버스에 올라타면서도 입 안에 껌을 한가득 넣고 질겅질겅 씹었다. 집에 가고 싶지 않았다. 그곳은 집이 아닌 악몽일 뿐이다. 그러나 8시까지 집에 돌아가지 않으면 그 여자는 또 종을 흔들어 댈 것이다. 이웃에서 그 소리를 듣고 김희진에게 항의하면 김희진은 또 신고를 하네 마네 전화를 걸어올 것이다. 그러니 갈 수밖에 없다.

변만진은 어깨를 축 늘어뜨리고 현관문을 열었다. 다녀왔습니다, 라는 인사 따위는 하지 않는다. 어차피 대답해 줄 사람도 없으니까. 편의점에서 사 온 봉지를 내려놓기 위해 부억으로 향했다. 미닫이문을 열고 부엌 안으로 들어선 변만진의 손에서 비닐봉지가 떨어져 바닥에 널브러졌다.

"뭐야, 이게……. 뭐 하는 거야."

여자가 부엌 냉장고 앞에 주저앉아 있었다. 여자의 머리카락과 뺨, 두 손과 옷 곳곳에 달걀이 찐득하게 묻어 있었고 부엌 바닥에는 깨진 달걀이 마구 흩어져 있었다. 냉장고의 달걀 보관함을 통째로 바닥에 내동댕이친 듯한 모양새였다. 달걀 비린내가 퀴퀴한 냄새에 뒤섞여 코끝을 찔렀다. 코를 움켜잡던 변만진과 여자의 시선이 마주쳤다. 여자는 변만진을 향해 두 팔을 뻗었다. 여자의 머리카락 끝에 들러붙어 있던 달걀흰자가 끈적하게 아래로 늘어진 것을 본 순간 변만진은 비명을 질렀다. 씹고 있던 껌과 함께 억눌렀던 생각이 입 밖으로 툭 튀어나왔다.

실패다. 정기상의 삶은 실패다. 이 삶을 훔친 것은, 실패다.

변만진은 비명을 지르며 집을 뛰쳐나왔다. 택시를 잡아타고 집으로, 진짜 자신의 집으로 향했다. 택시에서 내려 엘리베이터를 기다리는 동안에도, 몸 안에서 계속 비명이 맴돌았다. 변만진은 현관문을 마구 두드렸다.

"열어! 정기상, 안에 있는 거 알아! 들리잖아, 내 목소리! 내가 잘못했어. 내일까지는 우리, 다시 원래 자리로 돌아갈 수 있어! 너, 네 몸 찾을 수 있다고! 제발 부탁이야. 네 인생,

도로 가져가, 이 사기꾼 새끼야! 씨발, 뭣도 없는 거지새끼 주제에 뭘 그렇게 부잣집 아들처럼 굴어, 사람 헷갈리게! 아니다. 야, 진짜 내가 잘못했어. 제발 내 자리 돌려줘. 네 엄마 미쳤다고! 노망났어! 집에 갔더니 달걀을 막 깨면서 실실 웃고 있었다고! 야, 네 엄마 노망나서 죽기 전에 얼굴 안 볼 거냐! 정기상!"

한참을 미친 듯 외쳤지만 현관문은 굳건히 닫힌 채 열리지 않았다. 주먹이 터질 듯 붉게 달아오를 때까지 현관문을 치고 또 치다가, 결국 뒤돌아섰다. 초점 없는 눈빛으로 터덜터덜 걸었다. 택시도, 버스도 그 무엇도 타고 싶지 않았다. 차라리 계속 걷는 것이 악몽 같은 그 집으로 돌아가는 것보단 나을 듯했다.

집에 도착한 것은 밤 10시가 넘어서였다. 여자는 부엌 바닥에 쓰러지듯 잠들어 있었다. 부엌 밖으로 기어 나오려 했던 듯, 바닥에 달걀과 뒤섞인 끈적끈적한 손바닥 자국이 남아 있었다. 허탈한 웃음을 지으며 그 모습을 내려다보다가 거실 한가운데 큰대자로 드러누웠다. 피곤했다. 모든 걸 내려놓고 싶을 정도로 극도로 피곤했다. 눈을 감았다. 차라리 이대로, 다시 눈 뜨지 않아도 되기를 바랐다.

"만진아."

변만진이 잠에서 깬 것은 누군가 그의 이름을 불러서였다.

익숙하지만 낯선 목소리. 타인을 통해 듣는 자신의 목소리는 생소했다. 변만진은 번쩍 눈을 떴다. 정기상이 눈앞에 있었다. 어느새 집에 들어온 정기상이 깨끗해진 부엌 바닥에 앉아 있었고, 바닥에 누워 있던 여자는 정기상의 무릎을 베고 새근새근 잠들어 있었다. 변만진은 본 적 없는 편안한 표정이었다. 정기상은 변만진 쪽을 보지 않고, 정면에 시선을 둔채 한 손으로 여자의 등을 가볍게 다독거렸다. 변만진은 정기상의 옆얼굴을 물끄러미 바라보았다. 그것은 변만진, 자기자신의 얼굴이었으나 그 순간만큼은 너무나도 정기상의 얼굴로만 보였다. 곧게 뻗은 시선으로, 오직 앞만 바라보며 앉아 있던 사무실에서의 정기상의 얼굴이었다. 조용한 집 안에 툭 툭, 정기상이 여자의 등을 두드리는 소리만이 이어졌다. 그 소리가 멈추고 정기상이 변만진 쪽으로 고개를 돌렸다.

"네 덕분에 한 달 잘 쉬었다. 이제 우리, 서로의 자리를 찾자. 어떻게 하면 돼?"

그 말에, 변만진은 쇳소리 같은 소리를 내며 울었다.

변만진은 벌떡 몸을 일으켜 앉았다. 익숙한 천장, 익숙한 냄새, 익숙한 방 구조. 통통한 손과 출렁이는 뱃살까지 모든 것이 제대로였다. 설마 꿈이면 어쩌나 싶었다. 새벽 6시가 되기 전에 급하게 카피캣 식당을 찾아 나섰던 것, 정기상이 로키가 내민 달걀말이를 한마디 말도 없이 묵묵히 먹던 것, 밖으로 나오자마자 식당이 연기처럼 사라진 것까지. 잠에서 깨어나도 정기상의 몸이면 어쩌나 전전긍긍하다 간신히 잠이 들었다. 깨어났을 때 진짜 집, 진짜 자신의 방에서 눈뜨지 않는다면 차라리 영영 깨어나지 않게 해 달라고 기도하며 잠든 터였다.

"됐어. 이젠 끝났어. 이럴 때가 아니지. 회사에 연락부터 해야 해. 내일 당장 출근하겠다고. 정기상 나쁜 새끼. 네가 뭔데 날 무급으로 쉬게 해?"

변만진은 손을 뻗어 침대 옆에 놓인 휴대폰을 집어 들었다. 액정에 인스타그램 DM이 와 있다는 표시가 떠 있었다. 클릭했다. JJIN_REAL 계정이 화면에 나타났다. 정기상의 일상을 마음대로 도려내 보기 좋게 전시해 놓은 사진들. 그 사진은 여전히 멋졌고, 사진 아래 댓글에는 여전히 찬사가 이어지고 있었다.

'이 계정 굳이 삭제할 필요가 있나?'

정기상의 몸으로 있을 때는 변만진으로 돌아가면 인스타그램 계정을 삭제할 거라고 이를 갈았다. 그곳에 올렸던 정기상의 물건들은 부가 아닌, 기만의 증거였으니까. 그러나 막상 돌아오고 나니 그곳에 달린 댓글들이 아까웠다. 변만진은 DM창을 열었다.

침대 옆 서랍장, 두 번째 칸의 시계 정리함 아래를 봐.

보낸 사람의 프로필 사진에는 아무것도 등록되어 있지 않았다. 그런데도 DM을 보낸 것이 누구인지 알 것 같았다. 서랍장에 무엇이 들었는지 직접 본 사람만이 보낼 수 있는 DM이었다. 서랍을 열어 정리함을 들어 아래를 보니 네 번 접힌 쪽지가 놓여 있었다. 쪽지를 폈다.

변만진에게

만진아. 이걸 쓸까 말까 고민을 많이 했어. 네가 이걸 읽을까 모르겠다. 읽지 않아도 좋아. 아마 나한테 화가 났을 테니까. 그래도 나는 이걸 쓴다. 이걸 쓰는 지금이, 변만진의 몸으로 이 집에서 지내는 마지막 순간일 테니까. 그냥 나의 일기라고 생각해도 좋아.

처음에 몸이 바뀐 걸 알았을 때는 놀랐어. 내가 없으면 엄마는 어쩌지 그 생각이 제일 먼저 들었어. 빨리 만진이를 만나서 어떻게 하면 원래대로 돌아갈지 알아봐야겠다, 그렇게 우왕좌왕하고 있었어. 그런데 네 어머니가 한약을 들고 방으로 들어오시는 거야. "만진아. 이거 마셔야지."라고 말하면서. 그 순간 내서는 안 되는 욕심이 치솟았어. 딱 한 달만 이 집의 아들로 살고 싶다는 욕심이었어. 왜 한 달이었을까. 미리 말하지만, 만진이 네가 저녁에 찾아오기 전까지는 몰랐어. 돌아갈 방법이 있다는 것도, 그 기한이 한 달이라는 것도.

한 달만. 그렇게 정했던 건 평소에 계속 바라 왔었기 때문일 거야. 스무 살에 집이 망했어. 망했다는 말, 사람들이 많이 쓰잖아. 그 사람들은 진짜 망해 본 적이 없어서 그럴 수 있는 거야. 진짜 망해 보면 그 말 함부로 못 써. 그건 그냥 잘못된 게 아냐. 실수한 게 아니라고. 끝장이 난 거지. 더 이상 이전의 상태로는 돌아갈 수 없게 단절되는 거야. 망한 시점에서 이전과 이후로 삶이 나뉘어 버린다고.

나는 스무 살 이전의 삶이 기억이 안 나. 분명 사랑받았는데, 꽤 많은 것을 누렸는데 10여 년의 고생이 그 기억을 모두 덮어 버렸어. 이전의 기억은 아버지가 남겨 준 몇 안 되는 물건에만 새겨져 있지. 아버지가 입던 양복, 손목에 자리 잡았던 시계, 이니셜이 새겨진 만년필 같은 것들. 아버지의 친구들은 나를 칭찬했어. 아버지의 유품을 소중히 아끼며 쓰다니 장하구나, 하고. 전혀! 난 차라리 그것들을 빼앗기고 빚이 줄어들기를 바랐어. 아버지의 친구들도 원망스러웠지. 그들은 어린 내가 정신없이 아버지의 장례를 치르는 동안 무엇도 도

카피캣 식당

와주지 않았어. 그때 누구 한 명만 도와줬어도 상속 포기 절차를 제대로 밟을 수 있었을 거야. 너 그거 알아? 빚을 상속 포기하려면 말이야. 아버지가 남긴 재산으로 그 무엇도 해서는 안 돼. 나는 아버지의 카드로 장례식장 비용을 냈고, 병원비를 치렀어. 법원에서는 그것 때문에 내 상속 포기를 받아들이지 않았어. 아버지의 유산을 사용한 시점에서, 상속을 포기할 의지가 있다고 볼 수 없다고 했지.

하긴, 지금 불평을 해 봤자 무슨 소용이겠어. 그렇게 스무 살에 집이 망하고 아버지가 세상을 떠났어. 나는 가장이 되었어. 어머니와 서로를 챙기며 살아가게 되었지. 그래도 어머니가 아프지 않을 때는 괜찮았어. 우리 어머니는 말이야. 강하고 멋진 분이야. 만진아, 넌 그걸 알아야 돼. 정말로 멋진 사람이었어.

내가 스물여섯 살에 군대를 제대한 다음 날이었어, 어머니가 쓰러진 건. 정말 멀쩡하셨거든. 그런데 갑자기 더위를 먹은 것처럼 푹 쓰러지신 거야. 구급차를 불렀지. 뇌졸중이라고 했어. 너도 봤지? 제대로 말을 못 하셔. 거동도 많이 불편하시고. 간신히 걷기는 하는데, 손은 거의 못 쓰는 상태야. 간병인이 옆에 없으면 안 돼.

그때부턴 오로지 남을 챙겨야만 하는 삶이 시작되었어. 어릴 때에는 어머니가 나를 보살폈으니까, 이제부턴 내가 보살피는 게 당연하다고 스스로를 다독였지. 빚을 남겼지만 아버지 덕분에 좋은 교육을 받았고 늦게라도 도움의 손길도 받았고 몸 누일 집도 구하지 않았냐고. 주변에 감사하며 살자고 결심했지. 좋은 아들, 좋은 사람이라고 자기 최면을 걸지 않으면 도저히 그 상황을 버틸 수가 없었어. 그렇지만 마음 한쪽에서는 늘 바랐지. 딱 한 달이라도 누군가에게 보살핌을 받고 싶다고. 부모님이 내게 줬던 무조건적인 사랑, 그것을 딱 한 번만 다시 누려 보고 싶다고. 내가 모든 걸 잘 해내지 않아도 괜찮다고 말해 주는 목소리를 원한다고.

그래서였어. 그 욕심 때문에, 왜 이런 일이 일어난 건지 알아내기를 포기했어. 만진이 너를 피하려고 번호를 바꾸고 현관 비밀번호를 바꾸고 휴가를 신청했지. 너희 부모님에게는 회사에 이상한 사람이 자꾸 나를 괴롭히고 스토킹을 한다고, 그래서 쉬고 싶다고 거짓말을 했어.

그리고 변만진으로서의 날이 시작되었지. 미치게 행복했어. 눈을 뜨면 어머니가 밥을 먹으라고 나를 불렀어. 내가 시답지 않은 농담을 해도 웃어 주었어. 아버지는 내게 쉬어도 괜찮다고 말해 주더라. 그게 내가 아니라, 변만진을 향한 위로임을 아는데도 눈물이 났어. 매일이 너무 행복해서, 그 행복 뒤로 걱정과 불안을 꾹꾹 밀어 넣었어. 밤에 잠을 자면 말이야. 어디선가 끊임없이 종소리가 들렸어. 어머니가 나를 부르는 소리가. 못 들은 척을 했어. 이대로 한 달이 지나도 계속 못 들은 척하면, 언젠가는 종소리가 완전히 사라지는 날이 오지 않을까. 이대로 변만진으로 살아도 괜찮지 않은가. 만진이 네가 달려와서 현관문 두드릴 때까지 고민 중이었어. 웃기지? 그런데 난 진지했어. 네가 안 왔으면, 아니다. 그 말만 안 했어도 널 찾아가지 않았을 거야. 변만진으로 살았을 거야.

변만진, 이 나쁜 새끼야. 어머니 노망난 거 아냐. 달걀말이를 만들려고 하신 거야. 거동이 불편해지신 후에도, 내가 기운이 없다 싶으면 달걀말이를 만들려고 하셨어. 그때마다 부엌이 난리가 났지. 성공한 적은 없어. 그래도 만들고 싶으셨나 봐. 어머니는 이젠 자기 나이도 제대로 기억을 못 하는데 내가 달걀말이를 좋아했던 것만은 잊어버리지를 않아.

네가 외치는 걸 듣고 정신이 번쩍 들더라. 저 새끼는 어머니와 눈 한 번 마주치지 않았구나. 눈을 마주쳤으면, 그 절실하고 따뜻한 시선을 알았으면 절대 저런 말은 못 할 텐데. 저 새끼가 어머니를 어떻게 다루고 있는 거지? 난 인간 보편의 선의를 믿었어. 아무리 남의 어머니라도 아픈 사람에게 야박하게 굴 리는 없다고 말이야. 하지만 네 말 한 마디 한 마디에서 악취가 풍기더라. 이대로 저런 놈에게 어머니를 맡기면, 그리고 모른 척했다가는 앞으로 달걀말이는 영영 못 먹겠구나 싶었어. 먹을 때마다 나를 원망하는 종소리가 들릴 테니까.

하나 더 알려 줄게. 그 인스타그램, 너란 거 알아. 내가 빌려준 손수건, 너한테 돌려받지 않았는데 사진이 올라와 있었으니까. 그래도 난 널 친구라고 여겨서 아무 말 하지 않았던 거야. 네가 그 계정에 올린 물건들, 전부 우리 아버지 유품이야. 네가 훔쳐간 건 단순히 사진 몇 장이 아니라, 내 아버지의 죽음이라고.

확실하게 말할게. 넌 한심한 놈이야, 변만진.

다시 말할게. 넌 한심해. 보잘것없고.

한심하고 보잘것없는 변만진. 나는 이걸 쓰고 너를 만나러 간다.

다음에는 우리 제자리에서 만나자.

변만진은 종이를 접어 다시 서랍 안에 넣었다. 그러고는 휴대폰을 집어 들었다. 액정에 떠 있는 JJIN_REAL 계정의 팔로워가 어느새 칠천 명이 되어 있었다. 그토록 원하던 숫자다. 변만진은 잠시간 그 숫자를 바라보다 손가락을 움직였다.

계정 삭제.

버튼을 꾹 눌렀다.

회복의 레몬 꿀차

역시 죽기에는 가을밤이 좋다. 김수아는 다리 난간 너머로 한강을 내려다보았다. 한 달 전, 해가 쨍쨍 내리쬐는 여름 한낮에도 이곳에 서 있었다. 너무 더워서 죽을 의욕조차 나지 않았다. 구조대원에게 구조되기라도 하면 "더워서 그랬어요."라는 헛소리를 할 것 같았다. 혹여 구조되더라도 죽고 싶어 그랬다고 당당하게 말하고 도로 물에 뛰어들 수 있는 그런 날씨여야 했다. 그런 면에서 겨울도 부적합하다. 너무 추워서 다시 뛰어들 엄두가 안 날 테니까. 봄은, 봄은 너무 멀다. 게다가 만물이 소생하는 봄에 죽는 건 아무래도 봄에게 실례인 것 같다. 가을이다. 가을밖엔 없다. 수확의 계절에, 무엇도 수확하지 못한 인간이 죽는 건 자연의 이치에도 맞다. 김수아는 다리 난간을 붙잡은 손에 힘을 줬다. 난간이 높긴 해도 성인 여자가 뛰어넘지 못할 높이는 아니다. 고깃집 아르바이트 6년째인 김수아의 팔 힘으로는 더욱 그렇다. 김수아는 팔에 힘을 주곤 잠시 기다렸다. 곧 따르릉, 자전거 한 대가 요란한 소리를 내며 김수아의 등 뒤로 지나갔다.

"하여간 저놈의 자전거. 저거 때문에 죽을 수가 없어."

들으라는 듯 말하곤 난간에서 손을 뗐다. 김수아는 다리를 건너오면서 나는 왜 죽지도 못하고 자전거 오는 거나 기다리고 있나를 고민했다.

'계속 살아 봤자 좋을 거라곤 없는데.'

작가가 되고 싶었다. 시나리오 작가. 김수아는 드라마 마니아였다. 공장을 다니며 돈을 모으던 이십 대를 드라마 보는 것으로 버텼다. 지금 겪는 힘든 현실의 끝도 드라마 속 엔딩처럼 멋질 거라고 위안했다. 다른 사람들은 모두 외출을 하는 휴일에도 기숙사에 틀어박혀 방영 중인 드라마는 물론이고 옛날 드라마까지 모두 섭렵했다. 어차피 휴일에 갈 곳도 없었다. 아르바이트를 하느라 학교에서 잠만 잔 탓에 친구도 없었고, 유일한 가족이었던 아버지는 공영 장례식장에 묻혔다. 아버지가 노숙자 생활을 하다가 사망했다는 소식을 전해 들은 건 김수아가 열일곱 살 때 일이었다.

작가가 되었다면 지금과는 완전히 다른 인생이었을 거다. 김수아는 손가락 사이로 흘러내린 모래처럼 사라진 꿈에 대

한 미련을 더듬으며 다리를 건넜다. 지하철역으로 향하다 포
장마차로 들어섰다. 언제나 같은 코스다. 증권 회사가 모여
있는 거리의 밤은 죽기를 결심한 사람에게는 너무 밝다. 어
디든 좀 더 희미한 빛을 지닌 곳에서 쉬어 가지 않으면 도저
히 역까지 갈 수가 없기에, 김수아는 포장마차 단골이 되었
다. 김수아는 포장마차에 들어가 앉아 소주 한 병과 파전을
주문했다.

"김밥지옥? 그게 뭐야?"

"지금 인터넷에서 은근히 떠도는 괴담이래도. 새벽 6시 즈
음에 종로 일대를 걷다 보면 '김밥지옥'이라고 쓰인 가게가
갑자기 나타난다는 거야. 그 가게에 들어가면 타인과 영혼을
바꾸어 준다나. 카피캣 식당이라고도 하던데."

"그런 걸 믿어? 괴담이면 무섭기라도 하던가. 다른 사람하
고 영혼 바뀌는 건 너무 식상해서 이젠 영화에서도 안 쓰이는
소재 아니냐?"

"안 무서워? 누가 내 몸 빼앗아서 나인 척 생활한다고 상상
하면 소름끼치지 않냐?"

"야. 영혼을 바꿔치기 한다고 해도 빌게이츠 같은 사람하
고 바꾸려고 하지, 누가 우리처럼 평범한 사람을 노리겠냐?"

포장마차 입구 쪽 자리에 앉은 사람들은 목소리가 컸다.
김수아는 파전을 갈기갈기 찢으며 그들의 대화를 라디오 듣

카피캣 식당

듯이 들었다. 소주를 한 잔씩 입 안에 털어 넣으며 그 대화를 곱씹다가 소주를 반병만 비우고 자리에서 일어났다. 집으로 가는 전철 안에서 내내 휴대폰으로 검색했고, 집에 도착한 후에도 옷도 갈아입지 않고 현관에 쪼그려 앉아 검색을 계속했다. 영혼을 바꿔 주는 식당. 김밥지옥. 카피캣 식당. 온갖 키워드로 검색된 글을 눈을 부릅뜨고 읽었다. 휴대폰에서 뿜어져 나온 불빛이 선명한 욕망을 비추었다.

김수아는 꼭 빼앗고 싶은 인생이 있었다.

무언가를 타고나는 사람이 있다. 외모나 재능. 그 무엇이든 다른 사람과는 다른, 특출한 무언가를 지니고 있어 천재라 불리는 사람들. 이만도가 그랬다. 장르를 넘나들며 쓰는 시나리오마다 인기 고공 행진을 그리는 천재 작가. 플랫폼의 범람으로 공중파 드라마 시청률이 10%를 넘기기도 어려운 때에, 이만도의 작품은 시청률 30%를 기본으로 넘겼다. 얼마 전 종영한 로맨틱 코미디 드라마는 시청률 45%를 기록하면서 공중파 드라마 재부흥의 영웅으로 칭해지기도 했다.

"이전까지는 자료 정리도, 생활도 딸아이가 도왔지. 그 아이가 대학에 진학해서 기숙사에서 생활하게 되어서 어시스턴트를 쓰기 시작했어. 이 최종 면접을 통과하면 자네는 여섯 번째 어시스턴트가 되겠군."

책 냄새가 났다. 김수아는 책상 너머 앉은 이만도에게 시선을 고정한 채 코끝을 킁, 작게 움직였다. 이만도는 거실 전체를 서재로 사용하고 있었다. 책상이 등지고 있는 베란다의 통유리 쪽을 제외한 삼면 벽에 딱 맞게 책장이 설치되어 있어서, 집 전체에 종이 냄새가 감돌았다. 말을 하는 동안 이만도는 거실 한가운데 서 있는 김수아가 아닌, 자신의 손에 들린 종이만 바라보았다. 김수아가 볼 수 있는 건 잘 염색된 그의 정수리뿐이었다.

"언제나 어시스턴트 공고를 올리면 지원자가 구름처럼 몰려들어. 그중에는 작가들도 있지. 누가 알지도 못하는 단편 웹드라마 한 편 걸고는 데뷔를 했다고 떠드는 그런 사람들 말이야. 자신의 글이 한없이 비천하니 연줄이나 타 볼까 하고 몰려오지. 그런 작자들은 언제나 나를 흠집 낼 생각만 하지. 내 글감을 훔쳐 갈 기회만을 노려. 감히 내가 표절을 했다고 말하는 사람들. 그들도 그런 부류지."

이만도와 표절. 그것은 이만도가 작품을 발표할 때마다 거듭되어, 이제는 논란이 일어도 대중의 흥미를 끌지 못했다. 처음 표절 의혹이 제기된 것은 세 번째 작품이 발표되었을 때였다. 마니아적이란 평을 들은 첫 번째 작품으로는 크게 성

카피캣 식당

공하지 못했던 이만도는, 두 번째 작품에서 노선이 확 바뀐 모습을 보여 주며 대중을 사로잡았다. 사람들은 이만도의 세 번째 작품을 기대했지만 세 번째 작품은 5년이 되도록 나오지 않았다.

5년이 되던 해, 드디어 이만도의 세 번째 작품이 공개되었다. 캐스팅부터 초호화 배우진으로 구성된 드라마는 로맨스 판타지 드라마였다. 회마다 시청률을 갱신하던 중, 한 네티즌이 표절 의혹을 제기했다. 드라마 설정이 국내에선 번역된 적 없는 일본 만화와 너무나 흡사하다는 거였다. 자료는 순식간에 인터넷에 퍼졌다. 드라마 제작사는 유언비어라며, 처음 의혹을 제기한 네티즌을 고소하겠다고 밝혔다. 원작을 읽은 사람도 많지 않던 탓에 비판 여론은 순식간에 사그라졌다. 네 번째 작품은 독일 드라마와 비슷하다는 의혹이 제기되었다. 국내에도 팬 커뮤니티가 있는, 어느 정도 마니아를 보유한 드라마였기에 세 번째 작품보다는 문제 제기가 지속되었다. 그러나 결과는 같았다. 다섯 번째, 여섯 번째 작품도 비슷한 과정을 거쳤다.

가장 문제가 되었던 것은 2년 전의 표절 의혹이었다. 이만도가 심사위원이었던 공모전에 작품을 제출했던 작가 지망생이, 이만도가 자신의 작품을 표절했다는 의혹을 제기했다. 제삼자가 아닌 본인이 표절을 당했다고 나선 것은 처음이었다. 이만도가 작품을 발표하면 으레 표절 의혹이 일겠거니 하던 사람들까지도 관심을 보였다. 작가 지망생의 호소문이 인터넷 곳곳으로 퍼져 나갔고, 여론도 그에게 호의적이었다. 이만도가 오히려 자신이 피해자라는 입장문을 발표하기 전까지는 그랬다. 이만도는 자신의 작품은 심사를 맡았던 공모전 이전에 프로덕션과 주고받은 기획서가 존재하며, 그 증거도 있다고 반박했다. 작가 지망생이 공모전에서 탈락한 것에 앙심을 품고 자신을 음해하는 것이며, 정말 표절이라 생각한다면 양쪽의 시나리오를 공개해 대중에게 판단을 맡기자고 했다. 이만도의 입장문에 여론은 흔들렸다. 떳떳하니 시나리오를 비교하자는 말까지 하는 것 아니냐, 라는 글에 수많은 찬성 표시가 찍혔다. 이전에 제기된 표절 의혹도 억지스러운 부분이 많았다며 일부 네티즌이 이만도를 표절 작가로 몰아가는 것에 재미를 들인 것이 아닌가 하는 목소리도 나왔다.

　결정타는 거짓말 탐지기였다. 한 방송 프로그램에서 이만도에게 거짓말 탐지기 검사를 해 보지 않겠냐는 제안을 했다. 이만도는 그 제안을 받아들였다. 방송 당일 '위 검사대상자는 5항 검사 질문 내용 R1, R2, R3에 긍정(예)하는 대답을 하였으며 거짓말 탐지 검사에서 나타난 생리 반응을 판독하여 분석한 결과 모두 진실 반응으로 판단됨'이라는 문장이 화면을 가득 채웠다. 거짓말 탐지기는 소송에 증거 능력이 없다거나 하는 것은 대중에게 중요한 문제가 아니었다. 중요한 건 이만도가 거짓말을 했을 확률이 줄어들었다는 명백한 증거, 그것이었다.

결국 사건은 법정 논쟁으로 이어졌다. 법은 좀처럼 결론을 내리지 않았다. 1년이 넘도록 1차 판결이 나오지 않았고 대중은 흥미를 잃었다. 그러던 중 미국에서 드라마의 리메이크 판권 구입 의사를 타진해 왔고, 언론에서는 이것이 K컬처의 힘이라고 대서특필했다. 표절에 대한 진실은 여부가 어떻든 이만도는 명실상부 대한민국 최고의 드라마 작가로 자리 잡았다.

"수많은 지원자들 중에 왜 내가 자네를 뽑았는지 아나?"

이만도가 고개를 들어 김수아를 바라보았다. 주름 많은 이마와 입가, 커다란 매부리코, 쑥 들어간 볼에 고집이 엿보였다.

"모르겠습니다."

"자네의 이력서만 글에 대한 어쭙잖은 자부심이 실려 있지 않아서야. 이전 어시스턴트들은 참 어리석었지. 자기가 글 좀 쓸 줄 안다고 내가 시키는 일을 태만하게 하고, 자기들의 작품만 봐 달라고 안달을 내더군. 몇몇은 내 원고를 몰래 보기까지 했어. 난 이젠 글 쓰는 자들은 믿을 수가 없어. 이력서엔 고등학교 졸업 이후 공장에서 근무했다고 쓰여 있군. 서른 살부터는 식당 직원으로 일했고 지원 이유는 내 드라마의 팬이라서. 이게 다인가?"

잘해야 한다. 잘할 수 있다. 김수아는 이만도에 대한 온갖 자료를 머릿속에 입력하고 온 터였다. 잡지에 실린 기사를 모두 찾아봤고, 배우들이 이만도에 대해 한마디라도 언급한 것이 있는지 동영상을 샅샅이 뒤졌다. 이만도가 좋아하는 건 정돈된 방, 짧은 대답, 양식보다는 한식. 싫어하는 건 말대꾸, 시선 피하기. 김수아는 힘차게 고개를 끄덕거렸다.

"예. 드라마가 저를 살렸습니다. 그러니까 작가님이 저를 살리신 셈이죠."

"식당에서는 월에 얼마를 받지? 어시스턴트 월급은 그다지 높지 않아."

"괜찮습니다. 잠시라도 좋으니, 좋아하는 작가님의 힘이 되고 싶을 뿐입니다."

김수아는 이만도가 입가를 손톱 끝으로 가볍게 두드리는 것을 봤다. 잡지에서 본 바에 의하면, 꽤 기분이 좋다는 뜻이다. 이만도는 이력서를 책상에 내려놓았다.

"좋아. 그럼 내일부터 출근하게. 출근 시간은 아침 7시. 상세한 건 규정집을 줄 테니 읽어 보도록 해. 꼼꼼히 읽도록. 난 규정에서 어긋나는 건 질색이니까. 자네 이름이 뭐더라."

"김수아입니다."

"좋아, 수아. 이만 가 보도록."

카피캣 식당

김수아는 현관을 향해 뒤돌아서면서 크게 숨을 들이마셨다. 책 냄새가 한가득 폐 안으로 밀려 들어왔다. 이런 서재를 가지고 싶었다. 질 좋은 나무로 만든 책장과 햇빛이 드리워진 책상. 가죽 등받이가 있는 안락해 보이는 의자. 작업실을 따로 가진다는 건 어떤 느낌일까. 김수아는 당장이라도 이만도를 밀쳐 내고 의자에 앉고 싶은 충동을 억눌렀다.

'잘해야 해. 잘할 수 있어. 곧 내 것이 될 테니까.'

작가가 되고 싶었다. 그렇게만 된다면.

김수아는 조용히 문을 열었다.

∽

'이만도에 대하여' 주변 사람들의 인터뷰 1
_ 드라마 감독(익명 희망)

이만도요? 천재죠. 괴팍해서 같이 일하기는 힘들어도 천재인 건 인정해야죠. 이만도 초기작 아는 사람 별로 없죠? 초기작은 다 망했거든요. 정식 공중파 데뷔작이 스페셜 드라마였는데 너무 마이너틱해서 다들 이 작가는 안 되겠다, 이랬어요. 그랬던 사람이 지금은 작품마다 장르를 휙휙 넘나들면서 대중 코드에 딱 맞게 써내는 거 봐요. 그렇게 작풍 바꾸는 거,

쉽지 않아요. 아마 뼈를 깎는 노력을 했을걸요.

괴팍한 것도 이해 못 할 건 아니죠. 이만도 아내가 사고로 사망한 게 언제였지? 이만도가 데뷔하고 얼마 지나지 않았을 때였죠. 맞다. 두 번째 작품 발표한 뒤였네. 둘이 사이가 엄청 좋았어요. 이만도가 학교 선배고 아내가 후배였나. 나이 차이가 한 대여섯 살 났을걸요. 아내도 드라마 작가 지망생이었어요. 그분도 꽤 센스가 좋았죠. 아마 작품을 발표했으면 적어도 중박은 쳤을 거예요. 그랬으면 부부 둘이 나란히 스타 작가가 되었을지도 모르겠네요.

이만도, 천애고아잖아요. 부모가 누구인지도 모르고 친척도 한 명 없고. 그래서인지 아내한테 끔찍하게 잘했어요. 딸 생긴 뒤로는 스튜디오에서 아르바이트하다가도 몇 번씩 전화하고 그랬대요. 데뷔작 말아먹고 나서 이런저런 일 하면서 생활을 꾸리던 때죠. 원래 좀 깐깐하고 감정 표현도 없는 사람이 가족하고 통화할 때면 그냥 좋아 죽었다 그러더라고요. 그런데 아내가 그렇게 사고로 갔으니, 제정신이겠어요?

교통사고였을 거예요. 친정 부모님이 아프셔서 다녀온다고 집을 나섰는데 그게 마지막이 된 거죠. 그나마 다행이라면 딸은 데려가지 않았다는 걸까요. 아무래도 애가 아직 어렸으니까, 병원에 동행하긴 좀 그랬겠죠. 사고가 난 게 하필 두 번째 작품으로 돈 좀 만졌을 때에요. 고생 끝 행복 시작, 이런 시기였는데 제일 소중한 행복이 날아간 거죠. 그 뒤로 재혼도 안 하고 딸 한 명 있는 거 애지중지 기른 거 봐요. 그 양반, 딸한테는 껌뻑 죽어요. 딸이 어시스턴트 했던 것도, 다른 사람이 자료 건드리면 난리를 피우는데 딸은 이만도가 쓴 원고를 통째로 날려 먹어도 아이고 우리 딸 예쁘다, 그러거든요. 딸이 대학 기숙사에 들어간다고 했을 때 얼마나 슬퍼하던지. 그걸 옆에서 봐 온 사람은 누구도 이만도 욕 못 해요. 나도 이해합니다. 이만도 괴팍하게 구는 거.

표절 의혹이요? 에이, 그거는 순 억지죠. 만화랑 드라마 짜깁었다고 말하는 사람들은 클리셰라는 걸 이해를 못 하는 거죠. 이른바 코드에요, 코드. 장르가 비슷하면 코드가 겹치게 되어 있다고요. 진짜 표절이었으면 원작자 쪽에서 뭐라 했겠죠. 내가 감독이라 그렇게 말하는 거 아니냐고요? 그럴 수도 있죠. 아무래도 팔은 안으로 굽게 되어 있으니까. 이만도와 작업했던 감독들도, 배우들도 다 자기 커리어가 제일 중요하지 않겠어요? 시청률 4, 50% 넘기면 그게 자기 인생작인데 표절작으로 낙인찍히길 원하는 관계자가 있겠냐고요, 없지. 아직 작업 안 한 감독이나 배우도 마찬가지죠. 언젠가 이만도와 작품 한번 같이하면 대박 칠 가능성이 있는 건데, 그런 작가 이미지는 지켜 주고 싶죠.

게다가 법정 논쟁으로 간 건 하나도 없잖습니까. 아, 아니구

나. 하나 있네요. 그 작가 지망생. 그거 어떻게 되었더라? 1차 판결에서 표절 아니라고 나왔을걸요. 그래서 이만도랑 그쪽 드라마 제작사가 그 지망생, 명예훼손으로 고소한다고 했었죠. 2차 판결은 아직 안 나왔을 테고. 표절 시비가 법정 가면 정말 길고 지루한 싸움이 되거든요. 판사님들이 법조문이나 빠삭하지, 글이나 음악이 어디까지가 표절이고 아니고를 어떻게 판단하겠어요. 힘들지, 아무래도. 논문은 프로그램이라도 돌리지, 소설이나 시나리오는 뭐로 판단할 거예요. 대사 한 줄 같다고? 설정 하나 겹친다고? 작품 통째로 가져다가 지명 한두 군데만 바꾼 수준이면 모를까, 보통은 이게 표절이다 딱 정의 내리기 힘들죠.

뭐……. 만에 하나 말이죠. 그 지망생 작품이었다고 쳐요. 그게, 이만도 이름 없었으면 그렇게까지 히트했을 것 같아요? 드라마로 바로 만들어졌을 것 같냐고요. 세상이 바뀌었다 어쨌다 해도 아직까진 네이밍이 먹히는 바닥이에요. 남의 아이디어를 훔쳤든, 따라 했든 팔리면 그만이죠.

∽

역시 기다리기에는 가을 새벽이 좋다.

레몬 꿀차를 담그는 법은 간단하다. 레몬을 껍질째 박박 씻어 얇게 자른 뒤, 병 안에 켜켜이 쌓는다. 쌓으면서 꿀이나 설탕도 함께 쌓아 올린다. 맨 위는 무조건 설탕으로 가득 메운다. 그래야 썩지 않는다. 설탕의 단맛은 레몬과 함께 쌓아 올린 쓰디쓴 욕망의 맛도 가려 줄 것이다.

'이번 꿀차는 꽤 잘 만들어졌어. 잘했어.'

김수아는 텀블러에 담아 온 꿀차를 휴대용 컵에 따라 마셨다. 가을의 새벽은 시원하고 습기도 적다. 새벽 6시. 종로 골목 하늘에 해가 연주황색을 그러데이션으로 밀어 올리자 기다리던 가게가 눈앞에 나타났다. '김밥지옥'이라고 적힌 검고 촌스러운 간판과 간판과는 어울리지 않게 모던한 분위기의 사각형 몸체. 그리고 작게 쓰여 있는 '카피캣 식당'이라는 문구. 김수아는 카피캣 식당을 바라보며 천천히 레몬 꿀차를 마셨다. 열흘 전, 처음 카피캣 식당에 들어갔던 날 이후 매일 새벽 식당의 존재를 확인하는 것은 김수아에게는 매우 중요한 일과였다.

그 열흘 간, 김수아는 매일 이만도의 집에 갔다. 몸의 실루엣이 살짝 드러나는 티셔츠에 롱 치마를 입고 머리를 한쪽으로 내려 묶었다. 일하기에 편한 차림새는 아니었고 김수아의 취향은 더욱더 아니었으나 그렇게 했다. 이만도가 그런 스타일을 좋아한다는 걸 배우들의 인터뷰를 통해 알았기 때문이다. 아침 7시에 출근, 저녁 9시에 퇴근. 세 번의 식사를 차리고 집을 청소하고 자료를 정리한다. 이만도가 건네준 규정집에는 세 항목에 붉고 커다란 별 다섯 개가 그려져 있었다. '을(어시스턴트)은 자료를 정리할 때 내용을 봐서는 안 됨' '갑(이만도)이 책상에 앉아 있을 때는 서재에 모습을 드러내 방해하지 말 것' '갑이 자리에 없을 땐 절대 책상 근처에 다가가지 말 것' 이만도의 서재는 곧 집의 거실이었기에, 김수아는 그가 책상에 앉아 있으면 아무것도 하지 못하고 다용도실 한쪽에 놓인 의자에 앉아 있어야 했다. 그렇게 시간을 보내는 동안 이만도가 김수아에게 먼저 말을 건네는 일은 없었다.

'조급해하지 않아도 돼. 이만도의 영혼의 레시피. 그게 어떤 음식인지는 이미 알고 있어. 문제는 이야기야. 이야기를 끄집어내려면 서두를 던져야지.'

그리고 그 열흘간, 김수아는 집에 돌아가면 매일 레몬 꿀차를 담갔다. 질 좋은 레몬과 꿀을 사서 생전 만들어 본 적 없던 레몬 꿀차를 만들고 또 만들었다. 김수아의 한쪽 손에 들린 쇼핑백에는 그 레몬 꿀차가 담긴 유리병이 들어 있었다.

이만도가 작업을 할 때 반드시 옆에 두는 것. 회의를 할 때 놓아두지 않으면 화를 내는 것. 밖에서 파는 것은 영 맛이 없다고 투덜거리는 유일한 음식. 이만도에 대한 온갖 인터뷰에서 반드시 등장하는 그 음식.

레몬 꿀차다.

카피캣 식당

"그딴 식으로 할 거면 집어치워! 나는 이번 작품에는 절대 PPL 안 넣겠다고 분명히 말했어. 자네도 정신 좀 차리게나. 자본이 있어야 드라마 찍는 거? 맞지. 하지만 광고 좋아하다가 드라마 퀄리티 떨어지면 시청률 떨어지는 거 금방이야. 요즘 시청자가 얼마나 수준이 높은 줄 알아? 자네처럼 옛날 감성으로 말도 안 되는 광고 마구 삽입하다가는 금세 조리돌림 당해, 이 사람아. 얼마나 썼냐고? 내가 말했지! PPL 없이 진행하는 거로 확정되기 전까지는 내가 한 글자라도 쓸 것 같냐고. 나는 괜한 엄포는 안 놔. 알았으면 끊어!"

집 안에 쩌렁쩌렁한 고함이 울려 퍼졌다. 다용도실에 앉아 있던 김수아는 문을 조금 열고 그 틈으로 밖을 살폈다. 이만도가 성난 발걸음으로 거실을 왔다 갔다 가로지르며 전화를 받고 있었다. 전화를 끊은 이만도는 휴대폰을 거실 바닥에 집어 던지고는 의자에 털썩 주저앉았다.

"수아! 김수아! 현관에 놓인 플라스틱 박스 좀 들고 와!"

김수아는 다용도실을 나와서 현관에 놓인 박스를 들어 올렸다. 양팔을 있는 힘껏 벌려야 들 수 있는 크기의 플라스틱 박스에 들어 있는 건 공모전에 응모된 작품이다. 김수아는 박스를 이만도의 책상 옆에 가져다 놓았다. 이만도는 박스를 열고 안에서 종이 뭉치를 꺼냈다. 한 뼘 두께로 분철된 종이 뭉치를 한 장씩 넘기던 이만도가 불쑥 물었다.

"수아, 재활용을 어떻게 생각하나?"

"재활용이요?"

"그래. 쓸모없는 것을 골라내 쓸모 있는 것으로 만드는 거지. 글도 그래. 전반적으로 보면 쓰레기지만 쓰레기 중에도 일부 괜찮은 것들이 있단 말이야. 그것을 골라내 쓸 만하게 만들어 주는 것은, 그 글에게 친절한 행위가 아닌가? 어떤 것 같나?"

잘해야 해. 잘할 수 있어. 김수아는 머릿속으로 주문처럼 두 문장을 읊으며 입으로는 다른 말을 내뱉었다.

"저야 글에 대해선 잘 모르지만, 작가님의 판단이 옳다고 생각해요."

"그래. 역시 그렇지. 나는 언제나 옳지."

굳어 있던 이만도의 입가가 부드러운 곡선을 그리며 휘었다. 김수아는 부엌으로 가 집에서 가지고 온 레몬 꿀차를 쇼핑백에서 꺼냈다. 컵에 꿀차를 크게 한 스푼 넣고 뜨거운 물을 따랐다.

'이것은 서두다. 서두를 잘 던져야만 한다.'

김수아는 컵을 받침에 담아 이만도에게 가져갔다. 컵을 책상에 올려놓고 다시 다용도실로 향했다. 다용도실에 앉아 빨

카피캣 식당

래를 개고 있는데 다용도실의 문이 열렸다. 이만도가 손에 든 컵을 가볍게 흔들어 보였다.

"수아. 이거 레몬 꿀차, 어디서 산 건가?"

"제가 만든 겁니다. 작가님이 작업할 때 늘 드시기에. 파는 것보다는 직접 만든 게 건강에 좋지요."

"그래? 어쩐지, 맛이 다르더라고. 내가 찾아 헤매던 맛이야."

김수아는 고개를 한쪽으로 살짝 기울이며 수줍게 웃었다. 이만도는 컵을 입에 가져가며 중얼거렸다.

"자네는 다르군. 이전 어시와는 달라. 그래, 자네라면 어쩌면……."

이만도는 목을 뒤로 젖혀 컵에 남은 차를 단번에 마셨다. 그러고는 다용도실 안을 휘익 둘러보더니 혀를 찼다.

"그나저나 이런 곳에 있었나? 내가 미처 몰랐군. 지금은 가을이니 괜찮지만 겨울 되면 춥겠어. 내일부터는 저기, 작은 방에서 일하게. 예전에 딸애 옷방으로 쓰던 방인데 지금은 비어 있어. 좀 편하게 있을 수 있게 탁자하고 의자도 하나 놔야겠군."

"감사합니다."

김수아는 서두가 성공적으로 던져졌다고 확신했다.

그날부터 이만도가 김수아에게 먼저 말을 건네는 날이 많아졌다. 툭하면 김수아를 불렀고, 때로는 자신이 글을 쓰는 동안 거실에 앉아 자료를 정리하라고 지시하기도 했다. 김수아의 패션 센스를 칭찬한 다음 날에는 선물이라며 백화점 쇼핑백을 내밀었다. 쇼핑백 안에는 김수아가 입은 것보다 열 배쯤 비싼 롱 치마가 들어 있었다. 김수아는 이걸 왜 주냐고 묻지 않았다. 그저 감사합니다, 라고 말하며 받았다. 이만도는 김수아의 나이를 물었고 "서른여섯입니다."라는 대답에 "조금만 더 젊으면 좋을 텐데. 그래도 동안이니까."라고 말했나. 김수아는 그게 무슨 뜻이냐고도 묻지 않았다. 그저 수줍은 듯, 입을 가리고 웃기만 했다. 이만도는 김수아에게 책장에 있는 책을 마음껏 읽어도 된다고 허락했다. 이전에는 집을 나갈 때면 김수아에게도 그만 돌아가라고 말하며 김수아가 무엇을 하고 있든 집에서 내보냈던 것도 바뀌었다. 몇 번인가 잠깐 공원 산책을 하자며 함께 나가자고 하더니 그 뒤론 혼자 외출을 할 때도 김수아를 쫓아내지 않았다. 장을 보러 간 단지 안 슈퍼마켓에서 김수아는 사람들의 수군거림을 들었다. "그 괴팍한 양반이 여자가 생겼다더니." "나이 차이가 꽤 나 보이는데. 재산 보고 들러붙은 거 아냐?" 사람들의 시선은 이 수군거림의 수신인은 당신입니다, 라고 가르쳐 주는 우표나 진배없었다. 그 모든 일들이 김수아의 서두 아래 이어진 진부하고도 필요한 문장들이었기에, 김수아는 매일을 꾹꾹 밑줄이라도 치듯이 견뎠다. 잘해야 해. 잘할 수 있어.

카피캣 식당

그러나 날이 지날수록 초조해지는 것은 어쩔 수 없었다. 초조함을 견디기 위해 카피캣 식당이 나타나기를 기다리며 종로 골목에 서 있는 시간이 조금 더 빨라졌다. 로키는 말했다. 카피캣 식당을 볼 수 있는 건 웰컴 푸드를 먹고 한 달까지라고. 그 날짜가 지날 때까지 영혼의 레시피를 가져오지 않으면 계약은 자동 파기되고 다시는 식당을 볼 수 없게 된다고. 웰컴 푸드를 먹지 않고 식당을 나올 수도 있었다. 웰컴 푸드를 먹지 않으면 딱 한 번 더, 카피캣 식당을 찾아낼 수 있다고 했다. 그 기한은 무기한. 그랬다면 초조함은 줄어들었겠으나, 이만큼 절박하게 움직이지도 않았으리라. 김수아는 자신의 결정을 후회하지 않았다. 20일째부터는 카피캣 식당이 나타나면 하나씩 손가락을 접었다. 손가락 열 개를 모두 접으면 카피캣 식당은 사라질 것이다.

오른손을 모두 접던 날, 이만도가 출판사를 간다며 집을 나섰다.

"그놈들이 감히 나를 테스트하려 들어? 내가 더 이상 글을 쓰지 못하게 되었다고? 아이디어 고갈? 자기들이 잘못한 건 생각도 안 하고, 감히 나를 글 한 줄 못 쓰는 작가로 몰아? 그곳은 예전부터 마음에 안 들었어. 은근히 나를 음해하는 사람들의 편을 든 것을 내가 모를 줄 아나. 그 건방진 아마추어 글쟁이의 편을 들었던 것도 알고 있어. 그 미친년이 쓴 글을 떡 하니 스튜디오 계정으로 리트윗을 했었지."

이만도는 현관에 서서 모자를 고쳐 쓰며 이를 갈았다.

"스튜디오 하림이요?"

거울 안 이만도의 시선이 자신에게 향한 것을 보고 김수아는 아차 싶었다. 아는 척을 해서는 안 되었다. 이만도에게 김수아는 온전한 추종자여야만 했다. 서두 이후 안정적으로 이어지던 문장이 뚝 끊길 수도 있었다.

"수아, 자네도 거기를 아나? 그다지 유명한 곳은 아닐 텐데."

침착해야 한다. 들고 있던 가방을 이만도에게 건네는 짧은 동안, 김수아의 사고는 정답을 찾아 뉴런 사이를 질주했다.

"드라마 마니아니까요."

대답은 짧게. 달달 외운 규정집이 대답을 밀어냈다.

"흠. 그래, 그럼 자네는 어떻게 생각하나? 그 사건 알지? 나를 음해한 여자 말일세."

그 사건, 이라는 세 글자로 압축될 수 있구나. 김수아는 새삼 이만도를 바라보았다. 눈앞에 서 있는 오십 대 초반의 남자. 이 남자가 너무나 궁금했었다. 이십 대 초반, 드라마의 해피엔딩이 현실에서도 이루어지기를 바랐던 때부터 김수아에게 이만도는 신이었다. 좋은 신이든 나쁜 신이든, 신은 신이다. 어떻게 저런 글을 쓸 수 있지, 라는 감탄과 분노를 동시에 불러일으킨 유일한 존재. 이 집에서 지낸 몇 주간, 김수아

카피캣 식당

는 그 답을 알았다. 이만도는 자신이 진실이라 여기면 거짓도 진실로 만들어 내는 사람이었다. 그에게 진실이란 올바른 방향을 찾기 위해 나침판을 조정하는 행위가 아닌, 자신이 정해 놓은 이정표만이 진짜라 믿고 걸어가는 행위였다.

"바보 같은 사람이라고 생각합니다."

진심이었다. 이만도는 김수아의 대답에 거울을 향했던 몸을 돌렸다. 김수아가 내민 가방을 받아 드는 손놀림이 부드러웠다.

"오늘은 스크랩을 하게나. 몇 시가 되든 내가 올 때까지 퇴근하지 말고 기다리도록 해."

김수아는 고개를 끄덕거렸고 이만도는 집을 나섰다. 현관문이 닫히고 김수아는 현관 거울에 비친 자신의 얼굴을 들여다보았다.

"바보 같은 것."

다시 한번 소리 내어 말하고는 뒤돌아섰다. 고요한 거실을 바라보다가 책상 쪽으로 다가갔다. 플라스틱 박스가 발에 채였다. 이만도는 며칠간 박스 안 종이에서 무언가를 찾았을까. 적당히 조각낼 만한, 그 무언가를. 김수아는 이만도의 책상 의자에 등을 붙이고 앉았다. 푹신하면서도 묵직한 가죽의 감촉이 등을 감쌌다. 한참을 의자에 파묻히듯 앉아 있다가 등을 곧추세우고 손을 뻗어 컴퓨터를 켰다. 작업 파일을 열어 가장 최근 파일을 불러오자 무엇도 쓰이지 않은, 하얀 화면이 나타났다. 고개를 뒤로 젖히고 의자를 한 바퀴 빙그르르르 돌렸다. 의자와 함께 천장이, 거실이 둥글게 돌며 김수아를 감쌌다.

'작가가 되면.'

너는 작가가 되기에는 재능이 없어. 문화센터의 강사는 김수아에게 그렇게 말했다. 설정은 유치하고 대사는 조악해. 인물의 감정선이 너무 널을 뛰어. 클리셰를 비틀려면 제대로 비틀어야지. 수업 때마다 혹평이 이어졌다. 그 강사는 싫었지만 문화센터에 가는 것은 좋았다. 좋다는 말로는 부족했다. 고깃집에서 일하고 월요일 딱 하루 쉬는 날 가는 그 수업만이 삶의 낙이었다. 혹평을 들어도 내가 쓴 글을 누군가 봐준다는 것만으로 행복했다. 오후 4시부터 새벽 2시까지 고깃집에서 일하고 집에 돌아와 쓰러지듯 잠이 들어도 아침 9시에 알람을 맞춰 놓고 꾸역꾸역 일어나 글을 썼다. 글을 쓰는 때만은 월세 이십오만 원짜리 원룸도 근사한 작업실이 되었다. 작가가 되면, 이란 생각은 하지 않았다. 작가는 그저 직업군 중 하나일 뿐임을 머리로는 알았으나 그 직업은 자신의 것은 될 수 없을 것만 같았다. 더군다나 스무 살, 성인이 되자마자 공장에서 일을 시작한 김수아는 누구보다 직업이 어떤 것인지 잘 알았다. 좋아서 하는 일이든, 단순히 돈을 벌기 위

카피캣 식당

해서 하는 일이든 그것이 '직업'이 되는 순간 마냥 행복할 수
만은 없다는 것을. 그렇다고 문화센터 강사의 말처럼 취미로
만 글을 쓰고 싶지도 않았다. 상반된 욕망을 다스리려 쓰고
또 썼다. 그렇게 3여 년 동안 완성한 장편 시나리오 서너 편
이 쌓였다. 그중 한 편을 공모전에 냈다. 큰 기대를 하지 않았
기에 큰 용기를 낼 필요는 없었다. 그래도 처음 공모전에 접
수 버튼을 눌렀을 때에는 기뻐서 제자리에서 빙글빙글 돌았
다. 무언가 해냈단 기분에, 춤이라도 추고 싶은 기분이었다.

그 후로 세상이 빙글빙글, 정신없이 돌 줄은 몰랐다.

김수아는 한 바퀴, 다시 의자를 돌렸다. 또 한 바퀴. 한 바
퀴 더. 어지럼증이 몰려올 정도로 돌리고 돌렸다. 의자는 책
상 앞을 벗어나 베란다 쪽으로 밀려갔다. 의자가 베란다 몰
딩에 부딪히고 나서야 의자 돌리기를 멈췄다. 베란다 너머
한강이 내려다보였다. 다리 위에서 내려다보던 한강은 금방
이라도 사람을 빨아들일 듯 새까만 색이었는데, 아파트 베란
다에서 내려다보는 한강은 천사의 날개처럼 푸르고도 투명
해 보였다.

'작가가 되면, 작가가 되면……'

홀린 듯 의자에서 일어났다. 베란다 밖으로 나가려는 때,
현관문 키패드 누르는 소리가 났다. 김수아는 멈칫 발걸음을
멈추고 의자를 책상 앞 원래 위치로 돌려놓았다. 그리고는

발끝을 세우고 껑충껑충 작은방으로 뛰어 들어가 문을 닫았다. 밖에서 누군가 신발 벗는 소리가 들리더니, 닫아 놓은 방문이 벌컥 열렸다.

"아빠 없는 거 알고 왔는데, 누가 뛰어 들어가기에 도둑인 줄 알았네."

문을 연 건 젊은 여자였다. 누가 봐도 이만도의 딸이었다. 매부리코가 복사해 붙여 놓은 듯 똑같았다. 여자는 김수아를 빤히 비라보았다.

"아줌마, 이번에 새로 온 어시에요?"

김수아는 여자를 마주 바라보지 않았다. 이만도의 주변 사람과 되도록 얽히지 않을 작정이었다. 생각지도 못하게 예민한 사람은 어디에든 있게 마련이다. 말투나 사소한 버릇이라도 상대가 기억한다면 문제가 생길 수도 있었다.

'잘해야 해. 잘할 수 있어.'

김수아는 묵묵히 스크랩북에 오려 놓은 기사를 집어넣었다. 이만도는 자신에 대한 기사를 모두 프린트해서 스크랩북에 모으게 했다. 그러고는 기사가 일정량 차면 그것을 책으로 만들었다. 이만도의 서재 한편에는 그렇게 만든 책이 일렬로 진열되어 있었다.

"머리부터 발끝까지 완전 아빠 취향으로 입었네. 아줌마, 아빠 노리고 있어요?"

여자는 방 안으로 들어와서 김수아를 향해 몸을 숙였다. 여자가 만들어 낸 둥근 그림자가 김수아의 몸을 뒤덮었다. 김수아는 그래도 고개를 들지 않았다. 그림자가 한층 가까워지고, 여자의 머리카락이 뺨을 스쳤다. 귓가에 여자의 목소리가 새어 들어왔다.

"그 인간하고 가까워져 봤자 좋을 거 없으니까, 그만두지 그래요?"

여자의 그림자가 사라졌다.

"아빠 없다는 거 편집자님한테 듣고 일부러 온 건데. 돈 좀 빼 가려고. 아줌마, 내가 돈 가져가도 아빠한테 안 이를 거예요?"

"……."

"아줌마, 말 못 해요? 아니면 나랑 말하기 싫은 거예요?"

"……."

"됐어요. 어쨌든 내 말 명심하는 게 좋을 거예요."

여자는 방 밖으로 나갔다. 김수아는 그제야 손을 멈췄다. 문 밖에서 서랍을 열고 닫는 요란한 소리가 이어졌다. 김수아는 스크랩하고 있던 기사를 들여다보았다. '스타 드라마 작가, 이만도. 슬럼프? 신작 발표회 연기. 스튜디오 하림 계약 위반으로 법적 절차 밟는다 선언.' 이만도가 광고 핑계를 대며 계속해서 신작 계약 날짜를 어기고 있으며 그로 인해 내

년 상반기 방영 예정으로 잡혀 있던 드라마가 무기한 연기되었다는 내용이었다. 이만도는 스튜디오가 무리한 PPL을 요구한 것이 문제라고 맞서고 있었다. 작품의 질을 떨어뜨리는 이러한 관행을 중단해야 한다는 이만도의 단독 인터뷰가 실린 기사도 있었다.

이만도: 기성 작가들이 잘못된 관행을 고쳐 나가야 작가 지망생 청년들이 더 좋은 환경에서 일할 수 있는 거 아니겠습니까. PPL에만 지나치게 의존하기보다는 좀 더 다각적인 수익 모델을 구축할 필요가 있습니다.

종이가 손 안에서 구겨졌다. 분노는 언제나 무기력과 함께 왔다. 김수아는 종이의 구김 사이사이에서 자신의 시간을 봤다. 봄과 여름, 가을과 겨울을 한 바퀴 도는 동안 다리 위에서 내려다보았던 절망을 봤다. 구겨진 종이를 움켜쥔 채 얼마나 앉아 있었을까. 김수아를 구김 사이에서 끄집어낸 것은 종이 구겨지는 소리와 닮은, 빗줄기가 창문을 두드리는 소리였다. 소리는 곧 종이 수백 장을 한꺼번에 구기듯 거세어졌다.

김수아는 방을 나왔다. 커다란 거실 통창이 온통 뿌옇도록 빗줄기가 몰아치고 있었다. 바람도 거세었다. 금방 태풍으로 변해도 이상하지 않을 정도의 비바람이, 창밖 세상을 휘감고

카피캣 식당

있었다. 김수아는 베란다 창을 활짝 열고 싶은 충동을 느꼈다. 저 커다란 창을 열면 빗줄기는 거실까지 몰아칠 것이다. 태풍이라면 더욱 좋다. 몰아친 비바람이 책상과, 책장과, 이 집의 모든 것을 엉망으로 만들어 버리면 더더욱 좋다.

이전에도 비슷한 상상을 한 적이 있다. 누군가 이만도의 집에 찾아가서, 집 안 어딘가에 있을 무능의 흔적을 찾아내어 세상에 드러내 주기를 바랐다. 도둑맞은 것으로 이루어진 강대국의 미술관에 숨어들어, 있어야 할 곳에서 뿌리 뽑힌 미술품을 훔친 뒤 원래의 자리로 돌려놓는 정의로운 괴도 같은 존재가 나타나 주기를 염원했다. 하지만 괴도는 나타나지 않았다. 애초에 그런 괴도는 존재하지 않는다. 그들은 철저히 자신의 이익을 위해 무언가를 훔칠 뿐이다. 재물이든. 사람이든. 혹은 타인의 삶이든. 천부적으로 타고난 재능. 천재라 불리는 사람들. 그것이 일반적인 사람들의 상식을 뛰어넘는 존재를 일컫는 것이라면 이만도는 분명 천재였다. 천재적인 괴도였다. 그러니 이만도에게 대적할 수 있는 괴도가 나타나기란 힘들 터이다.

내가 가질 수 없다면 엉망이 되어 버린다면 좋을 텐데. 그렇게 생각하면서도 드라마에서 눈을 뗄 수 없었던 날들이 머릿속을 빙글빙글 돌았다. 베란다 창문을 잡은 손에 힘이 들어갔다. 그러나 창문을 열지는 않았다. 김수아가 창문을 연

것보다, 현관문이 열린 것이 빨랐다.

∾

'이만도에 대하여' 주변 사람들의 인터뷰 2
_ 네 번째 어시스턴트 A

맞아요. 이만도의 어시스턴트를 했죠. 이만도가 천재라고
요? 글쎄요, 그건 어떨지. 대외적으로야 그런 이미지죠. 하는
작품마다 대박 치니까. 감독들이 천재라고 언론플레이 하는
면도 있고. 아무래도 대중들이 그런 걸 좋아하니까요. 괴팍한
천재 드라마 작가. 그런 타이틀 가진 작가 대본으로 드라마
시작한다, 그러면 흥행 보증수표 어쩌고 하면서 다들 보니까.
그 타이틀에서 천재를 빼면 뭐가 남겠어요. 그러니까 관계자
들은 어떻게든 그 천재 이미지 유지하게 만들고 싶겠죠.

불만이 많아 보인다고요? 맞아요. 저뿐만이 아니라 어시
스턴트로 들어갔던 사람 백이면 백 이만도라면 질색을 할걸
요. 대우가 진짜 개 같았어요. 규정집이란 게 있는데, 그 안에
적힌 규칙을 다 외워 오라고 하는 거예요. 자료 나눠서 정리
할 때는 내용은 보지 말고 라벨 붙어 있는 거만 보고 하라거
나, 스크랩할 때는 무슨 풀을 쓰라거나. 아니, 지금이 시대가

어느 때인데 자료를 일일이 프린트해서 풀로 붙이냐고요. 글 쓰는 데 필요한 자료도 아니고 대부분 자기 기사예요. 그 사람 완전히 나르시시스트라고요. 자료 정리에 대한 규칙만 있는 것도 아니에요. 양말을 갤 때는 두 번 말아라, 설거지할 때는 반드시 접시 아래에서 위로 닦아라, 뭐 이런 것까지 있어요. 예. 집안일까지 어시한테 다 시켰어요. 어이없지 않아요? 예전에 문하생이야 그랬다지만, 지금이 몇 년도인데 그런 갑질을 하냐고요. 그것도 하루 14시간을! 월급이나 많이 주면 몰라. 월급도 딱 최저 시급 맞춰서 줬어요. 다른 일을 병행할 수 있는 업무 조건도 아닌데, 굶어 죽으란 소리죠. 그 사람이 바란 건 어시가 아니에요. 몸종이지.

그래도 어시스턴트 합격 소식을 들었을 땐 기뻤죠. 우리나라에서 최고로 유명한 드라마 작가의 일을 돕는 거니까. 그렇게 돕다가 글 쓰는 법도 배우고, 운 좋으면 추천도 받고. 대부분 다 그런 생각에 지원한 거 아니겠어요? 그러니 그런 갑질뿐이었으면 참았을 겁니다.

제일 힘들었던 건 이만도의 성격이에요. 괴팍하다? 그걸로는 표현이 부족해요. 그걸 뭐라고 하더라. 왜, 병 중에 자기가 생각한 건 뭐든지 진짜라고 믿는 거요. 남이 보기엔 말도 안 되는 음모론인데 본인은 진짜라고 믿는 거. 맞다. 공상허언증. 딱 그거였어요. 왜, 예전에 있잖아요. 한 연예인이 미국

명문 대학교를 나왔다고 거짓말했다면서 진실을 밝히겠다고 난리쳤던 사람들. 그 대학에서 졸업한 게 맞다고 확인을 해 줘도 그것조차 조작이라고, 학교가 매수된 거라고 우기던 남자가 있단 말이에요. 그 연예인이 제발 그만하라고 말해도 계속 진실을 밝히라는 협박성 편지를 보내고, 연예인의 가족을 스토킹하곤 했지요. 보통 사람들이 보기에는 이해가 안 되잖아요. 증거가 있는데 왜 저러지 싶고, 증거가 없다고 해도 다른 사람이 그 학교를 나왔든 안 나왔든 그게 자기 일상을 파괴하면서까지 집착할 일인가 싶잖아요. 그 남자가 전형적인 공상허언증 환자에요. 남자의 세계에서는 '그 연예인이 거짓말을 했다'는 자신의 망상이 진실인 거죠. 그래서 진실을 거짓이라고 하는 사람들이 어떤 악의를 가지고 자신을 속이려 한다고 느끼는 거예요. 공격당한다고 여기는 거죠. 그래서 어떻게든 진실을 밝히려는 거예요. 자신의 망상을 현실의 사람들도 인정해 주면, 자기만의 세상이 무너지지 않고 유지될 수 있으니까. 자신만의 세상이 제일 중요한 사람이잖아요. 그러니 현실에서 범죄라 치부되는 스토킹, 이런 것도 그 세상을 지키기 위해서라면 아무런 죄의식 없이 행하는 거죠.

이만도가 아침에 반드시 주스를 갈아서 가지고 오라고 했어요. 과일은 매일 다르게 해서. 제가 하루는 한라봉 주스를 만들었단 말이죠. 이만도가 그걸 마시더니 오렌지 주스가 괜찮네, 라고 하더라고요. 그래서 제가 "그거 한라봉인데요."라고 했죠. 별 의미 없었어요. 그냥 단순한 정보 전달이었다고요. 그런데 이만도가 엄청나게 화를 내면서 그럴 리가 없다고, 이건 오렌지 주스라는 거예요. 이게 오렌지 주스가 아니라는 증거를 가져오라고. 화를 낼 일이 아닌데 화를 내니까, 저도 당황했죠. 그래서 부엌에서 한라봉을 들고 와서 이걸로 만든 거라고, 혹시 한라봉 싫어하시냐고, 다음에는 오렌지로 만들겠다고 구구절절 변명 아닌 변명을 했어요. 그랬더니 이만도가 뭐랬는지 아세요? "내가 오렌지라고 하니까 그걸 부정하려고 한라봉을 들고 온 거지! 자네 손에 한라봉이 들려있는 것과 지금 내가 마신 주스가 한라봉이라는 건 증거가 될 수 없어!" 어이가 없었죠. 아니, 제가 그런 거짓말을 해야 할 이유가 뭐가 있냐고요. 거짓말쟁이로 몰리니까 억울하더라고요. 그래서 믹서 안에 남은 찌꺼기를 들고 와서 또 보여 줬죠. 껍질 보라고. 한라봉 껍질 아니냐고. 그래도 안 믿어요. 손에 들고 있던 컵에서 주스가 튀어나와서, 갈기 전인 한라봉 모양으로 되돌아가도 안 믿었을 거예요. 그 사람 머릿속에선 자기가 마신 건 오렌지 주스고 제가 그걸 한라봉이라고 한 건 자기를 비웃기 위해 한 말이다, 이게 진실인 거예요.

예, 그래요. 자기가 틀린 걸 인정하기 싫어서 억지를 부리는 게 아니라, 그게 이만도에게는 진실이에요. 저도 처음에는 젊은 사람 앞에서 자기가 틀린 걸 인정하기 싫어서 고집을 피운다고 생각했는데 아니더라고요. 그런 일이 몇 번이고 반복될 때마다, 이만도의 눈빛이나 말투를 보고는 알았어요. 이 사람에게는 자기가 생각한 것만이 진실이구나, 라는 걸요. 오싹하던데요. 좀 무섭지 않아요, 그런 사람?

그 표절 사건 말이에요. 이만도가 공모전 심사위원일 때 투고된 글을 표절한 거 아니냐 했던 사건. 여론을 뒤집는 데 결정적인 역할을 한 게 거짓말 탐지기 결과잖아요. 저는 그걸 과연 믿을 수 있나 싶어요. 한라봉을 오렌지로 만들 수 있는 사람에게 거짓말 탐지기가 의미가 있을까요?

아뇨. 아닙니다. 이만도가 표절을 했다고 말하는 게 아니에요. 전 작가 지망생일 뿐입니다. 어시스턴트를 그만둔 것만으로도 이만도에게 밉보인 건 아닐까 걱정해야 하는 마당에, 문제가 될 발언은 하고 싶지 않습니다. 어시를 하면서 아무것도 보지 못했냐고 묻는다면 아니라는 말은 못 하겠지만요. 적어도 이만도가 천재가 아니라는 증거는 봤죠. 무엇인지는 말할 수 없다니까요. 어시스턴트를 했던 사람들 대부분 저와 비슷한 반응일걸요.

그러고 보니 여섯 번째로 채용된 어시스턴트는 곧 있으면 한 달 채운다고 하던데요. 대단해요. 보통 일주일 만에 쫓겨나거나 그만두거나 했는데. 이만도와 같이 산책도 한다고 들

없어요. 이만도와 단둘이 대화하는 거, 진짜 짜증 날 텐데 말이에요. 더군다나 작가 지망생도 아니라면서요. 웬만한 목적이 있는 거 아니면 그러기 힘들 텐데. 소문이 진짜인가. 그 어시스턴트가 그 집 안주인 자리를 노리고 접근한 것 같다는 소문이 무성해요. 이만도 딸도 대학 때문에 집을 나간 상태이니 딱 좋은 상황 아니냐고.

그런데 지금 제가 왜 이런 이야기를 하고 있죠? 여기는 어디고. 종로 포장마차에서 술을 마신 것까지는 기억나는데…… 이거 혹시 꿈인가? 저기, 이름이 뭐예요? 이만도와 아는 사인가요? 제 첫사랑을 닮으셨어요.

이만도의 어깨에서 튕겨져 나온 물방울이 김수아의 뺨에와 내려앉았다. 이만도는 집 안에 들어서자마자 옷에 묻은 빗방울을 마구 털었다. 이만도가 손을 움직일 때마다 물방울과 함께, 코끝을 자극하는 알코올 냄새가 사방에 흩뿌려졌다. 김수아는 이만도가 내던진 가방을 집어 들어 책상 옆에 놓았다.

"썩어 빠진 세상. 모두가 나를 속이고 있어."

이만도는 거실 한가운데 풀썩 주저앉았다. 시뻘겋게 달아오른 얼굴과 비틀거리는 몸, 온몸에서 풍겨져 나오는 고약한 냄새까지 취한 기색이 역력했다.

"수아, 자네는 모를 거야. 모든 사람이 나를 속이는 기분을. 내가 왜 사진을 찍지 않는지 아나? 카메라도 나를 속이기 때문이야. 내 얼굴은 누구보다 내가 잘 아는 게 당연하지. 그런데 카메라는 내 얼굴을, 전혀 다른 사람으로 만들어 버려. 카메라가 이상한 건 아니겠지. 사진을 찍는 사람. 그 사람이 문제인 거야. 그가 나를 속이려 하는 거지."

김수아는 부엌으로 향했다. 전기 포트에 물을 붓고 버튼을 눌렀다. 컵에 레몬 꿀차를 두 숟가락 넉넉하게 떠 넣었다. 꿀에서 늘어난 끈적끈적한 실이 손가락 끝에 묻어났다. 물은 금세 끓어올랐다. 김수아의 등 뒤에서 이만도의 넋두리가 수증기처럼 뿜어져 나왔다.

"단 한 명뿐이었어. 나를 속이지 않는 사람. 내가 한 말을 있는 그대로 믿어 준 사람. 내 아내. 나의 뮤즈. 아내는 신이 나를 위해 내려 준 사람이었어. 내게 영감을 주는 존재였지. 내 데뷔작은 정당한 평가를 받지 못했어. 어리석은 사람들은 그 작품의 진가를 알아보지 못했지. 아내의 격려가 아니었다면 난 그때 글을 그만뒀을 거야. 아내는 자신의 모든 것을 불살라 나를 격려해 줬지. 아내는 글을 쓰는 데는 재능이 많진 않았지만, 내게 영감을 주는 데만은 완벽한 재능을 가지고 있었어. 그런 아내가 세상을 떠난 이후, 나는 늘 고독해. 사방이

적이야. 모두가 나를 속이고, 내 것을 **빼앗아** 가는 데만 혈안이 되어 있다고! 오늘 만난 놈들도 마찬가지야. 후배들을 위하고 이 판의 개선을 위한 내 진심을 더럽히고 있다고."

김수아는 손가락에 묻은 꿀을 혀끝으로 핥았다. 달콤했다. 뜨거운 물을 컵에 따르고, 레몬을 한 조각 집어 찻물 안에 집어넣었다. 컵을 받침 위에 얹어 책장에 등을 기대고 앉은 이만도의 곁으로 다가가 마주 보고 앉았다. 이만도는 김수아가 내민 컵을 물끄러미 바라보았다. 침을 튀기던 일그러진 입가가 느슨하게 일자로 가라앉았다. 아주 잠깐 사이에 이만도는 부당함을 토로하는 전사에서 로맨틱한 중년의 신사가 되었다.

"······내가 아내를 처음 만난 건 대학에서였어. 나는 대학 졸업을 늦게 했어. 군대 갔다가 휴학하고 돈 모으고 그러다 보니 늦어졌지. 힘들었지만 다행이었어. 그렇지 않았으면 아내를 만날 수 없었겠지. 아내는 나보다 여덟 살이 어렸거든. 진짜 돈이 없어서 한두 달, 대학 과방에서 먹고 자고 할 때가 있었어. 다들 내 사정 아니까 묵인해 줬지. 하루는 새벽까지 글을 쓰다가 잠들었어. 배고픔을 잊기 위해서라도 자야만 했지. 달콤한, 설탕으로 만든 손이 나를 쓰다듬는 꿈을 꿨어. 내 체온에 녹아내린 손의 달콤함이 피부 안으로 스며들었어. 그 감각이 어찌나 생생하던지! 달콤한 냄새까지 나는 것 같았지. 기분 좋게 잠에서 깨어났는데, 아내가 내가 자는 소파 맞은편에 앉아 있는 거야. 한두 번 얼굴만 마주쳤지, 나보다 훨씬 어린 후배이니 친한 사이도 아니었지. 게다가 여자잖아. 어이쿠야 하고 일어나 앉았어. 아내는 웃더니, 내게 컵을 내밀었지. 달콤한 냄새가 나는 따뜻한 컵. 레몬 꿀차에요, 라고 말하던 목소리가 지금도 잊히지 않아. 그때 글이 참 안 써졌어. 그랬는데, 아내가 준 레몬 꿀차를 마시니까 왜 그리 술술 써지던지. 데뷔작을 쓸 때에는 아내가 직접 담근 레몬 꿀차를 물처럼 마셨시. 아내가 농담처럼 레몬 꿀차 타다가 자기 인생 끝나겠다고 했어. 그럼 난 그랬지. 당신 인생을 나에게 달라고. 그 말대로 되었어. 아내는 자신의 인생을 내게 줬지."

컵을 든 김수아의 손등 위로 이만도의 손이 겹쳐졌다.

"수아, 앞으로도 내게 레몬 꿀차를 만들어 주겠나?"

김수아는 미소 지었고, 이만도도 웃었다. 이만도는 김수아의 손에서 컵을 가져갔다. 이만도의 목울대가 천천히 움직였다.

"오늘은 이만 가 보겠습니다."

"그래, 수고했어. 내일부터 자네 인생은 내 것임을 잊지 말고."

"물론입니다."

김수아는 천천히 움직였다. 천천히 이만도에게서 등을 돌려 작은방으로 가 가방을 들고 나왔다. 천천히 신발을 신었고, 소리 나지 않게 현관문 손잡이를 돌려 밖으로 나왔다. 엘리베이터를 타고 내려오는 동안에도 입술을 굳게 다문 채였다. 몸 안의 환호가 들끓어 터지기 전까지는 완전한 고요를 원했다. 엘리베이터를 내려 아파트 출입문을 열고 밖으로 나간 김수아의 고막을 때린 것은 요란한 빗소리였다. 주변의 모든 소리를 집어삼킬 듯한 소리는 오히려 적막을 불러왔다.

김수아는 빗속으로 걸어 들어갔다. 머리끝부터 발끝까지 순식간에 축축하게 젖어 들었다. 이만도의 집에서 멀어질수록 점점 더 흠뻑 젖어 들어 옷이 몸에 찰싹 달라붙었을 때, 김수아는 웃었다. 흐, 하는 호흡이 신음소리처럼 입술 사이로 터져 나온 순간 더 이상 참을 수 없었다. 빗속을 뛰었다. 뛰면서 빙글빙글, 두 팔을 양옆으로 활짝 벌리고 춤이라도 추듯 돌았다.

"그래! 내 인생은 당신 거야. 당신이 다 가져가!"

김수아는 비에 젖어 집에 돌아왔다. 저녁 10시. 서두에서 이어진 문장들이 제대로 된 이야기를 만들었을지, 온점을 찍을 수 있을 것인지 판가름 나기 전까지는 8시간이 남았다. 그 8시간 동안, 도저히 잠들 수 있을 것 같지 않았다. 샤워를 했다. 샤워를 하면서 새삼스럽게 자신의 몸 곳곳을 어루만졌다. 그다지 아깝지는 않았으나 미안하기는 했다. 한 번도 편하게 쉬어 본 적 없는 몸이었다. 샤워를 마치고 수건으로 몸을 닦던 김수아는, 뿌옇게 흐려진 화장실 거울 속 자신의 얼굴을 봤다. 손바닥으로 거울을 문지르자 거울에 비친 얼굴 한가운데가 소용돌이치듯 일그러졌다.

손님은 욕망 그 자체로군.

카피캣 식당에서 로키가 한 말이 떠올랐다.

≈

"내 얼굴을 검은 연기로 보는 인간은 오랜만이군."

김수아는 로키에게서 눈을 뗄 수 없었다. 카운터 너머 검고 흐물거리는, 단단하게 뭉친 연기 같은 존재를. 김수아가 보는 로키는 사람이 아니었다. 오로라 빛 조명과 나선 모양 책장이 눈에 들어오지 않을 정도로 로키의 존재는 독보적으로 이상했다.

"내가 검은 연기처럼 보이는 건 말이지, 손님이 인정받고 싶은 상대가 인간이 아니란 거지. 손님은 욕망의 인정을 바라는군."

"이 가게를 찾아오는 사람은 전부 다 욕망을 가지고 있을 텐데."

"욕망을 가진 것과 욕망의 인정을 바라는 건 다르지. 수차 발전기가 있다고 상상해 봐. 궁극적인 목표는 발전기를 돌리는 거지. 발전기를 돌리기 위해 필요한 수력, 그게 욕망이야.

수력을 얻기 위해서는 물이 떨어져야 하지. 높은 곳일수록 물이 잘 떨어지겠지. 그렇기에 타인의 인생을 훔쳐, 높은 곳으로 올라가려 하는 거야. 하지만 손님에겐 발전기가 중요하지 않아. 중요한 건 물 그 자체지. 궁금하군. 그렇게나 강렬한 욕망이 뭔지."

김수아의 시선이 로키에게서 자신의 손톱으로 옮겨 갔다. 세로로 길게 갈라진 손톱은 버석하게 말랐다. 영양분을 제대로 공급받지 못해 말라 죽은 식물 같은 손톱. 제대로 잠을 잔 것이 언제였더라. 잠을 자고, 밥을 먹을 수 있는 일상을 되찾는 방법이 물에 가라앉는 것뿐이라면, 돌아올 수 없단 걸 알아도 물속으로 걸어 들어갈 수밖에 없지 않는가.

"……나는 인생을 도둑맞았어."

김수아는 빙글빙글, 정신없이 돌아가던 그때를 이야기했다. 공모전에 글을 투고했던 것. 그 뒤로 한동안 그 사실을 잊고 있었던 것. 연락이 오지 않아 떨어졌구나 싶었던 것. 이만도의 신작 드라마를 두근거리며 기다렸던 것. 그 드라마를 본 순간 심장이 덜컹 몸 아래로 떨어진 듯 놀랐던 것. 며칠간 괴로워하며 고민하다 인터넷에 글을 올렸던 순간과 그 뒤에 일어난 일까지 모두 말했다.

"똑같은 대사는 딱 한 줄이었어. 이야기의 구성이나 등장인물의 설정은 모두 달랐지. 그걸 쓴 사람이 아니면 알 수 없을 정도로 교묘하게 바꿨더군. 식당 주인을 철물점 주인으로 바꾸는, 그런 수준이었어. 인터넷에 글을 올리고 며칠간은 모두가 내 편인 듯 굴었지. 하지만 이만도의 거짓말 탐지기 방송이 나가고, 드라마에 출연했던 배우가 이만도를 믿는다며 함께 찍은 사진을 올린 뒤로는 분위기가 바뀌었어. 내 편은 사라졌지. 얼마 전엔 1차 판결이 나왔는데, 졌어. 이만도가 명예훼손으로 민사를 걸었는데, 그 벌금이 사백만 원 나왔지."

처음 다리에 올라갔던 그날이 떠올랐다. 퇴근하고 와 멍하니 텔레비전을 봤다. 아무것도 하고 싶지 않아서, 새벽 내내 드라마를 봤다.

"그런데 어떤 드라마를 봐도 즐겁지가 않았어. 내 인생은 온통 드라마뿐이었어. 드라마 속 해피 엔딩을 꿈꾸며 견뎌온 인생이었다고. 이만도는 그런 내 행복을 빼앗아 갔어. 그 인생은 이젠 돌아오지 않을 거야."

그러니 어떻게든 이만도의 인생을 훔치고 싶었다. 같은 절망을 돌려주기 위해.

"흥미로운 케이스군. 손님의 상대에 대해서도 좀 조사해 봐야겠어. 계약도 없이 상대의 인생을 훔치는 인간이라니. 가끔 인간은 악마보다 능력이 좋단 말이지."

김수아는 바 테이블 건너편, 검은 연기가 흔들리는 것을

카피캣 식당

봤다. 자신의 욕망이 너울너울 웃는 것을 보며, 이마 한가운데를 꾹 눌렀다.

∾

김수아는 화장실을 나와 옷을 갈아입었다. 온 집 안의 불을 다 끄고, 책상에 촛불을 켰다. 침대에 앉아 너울거리는 촛불을 바라보았다. 초가 타들어 가면 새벽이 올 것이다. 왼손의 손가락은 아직 다 접히지 않았다. 새벽 6시가 되면 다시 종로 골목길, 카피캣 식당 앞에 설 것이다. 이번에는 문을 열고 들어갈 것이다. 영혼의 레시피를 말하고, 로키가 건네는 레몬 꿀차를 마실 것이다.

그러니 이 어둠은, 김수아가 치르는 김수아의 장례식이었다.

∾

'이만도에 대하여' 주변 사람들의 인터뷰 3
_ 이만도의 딸

아버지에 대한 이야기는 그다지 하고 싶지 않네요. 싫어하냐고요? 천만에요. 증오하죠. 아버지 때문에 내 세상은 일그러졌어요. 아버지가 나를 아끼지 않냐고요? 딸바보? 거짓말이에요. 아니다. 아버지에게는 거짓말이 아니죠. 아버지는 자기가 나를 사랑한다고 믿어요. 하지만 나와 눈을 맞추고 대화를 한다거나, 안아 주거나 하는 일은 없었죠. 내가 밤늦게 돌아와도 걱정하지 않았고 밥을 먹었나 먹지 않았나 하는 것에도 관심이 없었어요. 다른 사람들 앞에서는 내게 전화를 걸었고, 걱정한다고 했고, 사랑한다고 했지만요. 그 사람은 아는 거예요. 자신이 진실이라 믿는 것을 타인도 진실로 믿게 만들려면 어떻게 해야 하는지를.

사랑받지 못해서 아버지가 싫은 거냐고요? 천만에요. 아버지가 나를 사랑하든 사랑하지 않든, 그건 어찌 되든 좋아요. 오히려 사랑하지 않아서 다행이죠. 그럼 나는 더 괴로웠을 테니까. 아버지를 마음껏 미워할 수도 없었을 거 아니에요.

아버지를 증오하는 건, 그 때문에 진실이 엉켜 버렸기 때문이에요. 진실이 뭐라고 생각해요? 아니다. 이 세상에 절대적인 진실이 있다고 믿는지를 먼저 물어봐야겠구나. 사람들은 가끔 착각을 해요. 절대적인 진실이 있다고. 그런 건 없어요. 사람은 모두 자신의 입장에서 사건을 바라보니까, 그 사람만의 진실이 있을 뿐이죠.

예를 들어서 말이죠. 다섯 살 여자애를 떠올려 보세요. 그 아이는 매일 자신의 부모가 글을 쓰는 걸 봐요. 아빠가 쓰는

카피캣 식당

글은 본 적이 없지만, 엄마가 쓰는 글은 매일 보죠. 엄마가 아이를 돌보거든요. 아이에게 아빠는 엄마를 귀찮게 하는, 방에 틀어박혀서 소리를 지르는 무서운 사람 그 이상도 이하도 아니에요. 아이에게 엄마는 세상 곧 그 자체죠. 그때 아이의 진실은 곧 엄마였어요. 아이는 엄마 덕에 글을 빨리 배워요. 엄마가 쓴 어려운 글도 한두 줄쯤은 더듬더듬 읽을 수 있는 수준이 되죠.

어느 날 아이의 세상이 사라져요. 아침에 일어났더니 엄마가 죽었다는 거예요. 아이는 죽음이 뭔지 그때 이미 알고 있었어요. 그건 영원히 만날 수 없게 된다는 걸 뜻한다는 걸요. 할머니를 만나고 온다면서 아이의 뺨에 뽀뽀를 하고 나간 엄마가, 갑자기 왜 죽었다는 건지 아이는 이해할 수 없어요. 엄마가 죽었다는 게 진실인지 아닌지조차 헷갈리죠. 아빠는 무엇도 말해 주지 않아요.

1년 후에, 아빠가 쓴 글이 드라마가 되어 텔레비전에 나와요. 다들 아빠를 칭찬하죠. 아빠는 더 이상 방에 틀어박혀 있지 않게 됐고요. 아이는 집에 혼자 남아 드라마를 봐요. 드라마를 보다가 깜짝 놀라죠. 아이가 엄마의 글에서 읽었던 문장이 아빠의 드라마 속 대사로 나온 거예요. 그건 엄마의 글이에요. 그런데 사람들은 모두 그게 아빠의 글이라고 말해요. 아이는 아빠에게 물어보죠. 왜 엄마의 글을 아빠 거라고 말해요, 라고. 아빠는 대답하지 않아요. 아이는 세상이 비틀린 채 성장해요. 자라면서 알게 되죠. 아빠는 조금 이상한 사람이라는 걸. 자기의 세상을 만들고 자기만의 진실을 몰아붙이는 사람이라는 걸. 아이의 아빠는 그러니까…… 자신의 욕망을 위해 아내를 죽이고는, 자신이 죽이지 않았다고 믿을 수 있는 그런 사람인 거죠. 어디까지나 예시예요. 진짜로 그랬다는 증거는 어디에도 없으니까. 아이는 의심해요. 어쩌면 아빠가 엄마의 글을 훔친 건 아닐까. 엄마의 글을 훔치기 위해, 엄마를 죽인 건 아닐까. 의심을 지워 낼 방도는 없죠.

아이의 의심은 진실일까요? 아닐까요? 누가 대답할 수 있죠? 당신이 악마라는 건 진실이라고요? 재미있는 사람이네. 그래요. 그럴지도 모르죠. 어쨌든 당신은…… 엄마를 닮았으니까, 적어도 내게 진실에 가까운 걸 말해 줄 것만 같아요. 당신이 진짜 악마라면 우리 아버지 좀 잡아가지 그래요? 혹시 알아요? 지옥을 구경하고 오면 아버지도 무언가 바뀔지.

아버지의 지옥이요? 글쎄요. 무명 작가였을 때를 지옥처럼 여기는 사람이니까, 아무도 알아주지 않는 평범한 사람이 되는 거. 그게 그 사람에겐 제일 지옥이 아닐까요.

아버지가 그런 사람이라서, 나는 모든 것을 의심하는 동시에 모든 것을 믿게 되었죠. 그쪽이 악마라는 거? 믿어요. 그게 당신의 진실일 테죠. 그러나 동시에 당신이 허언증 환자일 수

카피캣 식당

도 있다고 의심하죠. 아버지의 표절 사건도 그래요. 아버지가 표절을 하지 않았다는 거? 아버지의 세상에선 그게 진실이겠죠. 폭로를 한 그 작가 지망생. 그가 표절을 당했다고 주장하는 거? 그것도 진실이죠. 그의 입장에선. 아버지의 성향을 알면, 보통 아버지가 거짓을 말했다고 생각하지 않느냐고요? 아버지는 거짓을 진실로 쉽게 믿는 사람이니까. 글쎄요. 그럼 말이에요. 그 작가 지망생도 아버지 같은 사람이 아니라는 확신은 어디에 있나요?

그쪽은 어때요? 내가 한 말이 모두 진실이라고 믿을 수 있나요?

진실은 없어요. 어디에도 존재하지 않아.

∾

"그럼요. 괜찮습니다. 제가 괜한 고집을 부려서 스튜디오에 폐를 끼쳤지요. 예. 그대로 스튜디오 하림과 진행할 테니, 감독님도 잘 부탁합니다. 어쩌면 이게 제 은퇴작이 될지도 모르니까요."

[아니, 은퇴작이라니. 이 작가님, 무슨 말씀이세요. 대중도 작가님에게 호의적인데요. 작가님이 후배를 위해 이 판의 관행을 바꿔야 한다고 인터뷰한 거, 그게 아주 반응이 좋아

요. 요즘 이삼십 대가 제일 민감한 게 공정이니까.]

휴대폰 너머에서 들려오는 목소리에 다급함이 묻어났다. 김수아는 등받이에 등을 기댄 채 빙글, 의자를 돌렸다. 베란다 창문에 비친 자신의 실루엣을 본 순간, 낯선 모습에 놀라 귀에 휴대폰을 댄 채 창문에 시선을 고정했다. 이만도의 인생을 훔친 지 한 달. 김수아는 적응 중이다. 36년을 살아온 몸과 다른 성별의 몸에, 욕조가 있는 커다란 집에, 월세와 생활비를 걱정하지 않아도 되는 삶에, 상대가 자신을 선생님이라고 부르는 삶에. 불편함보다 편리함이 많아졌기에 적응하기가 어렵지는 않았다.

"아닙니다. 그거 때문에 그런 게. 그저 이젠 쉴 때가 되지 않았나 싶어서."

[혹시 계속 찾아오는 그 미친 여자 때문입니까? 어시스턴트였다던 그 여자, 요즘도 찾아와요? 아니, 그 여자는 억지를 부려도 좀…… 말이 되는 억지를 부려야지. 작가님이 돌아가신 것도 아니고 멀쩡히 살아 있는데 자기가 이만도라고 우기다니. 그 여자가 그, 작가님이 자기 글 표절했다고 고소까지 갔던 작가 지망생이라면서요? 그때도 이상하다 싶더니. 그거 2차 판결 아직 안 났죠? 이번 일로 승소는 확실하겠어요. 그 여자, 정신과를 가야겠던데요. 한 달 간 매일 아파트에 찾아와서 난리를 쳤다던데, 지금도 그러나요? 역시 강경하게

나가시는 게 좋지 않을까요?]

"아뇨. 오늘은 오지 않았더군요."

김수아는 아파트 입구에서 악을 쓰던 이만도를 떠올렸다. 이만도는 쉬이 적응하지 못하고 있는 듯 보였다. 머리는 떡이 져 있었고 옷은 더러웠다. 그 모습을 보며 김수아는 혀를 찼다. 옷도 다 빨아 놓고, 카드도 찾기 쉽게 책상 위에 올려 두고 나온 터였다. 그 정도로 배려해 줬으면 빨리 현실을 깨닫고 적응을 해야지, 저 꼴이 뭐란 말인가. 긴 시간 자신의 것이었던 몸이 엉망인 차림으로 경비에게 끌려 나가는 걸 보는 건 유쾌한 일은 아니었다.

[다행이네요. 드디어 정신을 차렸나 보군요.]

"매일 여기 와서 난동만 부리면 굶어 죽을 수 있다는 걸 깨달은 게 아닐까요."

김수아는 의자에서 일어났다. 거실을 가로질러 부엌으로 향했다. 레몬 꿀차를 컵 안에 넣고 뜨거운 물을 부었다. 한 통 가득 차 있던 레몬 꿀차는 이젠 바닥을 보이고 있다.

[그 여자 때문도 아니면 갑자기 왜 은퇴작 운운하세요. 사람 놀라게.]

"두 번째 인생을 살아 볼까 해서요."

통화를 마치고, 김수아는 컵을 들었다. 작가가 되면. 이젠 그런 생각을 할 필요가 없다. 이미 작가이기에. 이만도의 인생을 훔치기 전, 훨씬 오래 전부터 김수아는 작가였다.

앞으로 레몬 꿀차를 만들 일은 없을 것이다.

돌고 도는 짜파게티

"손님, 그걸 먹으면 계약 이행이야. 정말 트랜스퍼 할 건가? 이 상대와?"

서바다는 눈앞에 놓인 접시를 바라보았다. 고급스러운 무늬가 새겨진 접시에 담긴 것은 짜파게티다. 어디서나 흔히 볼 수 있는 인스턴트 짜파게티.

"악마가 계약 상대 걱정도 해 주네. 친절한 악마군요."

"이런 경우는 처음이라서."

"어째서? 상대가 췌장암 4기라서요? 곧 죽을 사람이니까?"

"환불 기한 적용의 가능 여부가 문제가 될 수 있거든. 그래도 원한다면 특약을 덧붙여서 진행하도록 하지. 하지만 궁금하군. 훔쳐 봤자 아무런 이득 없는 인생을 훔치려는 이유가."

서바다는 웃었다. 십 대의 터널을 빠져나온 지 얼마 지나

카페캣 식당

지 않아 앳된 티가 남은 얼굴만큼이나 말간 웃음이었다. 서
바다는 짜파게티 접시 옆, 가지런히 놓인 은제 포크의 윗부
분을 만지작거리며 망설임 없이 말했다.

"사랑하니까."

사랑. 사랑. 그놈의 사랑.

그것이 아니면 일어나지 않아야 할 일이 일어나는 부조리
함은 생겨나지 않는다.

∽

12월은 적당히 좋은 달이어야 한다. 연말이니만큼 적당
히 들뜨고, 적당히 모든 것을 마무리하는 달. 이번 해도 이룬
것 없이 흘려보낸 것은 아닌가 잠시 우울해졌다가도 그 우울
함을 뒤덮을 정도의 술자리와 이벤트가 이어지는 달. 업무로
정신없다가도 크리스마스에 무엇을 할까 하는 고민에도 잠
시 빠질 수 있는 달.

최진혁도 그런 12월을 바랐다. 다음 해가 되기 전에 해치
우자는 심정으로 한 정기검진에서 췌장암 3기 판정을 받기
전까지는 그랬다. 수술 불가, 항암 치료를 해도 생존율 15%
미만. 의사는 그래도 아직 나이가 젊으니 입원해 항암 치료
를 하자고 했다. '그래도 아직'이라는 말에 최진혁은 절망했

다. 그것은 바꿔 말하면, 최진혁이 젊지 않았다면 항암조차 권하지 않았을 확률이 높음을 뜻했다. 가끔 엄청난 복통에 시달렸지만 술을 많이 마신 탓이라고, 혹은 매운 음식을 먹어서라고 대수롭지 않게 넘겼던 것이 후회됐다. 최진혁은 바로 입원을 권유하는 의사에게, 일단 집에 돌아가 생각해 보겠다고 했고 의사는 췌장암은 전이 속도가 빠르니 꾸물거리지 말라고 했다. 최진혁은 그날 집에 돌아와 췌장암에 대해 검색했다. 항암에 성공해도 5년 이내 재발할 확률이 50% 이상, 4기로 진행될 경우 생존율은 10% 미만. 그러나 그 숫자보다 최진혁을 두렵게 한 것은 췌장암 투병 환자의 가족들이 남긴 기록이었다. 개인 블로그와 커뮤니티에 남은 기록들은 최진혁에게 그가 앞으로 결코, 이제까지와 같은 생활을 할 수 없을 것임을 적나라하게 알려 주었다. 최진혁은 다급해졌다. 병원의 진단이 오류일 가능성은 없는 걸까, 아니면 무언가 기적처럼 나을 수 있는 방법은 없는 걸까 싶어 인터넷을 뒤지고 또 뒤졌다.

"뭐야, 이건. 카피캣 식당? 타인의 인생을 훔칠 수 있게 해 주는 식당. 종로 익선동 108.5번지에 나타나며, 타인의 인생을 탐내는 사람에 한해 식당을 발견할 수 있다. 시대가 언제인데 이런 케케묵은 도시 괴담이 떠돌아. 시간도 없는데 괜히 읽었네."

투덜거리면서도 모니터에 뜬 글을 집중해서 읽었다. 살고 싶었다. 건강한 사람의 몸을 훔쳐서라도 살고 싶었다.

'하지만 다른 사람이 되면 이제까지 일면식도 없던 사람들과 가족으로 지내야 하잖아. 환경도 완전히 바뀌고. 나보다 괜찮게 사는 사람의 삶을 훔칠 수 있다면 그 정도는 감내하겠지만, 그럴 확률이 얼마나 되겠어.'

그러나 최진혁은 자신의 삶을 포기하고 싶지는 않았다. 중산층 가정에서 태어나 누려 온 수많은 것들. 때로는 왜 상류층에서 태어나지 못해, 더 누릴 수 있는데 이것만 누려야 하냐고 불평했던 수많은 것들이 갑자기 너무나 소중하게 느껴졌다.

'보통 영화에서 봐도, 이런 건 잘난 사람하고 못난 사람이 바뀌잖아. 어딜 봐도 난 잘난 쪽이고. 부모님 재산, 내가 물려받기로 되어 있는 아파트와 상가, 그게 내 몸뚱이를 뒤집어쓴 생판 남의 것이 되는 꼴을 어떻게 봐.'

최진혁은 고개를 가로젓고 브라우저의 뒤로 가기 버튼을 눌렀다. 잠시간의 몽상에서 벗어나니 현실이 더욱 지독하게 다가왔다. 당장 부모님께 이 사실을 어떻게 알려야 할지가 걱정이었다. 회사는 어떻게 해야 할지, 정말로 입원을 해야 하는 건지 등등. 암에 걸렸다는 것은 분명한 사실이었고 결정해야 할 일은 수두룩했으나, 그 일들이 도통 현실감을 가지고 다가오지 않았다. 아무리 해도 인터넷에 올라온 투병기 속 환자들처럼 누워만 있을 자신의 모습이 상상되지 않았다.

"아들, 저녁 먹어."

방문 밖에서 어머니의 목소리가 들려왔다. 노래라도 부르 듯 밝은 목소리였다. 최진혁의 어머니는 아들이 죽으라면 죽 는 시늉이라도 할 만큼 아들을 사랑했는데, 최진혁의 출생이 6년 동안 이어져 오던 시집살이를 끝내 주어서였다. 최진혁 의 친가는 서울 언저리에 가지고 있던 땅값이 급등하면서 벼 락부자가 되었는데, 증조할아버지 때부터 '최씨 집안은 대대 로 양반 집안이다'라고 주장하며 온갖 규칙을 만들어 자손들 에게 지키기를 강요했다. '대를 이을 아들을 낳을 것'은 그 규 칙들 중 단연 1순위였다. 최진혁의 할머니는 재산을 미끼로 며느리를 달달 볶았다. 처음에는 그따위 규칙 누가 지킬까 보냐며 코웃음 치던 최진혁의 어머니도 6여 년을 계속 볶이 자 규칙에 눌어붙었다. 거기에는 아내의 뜻을 존중한다 말하 면서도 하루에 열 통 넘게 전화를 거는 자신의 어머니를 말릴 의지는 조금도 없던 최진혁의 아버지가 아주 큰 일조를 했음 은 두말할 필요도 없다. 최진혁 출생에 대한 대가로 넉넉한 재산을 물려받은 부모님의 요 근래 바람은 최진혁이 하루 빨 리 결혼해 자신들에게 손주를 안겨 주는 것이다.

"오늘 웬일로 아들이 일찍 왔기에 불고기 구웠어."

식탁에 앉아, 부모님을 마주 보며 최진혁은 고민했다. 어떻게 이야기를 꺼내야 할 것인가. 최진혁이 암에 걸렸다는 걸 알면 부모님은 기절할지도 모른다. 아직 자신의 슬픔조차 마주할 수 없는데 부모님의 절규까지 견딜 수 있을까. 최진혁은 어머니가 밥그릇 위에 놓아 준 불고기를 젓가락 끝으로 지분거렸다.

"아빠, 엄마. 만약에 말이야. 내가 암이나 뭐, 죽을병에 걸렸으면 어떻게 할 거야?"

결국 '만약에'라는 안전장치를 붙여 슬쩍 말을 던져 보았다.

"암? 죽을병? 넌 무슨 그런 재수 없는 말을 하냐."

아버지가 정색을 하며 숟가락을 내려놓자 어머니가 찰싹, 아버지의 어깨를 때렸다.

"당신도 참. 애가 농담한 걸 가지고 정색을 하고 그래. 그래도 아들, 농담이어도 그런 말 하지 마. 엄마 가슴 철렁해."

"아니 그…….회사 동료들끼리 혹시 그런 일이 일어나면 제일 아쉬운 건 뭔가, 그런 이야기가 나와서. 요즘 유행이거든. 유서 쓰고 이러는 거. 아빠랑 엄마 생각도 궁금해서."

최진혁은 불고기를 입에 넣고 우물거리며 얼버무렸다.

"젊은 애들이 유서를 왜 써. 하여간 요즘 애들 별나다니까. 아들이 죽을병 걸렸다는데 아쉽고 말고 할 게 뭐가 있어. 엄마는 그런 거 없어."

역시 우리 엄마. 최진혁은 감동했지만, 그 감동은 1분도 가지 않았다.

"난 있다."

아버지는 근엄하고도 단호하게 말했다.

"결혼이지, 결혼. 하나뿐인 아들이 결혼도 안 하고, 손주도 안 안겨 주고 세상 떠나면 최씨 집안 대는 누가 이으라고?"

"죽을병에 걸렸는데 결혼? 누가 그런 남자와 결혼을 해. 아빠랑 엄마도, 나 죽으면 혼자된 며느리한테 신경을 쓰겠어?"

최진혁은 아버지가 농담을 하는 거라 여겼다.

"당연히 쓰지! 아들만 낳아 주면. 아니, 아들 아니어도 돼. 딸도 괜찮아. 요즘은 여자도 자식한테 자기 성 많이 물려주고 그러더라. 어쨌든 임신만 해 봐. 너 죽어도 우리 집 재산도 뚝 떼어 주고, 며느리가 원하기만 하면 우리랑 알콩달콩 다 같이 살 거니까."

그러나 이어진 말에, 최진혁은 아버지가 더없이 진심이라는 것을 알았다. 그렇지 않아도 없던 식욕이 뚝 떨어졌다. 씹고 있던 불고기가 모래처럼 느껴졌다.

'하나뿐인 아들이 죽을병에 걸렸는데 결혼? 아버지가 대를 잇는 걸 중요하게 여기는 건 알았지만 저 정도일 줄이야.'

지금 반응대로라면, 암에 걸렸다는 걸 밝히는 순간 바로 정략결혼이라도 하게 될 듯했다. 제아무리 하라고 등을 떠밀

카피캣 식당

어 봐라, 내가 결혼을 하나. 최진혁은 밥을 젓가락 끝으로 마구 헤집었다.

'나와 결혼할 여자만 좋은 일 시키는 거잖아. 난 고통스럽게 죽는데, 내 애를 가졌단 이유 하나로 재산도 물려받고 하하 호호 행복하게 살다니.'

젓가락이 멈췄다. 최진혁은 젓가락을 든 채 눈만 깜빡거렸다. "아들, 왜 그래?" "얘가 왜 밥 먹다 말고 벼락 맞은 표정을 해?" 부모님의 목소리는 머릿속에 떠오른 생각에 사로잡힌 최진혁의 귓바퀴를 타고 식탁 위로 떨어졌다.

있었다. 다른 사람의 삶을 빼앗고도 지금의 삶을 유지하는 방법이.

∾

메모지가 붙은 캔 음료수가 편의점 계산대에 놓였다. 최진혁은 서바다가 음료수를 집어 들고 바코드를 찍는 것을 바라보았다. 얇은 쌍꺼풀 눈매의 화장기 없는 얼굴, 하나로 질끈 묶은 어깨까지 오는 검은 머리카락, 핏줄이 비쳐 보이는 마른 손등 하나하나를 더없이 사랑스러운 눈빛으로 보았다.

"천이백 원입니다."

최진혁은 천 원짜리 한 장과 백 원짜리 동전 두 개를 지갑에서 꺼내 서바다에게 내밀었다. 이때를 위해 현금을 가지고 다니기 시작한 게 벌써 한 달이다. 계산할 때 한 번이라도 서바다와 손을 스치기 위해서다.

"음료는 바다 씨가 마셔요."

메모지의 글씨는 그 사이, 음료수 캔에 맺힌 물방울에 젖어 귀퉁이가 번졌다. '좋아합니다'라는 다섯 글자가 모두 번지기 전에 최진혁은 몸을 돌려 편의점을 나왔다.

"오늘도 줬냐?"

밖에 서서 담배를 피우던 같은 부서 동료 김민수가 물었다. 최진혁이 고개를 끄덕거리자, 김민수는 담배를 비벼 끄며 혀를 찼다.

"너 진심이야? 진짜 쟤한테 마음이 있는 거냐고."

"진심이야. 그런데 마음을 통 안 여네. 꽃도 선물도 안 받아. 저녁에 늦게 끝나는 게 걱정되어서 데려다준다고 해도 들은 척도 안 해. 진짜 어려운 여자야."

기획팀 최진혁이 회사 건물 1층 편의점 아르바이트생 서바다에게 반했다. 한 달 사이에 회사 내에 쫙 퍼진 소문이다. 최진혁은 소문을 부정하지 않았다. 오히려 보란 듯이 서바다를 향해 구애의 몸짓을 더할 뿐이었다.

"애교 없기로 유명하잖아. 대체 쟤 어디가 좋아서 그래? 어린 거 빼면 그냥 그렇잖아. 솔직히 우리랑 급이 안 맞지."

카피캣 식당

"급은 무슨. 성실한 애야."

"성실이야 하겠지. 성실하지 않으면 살 수 없는 인생일 테
니까. 쟤 완전 흙수저잖아. 대학도 어디 이름도 모르는 곳 다
니던데. 그나마 휴학 중이고."

김민수의 쩌렁쩌렁한 목소리가 회사 로비에 울려 퍼졌다.
점심시간에 식사를 마치고 삼삼오오 모여 커피 타임을 가지
고 있던 사람들이 두 사람 쪽을 힐끔 바라봤다. 최진혁은 김
민수의 어깨를 가볍게 툭, 쳤다.

"그만해. 사람이 급이 어디 있어. 난 진심이야."

진심이다. 이 마음만큼 절실하게 진심인 것이 있을까. 김민
수가 말하지 않아도, 최진혁은 서바다에 대한 모든 것을 알고
있다. 스물두 살. 대학교 2학년으로 휴학 중이다. 시설에서
자랐고 지금은 대림동 원룸에서 혼자 살고 있다. 오전 7시부
터 오후 2시까지는 지하철 상점가의 분식집에서, 오후 4시부
터 저녁 11시까지는 편의점에서 아르바이트를 한다. 지금까
지 세 명의 남자와 사귀었는데 연애 기간은 평균 3개월로 길
지 않다.

"대체 왜? 쟤 뭘 보고?"

"모든 게 완벽하니까."

최진혁은 서바다와의 첫 만남을 기억했다. 한 달 전, 새벽
마다 익선동 108.5번지 일대를 돌아다니다 드디어 지도 어

디에도 표시되어 있지 않은 108.5번지를 찾아낸 날이었다. 눈앞에 신기루처럼 나타났던 식당. 최진혁은 로키의 말을 수험생이 족집게 강사의 강의를 듣듯 바짝 집중해서 들었다. 그러고는 웰컴 푸드에 손을 대지 않고 식당을 나왔다. 그로써 딱 한 번 더 카피캣 식당을 볼 수 있게 되었다.

그때부터 고민이 시작되었다. 업무 중에도 그 고민이 머릿속을 가득 채워 도저히 집중할 수가 없었다. 결국 보고서를 끝맺지 못해 야근을 하게 되었다. 저녁 9시가 될 때까지 모니터를 들여다보니 졸음이 몰려왔고, 배도 고팠다. 실소가 나왔다. 이전과 똑같이 못 자면 졸리고, 안 먹으면 배가 고픈데 이 몸 어딘가에 암세포가 자라고 있다니. 췌장암 진단을 받은 후에도 가끔 복부에 통증이 오는 것 말고는 별다른 추가 증상이 나타나지 않았기에 더욱 실감이 나지 않았다. 차라리 무언가 확, 증상이 있다면 컨트롤할 방법을 찾을 확률도 높지 않을까 싶어 답답하기도 했다.

자신의 몸 안에 기생해 살고 있는, 언제 터질지 모르는 불확실성 덩어리. 그렇기에 최진혁은 다른 모든 것에서 불확실성을 최소로 만들고 싶었다.

최진혁을 고민하게 만든 문제는 그것이다. 불확실성.

카피캣이 인생을 훔친 상대. 그 상대가 한 달 이내에 카피캣 식당을 찾아내면 계약은 철회되고 영혼이 바뀐 두 사람이 원래 자리로 돌아가게 된다는 그 조항이 문제였다. 건강한 몸을 빼앗았다가 다시 암세포가 퍼진 몸으로 돌아가게 된다면 그야말로 지옥일 터였다.

그 불확실성을 없앨 수 있는 방법을 찾아야 했다.

웰컴 푸드를 먹지 않고 얻어 낸 단 한 번의 기회. 그 기회를 사용하기 전까지 모든 것을 완벽하게 준비해야 했다. 처음부터 끝까지 철저하게 분석된 투자 기획서처럼, 그것을 위한 핵심 전략을 마련해야만 했다.

보고서를 어영부영 끝맺은 것은 밤 11시 반이 다 되어서였다. 주차장으로 향하다가 두유라도 한 팩 마시고 가자 싶어 편의점으로 발길을 돌렸다. 편의점 밖, 간이 탁자에 한 여자가 앉아 술을 마시고 있었다. 캔 맥주를 앞에 놓고 멍하니 앉아 밤하늘을 올려다보는 여자의 옆모습은 처연했다.

"의지할 사람 따위 필요 없어. 나 혼자 어떻게든 할 수 있어."

여자의 혼잣말이 귀에 날아와 꽂혔다. 최진혁은 편의점 안으로 들어가 두유 하나를 집어 들고 계산대 앞에 섰다. 여자가 편의점 안으로 들어왔다. 최진혁은 바코드를 찍는 여자의 가슴에 달린 이름표를 봤다. 서바다. 붙임성 없는 여자의 얼굴에서, 최진혁은 어릴 적 만났던 개를 떠올렸다. 떠돌이 개였다. 어린 최진혁이 먹던 빵을 던져 줬더니 그때부터 뒤를 졸졸 따라다녔다. 귀찮아서 돌을 던져 쫓아내도 계속 따라다

녔다. 그 무조건적인 충성. 최진혁은 두유를 꽉 움켜쥐고 편의점을 나왔다.

'이거다. 바로 이거야.'

최진혁은 다음 날 탐정을 고용해 서바다에 대해 알아보았다. 탐정은 서바다의 인생을 A4 용지 다섯 장에 담아 '서바다 파일'이라 제목을 붙여 보내왔다. 파일을 보면 볼수록 최진혁은 서바다가 자신의 핵심 전략이 될 것을 확신했다.

문제는 서바다가 통 넘어올 기미를 보이지 않는다는 것이다.

'벌써 한 달이야. 이 이상 시간을 끌 순 없어.'

지금은 크게 증상이 나타나지 않지만, 언제 극심한 아픔이 시작될지 모르는 일이다. 4기로 진행되기까지 얼마의 시간이 걸릴지는 누구도 예상할 수 없다. 사무실로 돌아와 자리에 앉아 '서바다 파일'을 다시 한번 들여다봤다. 사내 메신저가 울렸다.

최진혁 씨, 리스크 분석표가 안 올라와 있는데.

무시했다. 서바다를 분석하지 않으면 돌이킬 수 없는 리스크를 떠안게 될지도 모르는 중에 회사 업무 따위, 중요하지 않았다.

'일요일마다 보육원으로 봉사활동을 간다, 이거지. 이 부

카피캣 식당

분을 공략해 볼까.'

최진혁은 인터넷 포털 창에 서바다가 봉사활동을 간다는 보육원 이름을 검색했다. 보육원 카페에는 봉사활동 지원을 받는다는 공지가 떠 있었다. 드라마에서 봤던 봉사활동 장면이 떠올랐다. 아이들이 뜰에 모여 있고, 봉사활동을 온 사람들이 고기를 구워 나누어 준다. 바비큐 파티다. 보육원 출신의 여자는 처음 온 남자 자원봉사자를 본다. 그가 아이들에게 많이 먹으라고 다정하게 말을 걸고, 어깨를 토닥여 주는 모습에 호감을 느낀다. 그때부터는 본격적인 로맨틱 코미디의 시작이다.

'괜찮은 방법이야. 우연을 가장한 만남. 이십 대 여자는 그런 것에 끌리는 법이지.'

최진혁은 공지 아래 신청 댓글을 남겼다.

꿈

일요일 아침. 최진혁은 차에 과일과 고기를 싣고 보육원으로 향했다.

"어서 오세요. 봉사는 청소와 빨래로 진행됩니다. 봉사자가 한 분뿐이라 걱정했는데, 이렇게 와 주셔서 감사합니다. 크리스마스를 넘기고 나면 봉사자가 확 줄어요."

보육원 직원은 최진혁을 맞이하며 앞치마를 건넸다.

"청소요? 저는 아이들하고 놀아 주려고 온 건데요. 여기, 고기도 사 왔는데."

"저희는 영아원입니다. 5세 이전 아이들을 돌보는 곳이라 아이들을 상대하는 봉사는 1년 이상 봉사활동을 계속한 지원자에 한해 신청받고 있어요. 이전에 몇 번 사고가 있어서요. 카페 공지 사항에 쓰여 있는데 확인 못 하셨군요."

영 내키지 않았지만 별수가 없었다. 최진혁은 앞치마를 받아 들고 직원의 뒤를 따라갔다. 주변을 두리번거리다 복도에 난 창문 너머로 방 안을 들여다보았다. 서너 명이 아기를 돌보고 있는 방 안에 서바다가 있었다. 한두 살쯤 되어 보이는 어린아이를 품에 안고 함박웃음을 짓는 서바다의 모습에, 최진혁은 자신의 선택이 틀리지 않았음을 느꼈다.

'으르렁거리는 버려진 개일수록, 사실은 정에 굶주려 있게 마련이지.'

서바다에 대한 데이터는 이미 분석이 끝났다. 어떤 이야기에 약할지, 어떤 표정과 어떤 눈빛에 마음이 흔들릴지도 안다. 그러니 단둘이 마주 보고 앉아 이야기를 나눌 수만 있으면 된다.

"저 말고 봉사자가 한 분 더 계신다고 들었는데요."

최진혁은 고개를 돌려 계속 뒤를 힐끔거리다가 직원에게

물었다. 서바다와 함께 봉사활동을 하면서 친해질 목적으로 왔는데, 이러다간 마주치지도 못할 것 같았다.

"그분은 봉사하신 지 오래되셔서 아이들을 돌보고 계세요."

직원은 세탁실 문을 열며 대답했다.

'뭐야, 그럼 계획이 어긋나잖아. 그냥 돌아갈까?'

미간을 찌푸리며 고민하는 최진혁에게 직원이 물었다.

"혹시 서바다 씨와 아는 사이세요? 서바다 씨 소개로 오신 건가요?"

"소개로 온 건 아닌데 회사가 근처라 아는 사이입니다."

"그러셨구나. 그럼 점심 식사, 서바다 씨와 함께 드시겠어요? 서바다 씨는 늘 휴게실에서 혼자 드시거든요."

"예! 그렇게 하겠습니다."

서바다와 단둘이 있을 기회를 놓칠 수는 없었다. 최진혁은 묵묵히 빨래를 뒤집어 세탁기에 넣었다. 오물이 묻은 바지를 손가락 끝으로 집으며 인상을 썼다.

'참자. 오늘이 승부수야. 이 이상 계획이 늦어지면 안 돼.'

오늘 서바다는 사랑에 빠진다. 내가 그렇게 만들 것이다. 최진혁은 빨래를 꽉꽉 쥐어짜면서, 다짐하고 또 다짐했다.

얼마가 지났을까. 직원이 세탁실 문을 열었다.

"봉사자님, 점심 드세요. 휴게실로 안내해 드릴게요."

드디어 기다리던 점심시간이다. 최진혁은 옷매무새를 가

다듬고 휴게실로 향했다. 휴게실 한가운데 놓인 탁자에 서바다가 혼자 앉아 밥을 먹고 있었다.

"새로 오신 봉사자님도 여기서 드시게요? 여기선 라면 같은 간단한 것밖에 못 먹는데. 직원 식당에서 같이 드시지."

휴게실 앞을 지나던 직원 한 명이 최진혁에게 말을 걸었다. 최진혁은 고개를 가로저었다.

"제가 라면을 좋아해서요."

최진혁은 재빨리 휴게실 안으로 들어가, 서바다의 맞은편 자리에 가 앉았다.

"우연이네요. 이런 데서 만나고."

최진혁이 말을 건넸지만, 서바다는 고개를 숙인 채 앞에 놓인 컵라면만 먹을 뿐이었다. 검고 구불구불한 면발. 짜파게티였다.

"나 몰라요? 우리 편의점에서 매일 보는데."

"……."

"짜파게티 좋아하나 봐요. 나도 좋아하는데. 나 중학교 졸업식 전날 밤에 말이죠. 아버지랑 크게 싸웠거든요. 왜 싸웠는지는 지금 기억도 안 나는데, 아버지한테 그렇게 대든 건 처음이었어요. 졸업식 날 부모님이 오셨지만 절대 아는 척 안 하겠다고 다짐하고 눈도 안 마주쳤어요. 졸업식이 끝나자마자 부모님이 기다리는 걸 피해서 도망쳤죠. 친구들하고 노래방에 갔다가 자정이 다 되어서 집에 갔어요."

짜파게티를 젓가락에 말던 서바다의 손이 멈췄다. 한 달 내내 음료수를 건네도 기계처럼 바코드만 찍던 서바다가 처음 보인 반응이었다.

"우리 집, 꽤 엄해서 중학교 때 통금이 밤 10시였거든요. 당연히 엄청 혼날 각오를 했죠. 그런데 아버지가 혼은 안 내고, 졸업식 날에는 짜장면을 먹어야 한다면서 짜파게티를 끓여 줬어요. 그 짜파게티가 얼마나 맛있던지. 이 세상에서 제일가는 요리사가 만든 짜장면보다 맛있었어요. 그게 내 인생 음식이에요. 바다 씨가 먹고 있는 거 보니까, 이상하게 막 기억이 나네요. 맛있어 보여서 그런가."

"……한 입 드실래요?"

서바다가 젓가락에 돌돌 말린 짜파게티를 최진혁에게 내밀었다. 걸렸다. 최진혁은 젓가락을 바로 받아 들지 않고 잠깐 뜸을 들였다.

"나 뭐 하나 물어볼 거 있는데. 그거에 대답해 주면 먹고."

"뭔데요?"

"편의점에서 내가 준 쪽지, 한 번이라도 봤어요?"

최진혁을 향해 내밀어졌던 젓가락이 뒤로 물러났다. 최진혁은 서바다의 손목을 덥석 잡아 움직이지 못하게 했다. 둘둘 말린 면 다발에서 흘러내린 짜파게티 면발 한 가닥이 공중

돌고 도는 짜파게티

185

에서 흔들렸다. 서바다는 손목을 잡힌 채, 한참이나 가만히 있다가 입을 열었다.

"왜 나예요?"

"쪽지에 쓴 그대로예요. 좋아하니까."

"그러니까 왜 나를 좋아하냐고요."

최진혁은 서바다의 손목을 끌어당겨, 젓가락에 말린 짜파게티를 덥석 한입에 넣었다. 면발이 매끄럽게 목 아래로 넘어갔다. 달콤하고 짭조름한, 입에 착 달라붙는 맛이 입 안을 가득 채웠다. 최진혁의 입에서 흘러나온 말도 그랬다.

"혹시라도 바다 씨가 나한테 부족하다거나, 그런 말 때문에 모른 척하는 거면 그러지 말아요. 난 그런 생각 전혀 안 하니까. 사람이 사람 좋아하는데 조건이 뭐가 필요해요? 나는 이렇게, 바다 씨와 마주 보고 앉아서 맛있는 걸 먹고 싶어요. 같이 봉사활동도 하고. 함께 미래를 꿈꾸고 싶어요."

서바다가 고개를 들었다. 이제껏 한 번도 마주치지 않았던 두 사람의 시선이 얽혔다. 서바다의 눈동자는 꿈꾸듯 몽롱하게 젖어 있었다.

됐다.

최진혁은 미소 지었다.

카피캣 식당

최진혁과 서바다는 보통의 연애를 했다. 주로 최진혁이 말하고 서바다가 들었다. 최진혁은 서바다에게 아르바이트를 그만두라고 했다. 서바다가 힘들게 일하면 자신의 마음이 아프다는 말에, 서바다는 그러겠다고 했다. 최진혁은 서바다가 사는 원룸이 있는 곳의 치안이 좋지 않은데다 회사에서 멀고, 그러니 회사 근처 원룸을 얻어 주겠다고 했다. 서바다는 그때도 그러자고 했다. 최진혁이 원룸을 자기 취향대로 꾸밀 때에도 불만을 표하지 않았다. 최진혁은 서바다가 매끼 먹을 음식과 하루에 챙겨 먹을 영양제를 정해 줬고, 퍼스널 트레이닝을 받게 했다. 마사지 숍 회원권도 끊어 주었다. 헤어스타일을 자신의 취향에 맞춰 자르게 했고 서바다의 옷장에 새 옷을 채워 넣었다. 서바다의 휴대폰을 검사해 이건 누구고 또 이건 누구냐고 꼬치꼬치 캐묻고, 서바다와 오래 알고 지낸 사람들 대부분의 번호를 지웠다. 나와 있을 때는 내게만 집중해 줬으면 좋겠어. 그 말에 서바다는 순순히 자신의 휴대폰을 최진혁에게 맡겼다. 서바다의 하루 일과는 먹고, 운동하고, 자고, 최진혁을 기다리는 것으로 채워졌다.

　"그러다 대학 등록금까지 대 주겠네. 염치도 없이 주는 대로 날름날름 받아먹기만 하는 거 보면 딱 꽃뱀이구만."

최진혁이 서바다의 생활비를 모두 대 주는 것을 알게 된 김민석은 정신 차리라고 난리를 쳤다. 최진혁은 김민석을 무섭게 쏘아보았다.

"그런 말 하지 마. 그녀는 곧 나야. 내 전부야. 그녀를 위해서라면 뭐든 다 줄 수 있어."

"미쳤네, 미쳤어. 이거 진짜 사랑에 미쳤어. 너 왜 이렇게 됐냐? 여자는 최소 공무원 7급은 되어야 만난다던 예전의 최진혁 어디로 갔어?"

"그런 건 필요 없어."

진심이다. 필요 없다. 사람은 가진 것이 많을수록 빼앗기지 않으려 하는 법이다. 빼앗기더라도 되찾으려고 아등바등, 죽을힘을 다하게 되어 있다. 최진혁에게 필요한 건 그런 주체적인 생명력으로 넘치는 상대가 아니었다. 최진혁은 더욱더, 서바다가 자신에게 의지하기를 바랐다. 최진혁이 없는 삶은 차라리 죽는 것이 낫다 여길 정도로. 최진혁은 서바다의 일상에서 자신이 차지하는 퍼센티지가 조금씩 높아지는 것이 만족스러웠다. 자신에게 착 달라붙어 잠든 서바다의 머리를 쓰다듬으며 매일 그 척도를 쟀다.

조금만 더, 조금만 더. 아주 조금만.

주로 듣는 쪽인 서바다가 최진혁에게 유일하게 요구하는 것은 단 하나였다.

카피캣 식당

"오빠네 가족에 대해 좀 더 이야기해 줘."

처음 그 말을 들었을 때, 최진혁은 역시나 자신이 사람을 잘 골랐다고 흡족해했다. 최진혁의 기획서에서 투자 대상이자 핵심 전략은 한없이 외로워야 했다. 비 오는 날 버려진 강아지처럼. 그런 강아지를 주워 잘 보살펴 주면, 주인이 강에 빠지면 자신의 목숨이야 어찌 되었든 상관없이 구하러 뛰어들게 마련이다.

최진혁은 서바다에게 가족과의 추억을 이야기해 주었다. 유치원 때에 함께 놀러 갔던 놀이공원, 어머니가 감기에 걸렸을 때 자신이 달걀죽을 만들겠다고 부엌을 엉망으로 만든 것, 고등학교 때 영화를 찍겠다고 설치다가 아버지의 카메라를 부수었던 것, 대학 진학을 놓고 갈등을 벌였던 것 등등. 이야기를 듣는 내내 서바다는 보일 리 없는 이야기 속 장면이 비쳐 보이기라도 하듯 멍하니 허공을 봤다.

어느 날, 서바다는 이야기를 듣다가 중얼거렸다.

"부러워요. 그런 부모님이라면 손자도 예뻐하겠지?"

그 중얼거림에 최진혁은 퍼센티지가 완벽하게 채워졌음을 알았다.

그날 밤에 최진혁은 한밤중 데이트를 가자고 제안했다. 놀이터에 가 그네를 타자는 말에, 서바다는 순순히 따라나섰다. 밤 10시를 넘은 한밤중의 공원은 적막했다. 최진혁은 그네 줄을 잡고 서바다에게 말했다. "타." 서바다는 그네에 엉덩이를 걸쳤다. 최진혁은 가볍게 서바다의 등을 밀었다.

"나는 밤이 좋더라."

최진혁은 그네가 흔들리는 리듬에 맞춰, 노래하듯 말했다.

"아홉 살 때였나. 외계인이 나오는 영화를 봤어. 외계인이 한 꼬마 남자애의 몸을 빼앗아. 외계인하고 사람하고 몸이 바뀌는 거지. 누구도 꼬마가 꼬마라는 걸, 외계인이 가짜라는 걸 알아차리지 못해. 졸지에 외계인이 되어 버린 꼬마는 정부 기관에 쫓기게 돼. 외계인을 사로잡아서 해부하려는 무시무시한 기관이었지. 꼬마는 어두운 숲속에서 혼자 밤을 보내고, 가게에서 먹을 걸 훔쳐. 그러다 기관에 잡히기 전에 한 번만 더, 부모님을 보고 싶다는 생각에 쫓겨났던 집으로 몰래 들어가. 한밤중에 부모님 얼굴만 보고 나오려고. 그러다 거실에서 엄마와 딱 마주치지. 꼬마는 엄마가 비명을 지를 거라고 생각해."

건성으로 민 그네는 좀처럼 하늘 높이 올라가지 않았고, 서바다의 발끝은 공원 바닥에 질질 끌렸다. 그래도 서바다는 밀리는 대로 그네에 앉아 흔들릴 뿐, 스스로 땅을 박차 올리지 않았다.

"하지만 엄마는 꼬마를 알아봐. 겉모습은 외계인이지만 꼬마의 걸음걸이, 꼬마의 말투, 꼬마의 눈빛 그 모든 것을 보고

카피캣 식당

자신의 아들임을 알아차린 거야. 나는 그 영화가 정말 무서 웠어. 외계인이 와서 내 몸을 빼앗으면 어쩌나 일주일 내내 가위에 눌렸다니까. 그때마다 엄마가 나를 깨워서 안아 주면 서 약속을 했어. 네가 어떤 모습이어도 엄마는 알아볼 거야, 라고. 나를 안아 주던 엄마 냄새와, 조용한 밤의 공기가 지금 도 기억나."

끼익. 그네 줄 삐걱거리는 소리가 최진혁의 목소리와 뒤섞 여 고요한 공원에 궤적을 남기며 사방으로 흩어졌다.

"바다야, 너도 내가 다른 모습이 되어도 알아봐 줄 거지?"

"그건 영화에나 나오는 이야기잖아요. 몸이 바뀌거나 하는 거."

"시대 불문 사람들의 로망 같은 거잖아. 어느 날 눈을 떴는 데 완전히 다른 내가 되어 있는 거. 요즘은 카피캣 식당인가? 그런 괴담이 인기라던데. 알아?"

서바다의 등을 미는 최진혁의 손끝이 긴장으로 뻣뻣해졌 다. 그네가 한순간 높이 떠올랐다. 서바다의 발끝이 허공을 찼다.

"알아요."

그네 줄과 함께 서바다의 대답이 최진혁의 손바닥 안에 잡 혔다. 갑자기 멈춰 세워진 그네는 서바다의 몸을 밀어냈다. 그 네에서 튕기듯 일어난 서바다가 최진혁을 향해 뒤돌아섰다.

"편의점에서 같이 일하던 애가 말한 적 있어요. 타인과 몸을 바꾸고 싶은 사람 앞에 나타나는 이상한 가게. 아닌가? 타인의 인생을 훔치고 싶은 거였나? 그게 그거죠, 뭐. 걔는 그걸 진짜 본 적이 있다고 했어요. 새벽에 아르바이트하러 가는데 갑자기 나타났다고. 무서워서 안에 들어가진 않았대요."

"그래? 신기하네. 나도 한번 보고 싶은걸."

"걔 말로는 식당을 발견하는 사람은 꽤 많대요. 식당이 나타나는 지번이 정해져 있다나. 거짓말이겠죠. 진짜 그런 일이 일어날 리 없잖아요."

최진혁은 서바다의 손을 살며시 잡았다. 손을 잡고 공원을 걸어 나오는 두 사람의 그림자가 등 뒤로 길게 너울졌다.

"일어나지 않을 일이니까 상상하는 재미가 있는 거지. 어때? 바다는 내가 다른 모습이 되면 알아볼 수 있을 것 같아?"

"글쎄요……."

서바다는 자신 없다는 듯 말끝을 흐렸다. 최진혁이 아는 서바다는 빈말을 잘하지 못한다. 거짓말도 서툴러서 길을 가다가 도를 아십니까 무리에 붙잡혀도 바쁘다는 핑계를 대고 빠져나오지 못한다.

"그럼 질문을 바꿔 볼까? 만약에 내가 타인의 인생을 훔쳐야만 살 수 있다고 하면 바다는 어떻게 할래? 그런데 나와 인생을 바꿔 줄 사람이 없다면."

"그러니까…… 오빠가 타인과 몸을 바꿔야 산다고요? 왜요?"

"홍콩 영화 같은 거 보면 총 맞고 그러잖아. 아니면 외계인이 내 가슴에 구멍 내고 도망갈 수도 있고."

"무슨 그런 살벌한 농담을 해요. 오빠 없으면 나 어떻게 살라고."

"혹시잖아, 혹시."

서바다는 잠시간 말이 없었다. 흙을 스치는 발자국 소리만이 두 사람 사이를 메웠다. 공원 입구에 도착해서야 서바다는 입을 열었다.

"그렇게 되면 내 몸을 오빠한테 줄게요."

이쯤이면 됐다, 가 확신이 되는 순간이었다. 최진혁은 살며시 잡고 있던 서바다의 손을 힘주어 움켜잡았다.

"말만이라도 고마워. 역시 내 애인이 최고네."

"말만이라니. 아니에요. 진짜라니까. 자, 손가락 걸고 약속."

최진혁은 서바다가 내민 새끼손가락에 기꺼이 자신의 손가락을 걸었다.

두 달 후 월요일 아침. 최진혁은 혈변을 봤다. 눈동자 안쪽에는 노란 황달이 꼈다. 회사에 전화해 유급 휴가를 내고 바로 병원을 예약했다. 이전에 암 진단을 내렸던 의사는 왜 이제야 왔냐고 혀를 찼다. 추적 CT를 찍으면서 최진혁은 오늘을 D-Day로 삼기로 마음먹었다.

최진혁은 병원을 나와 꽃을 샀다. 붉은 장미꽃 한 다발을 한 손에 들고 주얼리 숍에 들러 반지도 샀다. 그러고는 서바다의 원룸 근처 카페에 앉아 창밖을 살폈다. 오후 6시. 짧은 겨울의 낮이 끝나고 어둠이 내려앉는 골목으로 서바다가 지나갔다. 최진혁이 짜 준 스케줄대로라면 마사지를 받으러 가는 것이다. 최진혁은 카페를 나와 원룸으로 향했다. 원룸의 불을 모두 끄고, 소파에 꽃다발을 던졌다. 반지도 꽃다발 옆에 놓았다. 어떻게 하면 좀 더 불쌍해 보일 수 있을까, 고민하며 소파 위에 누웠다가 아래에 쪼그려 앉아도 보았다. 무릎이 좀 아파도 쪼그려 앉는 쪽으로 정했다. 인공 눈물을 넣고, 혹시 싶어 눈 아래 파스도 발랐다. 눈물이 줄줄 났다. 준비는 완벽했다.

"오빠? 일찍 왔네요. 왜 불도 안 켜고 있어요?"

서바다가 돌아왔다. 최진혁은 착 가라앉은 목소리로 말했다.

"불 켜지 마."

"왜 그래요. 무슨 일 있어요?"

서바다의 체온이 옆구리에 와 닿았다. 최진혁은 그래도 꼼짝하지 않았다. 서바다가 좀 더 바짝 몸을 붙여 앉았다. 무슨 일인데요. 말을 해야 알죠. 오빠, 뭐든 말 좀 해 봐요. 서바다의 목소리에 간절함이 점점 더해져 염소 우는 소리처럼 되어서야 최진혁은 무릎에 파묻고 있던 얼굴을 약간 들어 서바다 쪽으로 고개를 돌렸다.

"……바다야, 나 어떻게 하지?"

"대체 무슨 일인데요? 나한테 다 말해요. 나는 오빠 편이 잖아."

최진혁은 팔을 뻗어 소파 위에 놓아둔 꽃다발을 집어 들었다.

"……오늘 너에게 청혼하려고 했어. 그래서 회사도 월차 내고, 꽃하고 반지도 찾아오고. 저녁에 레스토랑도 예약해 놨거든. 그런데 배가 너무 아픈 거야. 병원에 갔더니……. 암이래. 췌장암 4기. 수술도 안 된대."

파스는 필요 없었다. 암이래, 라고 말하는 순간 눈물이 나왔다. 처음으로 남에게 암에 걸렸다는 사실을 털어놓았다는 사실이 묘한 안도감을 몰고 와 슬픔으로 바뀌었다. 코를 훌쩍이며 눈가를 훔치는 최진혁을, 서바다가 끌어안았다.

"괜찮아요, 오빠. 우리 같이 잘 이겨내 봐요. 응?"

"……잘 버텨 봤자 1년 정도래. 어쩌지, 바다야. 나 정말로 너와 몸과 영혼, 모든 게 하나가 되고 싶었어."

"내 마음도 같아요."

최진혁은 서바다를 마주 끌어안았다. 서바다의 어깨가 작게 흔들리는 것이 맞닿은 몸을 통해 분명하게 느껴졌다. 최진혁은 마음을 다잡았다. 이제부터가 중요했다.

"바다야, 난 나보다 네가 걱정돼. 내가 없으면 넌 어떻게 하지? 내가 없는 세상에서, 네가 이전처럼 다시 고생할 생각을 하면 세상을 떠나도 눈을 감을 수가 없을 것 같이."

"그런 걱정은 하지 말아요. 오빠, 사실은 나도……."

"바다야, 문득 생각난 건데 방법이 있어. 우리의 몸과 영혼이 하나가 될 수 있는 방법."

최진혁은 서바다의 말허리를 자르며 팔에 힘을 줬다.

"이전에 내가 이야기한 거 기억나? 카피캣 식당. 사실은 나, 그 식당을 찾을 수 있어. 기회는 딱 한 번이야. 그러니 바다 네가 마음만 먹으면, 데려가 줄게."

"카피캣 식당……? 그건 그냥 괴담이잖아요. 설령 진짜라고 해도, 찾아서 뭘 어떻게 해요?"

"내 영혼이 너의 몸에 깃들면, 그거야말로 우리가 영원히 하나가 되는 거잖아."

약속 기억하지? 네 몸을 나한테 준다고 했던 거. 최진혁은 서바다의 귀 안에 숨을 불어넣듯 속삭였다. 한참이나 최진혁의 품 안에 안긴 채 꼼짝도 하지 않던 서바다의 손이, 감싸 안고 있던 최진혁의 등을 손톱으로 할퀴듯 움켜쥐었다.

"그래요. 그럼 우리, 결혼해요. 결혼으로 신 앞에서 하나가 된 뒤에 내 몸을 줄게요."

카피캣 식당

성공이다.

최진혁은 서바다의 어깨에 얼굴을 파묻으며 웃었다.

∾

거실 분위기는 냉랭했다. 최진혁의 부모는 한겨울의 성에 낀 창문처럼 딱딱한 표정으로 최진혁과 서바다를 노려봤다. 느닷없는 최진혁의 결혼 선언 후 1시간여에 걸친 서바다의 신상 조사가 끝난 직후였다. 서바다가 질문에 답할수록 최진혁의 아버지는 점점 더 다리를 떨었고, 어머니의 눈은 세모꼴이 되어 갔다. 두 사람은 누가 먼저라 할 것 없이 결사반대를 외쳤다. "부모 없는 고아에, 대학도 안 나온 스물두 살짜리 애하고 결혼을 하겠다니, 제정신이니?" "조건을 보겠다는 건 아니다만, 부부는 어느 정도 환경이 비슷해야 잘 사는 법이야." 충고를 가장한 질책이 폭풍처럼 몰아쳤다. 최진혁은 마시고 있던 커피 잔을 거칠게 내려놓았다.

"아빠, 엄마. 나 암이래. 췌장암 4기. 이미 혈관에 다 퍼져서 수술도 안 된대. 항암을 해도 1년 정도고, 안 하면 6개월 각오하라는 말 들었어."

폭풍이 멈췄다. 못마땅하게 다리를 떨던 아버지도, 서바다에게 눈을 흘기던 어머니도 똑같은 표정이 되어 최진혁을 봤다. 지금 내가 무슨 말을 들은 것인가, 놀라움으로 벌어졌던 아랫입술이 일그러지는 순간 통곡과도 같은 비명이 터져 나왔다.

"아이고, 이게 무슨 소리야! 내 아들. 아들이, 거짓말이시?"

어머니가 최진혁의 바로 앞까지 무릎으로 기어와 덥석 손을 붙잡았다. 부들부들 떨리는 어머니의 몸을, 최진혁은 살며시 끌어안았다. 예상했던 반응이라도 실제로 마주하니 마음이 아픈 건 어쩔 수 없었다.

'괜찮아, 엄마. 난 곧 건강해질 거야.'

모습이 바뀌어도 알아볼 수 있을 것이다. 어릴 적에 했던 약속대로. 최진혁은 어머니를 강하게 끌어안고 팔을 풀었다. 그러고는 다시 정좌를 하고 단호하게 말했다.

"마지막 소원이야. 결혼하고 싶어, 이 애와. 아빠와 엄마도 바다를 딸처럼 대해 줬으면 해. 정말로 소중하게. 내가 세상을 떠난 후에도 셋이 사이좋게 한 집에서 살기를 바라. 나를 대하듯이, 내 사랑을 대해 줘."

꽉 다물어져 있던 아버지의 입술 사이에서 바람 빠지는 듯한 울음소리가 새어 나왔다. 그것이 대답이었다.

결혼 준비는 빠르게 진행되었다. 최진혁이 언제 증상이 악화될지 알 수 없으니 식을 빨리 올려야 한다는 게 이유였다. 같은 이유로 결혼식 전에 혼인 신고도 했다. 최진혁은 아버

카피캣 식당

지에게 서바다 앞으로 아파트를 증여해 달라는 부탁을 했다.

"원래 네 신혼집으로 주려고 마련해 놓은 거긴 하다
만……. 며느리 앞으로 증여할 필요는 없지 않니. 일단 네가
증여를 받는 건 어떠냐."

아버지의 반응은 마뜩잖았다. 최진혁은 아버지가 무슨 생
각인 건지, 쉽게 알 수 있었다. 최진혁이 세상을 떠날 경우 아
파트는 부모님과 배우자인 서바다, 두 사람에게 동시 상속
될 터였다. 반면 서바다 앞으로 증여되면 아파트는 100% 서
바다의 것이다. 아들이 세상을 떠난 후 며느리에게 아파트를
온전히 넘기고 싶지 않은 것이다.

"아빠, 사실은."

사실은, 서바다에게 주는 게 나한테 주는 거야. 그렇게 될
거야. 그 말이 목구멍까지 치솟았지만 꾹 눌렀다. 이때를 대
비한 거짓말은 이미 준비된 터였다.

"바다가 임신을 했어. 임테기가 두 줄 나와서 병원에 갔더
니 3주 차래."

"뭐? 그게 진짜냐?"

최진혁은 아버지의 동공이 확장되는 것을 봤다. 최진혁이
대학에 합격했다는 소식을 알렸을 때와 똑같은 표정이었다.

"진짜야. 아기가 점처럼 콕 찍혀 있는 상태라고 했어. 병원
에서 모체가 워낙 말랐다고, 절대 안정을 취하라고 하더라.

스트레스 안 받는 게 제일 중요하대. 그런데 바다가 어떻게 스트레스를 안 받겠어. 내색은 안 해도, 내가……."

최진혁은 목이 멘 듯 말을 끊고 아버지의 반응을 살폈다. 아버지는 안절부절, 손에 쥔 휴대폰을 어루만지고 있나. 조금이라도 빨리 어머니에게 이 소식을 전하고 싶어 하는 티가 역력했다.

"그러니까 나중에, 무슨 일이 있어도 아이와 함께 살 집이 생기면 바다의 스트레스가 좀 줄어들지 않을까. 그러니까 아빠, 부탁해."

"무슨 일이 생기기는! 금쪽같은 손자 가진 며느리를, 내가 모른 척할 것 같으냐. 증여해 주고말고. 나중 일은 아무 걱정 말라고 해. 가만, 일단 지금 며느리가 어디 살지? 원룸? 아이고, 당장 집 빼서 우리 집으로 들어오라고 해. 집에 혼자 있다가 미끄러지기라도 하면 어쩌느냐. 잠깐만 있어라. 일단 네 엄마한테 전화를 해야지."

그날부터 최진혁의 부모가 서바다를 대하는 태도는 완전히 달라졌다. 아버지도 어머니도 옥이야 금이야, 서바다가 코트를 입지 않고 밖에 나가기라도 하면 세상이 뒤집어질 듯 호들갑을 떨었다. 결혼 준비 중에도 서바다와 한마디 말도 섞지 않던 어머니는 서바다를 옆에 끼고 다니기 시작했다. 얘, 너, 거기, 로 부르던 것이 우리 딸, 이라는 애정 섞인 호칭으로 바뀌었다. 서바다는 '우리 딸'이라고 불릴 때마다 말갛게 웃었다.

"나 오빠네 부모님이 너무 좋아요."

결혼식 전날 새벽, 서바다는 최진혁의 팔을 베고 누워 소곤거렸다. 최진혁은 서바다의 머리통을 끌어안았다.

"나를 정말 사랑하시거든."

"……오빠네 부모님을 다시 만날 수 없는 건 좀 슬플 것 같아요."

"왜 그렇게 생각해. 내가 네 몸에 깃드는 거야. 바다 네 몸은 계속 우리 부모님의 사랑을 받는 거야. 완벽하지 않아? 네가 사랑하는 나와, 부모님의 사랑이 네 몸에 함께하는 거라고."

설마 이제 와서 마음이 바뀌었다 어쩐다 하는 건 아니겠지. 최진혁은 불안함에 아이를 달래듯 한껏 부드러운 말투로 속삭였다.

"……맞아요. 역시 그게 맞는 것 같아."

서바다는 최진혁의 팔 안에서 빠져나와 상반신을 일으켜 앉았다. 서바다의 시선은 한참이나 벽에 걸린 시계에 가 닿아 있었다. 새벽 5시 5분 전. 서바다는 누워 있는 최진혁을 향해 고개를 돌렸다.

"오빠, 나 부탁이 있어요. 결혼식이 끝나고 오빠는 바로 신혼여행을 떠났으면 좋겠어요. 좀 오랫동안. 나, 한 번도 부모님의 사랑을 받아 본 적이 없잖아요. 기왕 최진혁이 되는 거, 그 몸으로 온전히 애정을 독차지해 보고 싶어요. 하지만 오빠가 옆에 있으면, 부모님은 서바다인 오빠에게도 애정을 줄 거 아니에요. 그건 싫어. 그리고 요양병원에 있는 동안, 내 몸은 세계를 여행하고 있다고 생각하면 그것만으로 행복할 것 같아요."

최진혁은 몸을 일으켜 서바다의 등을 껴안았다.

"그래. 그렇게 해 줄게."

"이젠 나를 데려다줘요."

최진혁과 서바다는 함께 집을 나와 운전해 종로로 갔다. 최진혁은 서바다의 손을 꽉 잡고 종로 골목에 섰다. 새벽 6시 6분 6초. 카피캣 식당이 모습을 드러냈다. 보여? 최진혁의 속삭임에 서바다는 고개를 끄덕거렸다.

"다녀올게요, 오빠. 결혼식장에서 봐요."

서바다는 홀로 카피캣 식당 안으로 들어갔다. 서바다가 들어가자 카피캣 식당은 언제 그곳에 있었냐는 듯, 홀연히 모습을 감추었다.

'진짜 머릿속 꽃밭이네. 내가 사람 참 잘 골랐지.'

몸을 빼앗긴 쪽이 식당을 찾아가면 원래대로 되돌아갈 수 있다. 그 불확실성을 줄일 수 있는 방법. 몸을 빼앗는 쪽이 아닌 빼앗긴 쪽이 되면 된다. 원래대로 되돌아가는 조건이 '빼앗긴 쪽'이 식당을 찾아가는 것이니까.

그래서 최진혁은 타인의 인생을 훔치는 것이 아닌, 도둑맞는 쪽을 택하기로 했다. 빼앗기 위해 빼앗기는 작전. 중요한 건 누구에게 도둑맞는가 하는 거였다. "며느리가 원하기만 하면 우리랑 알콩달콩 다 같이 살 거니까." 아버지의 그 한마디는 계시나 다름없었다. 몸이 바뀐 후에도 '최진혁의 삶'과 근접할 수 있는 유일한 대상. 그건 최진혁의 배우자였다.

'안 그래도 떠날 예정이었단 말이지. 외국에서 아이를 낳아야 교육에 좋다는 핑계를 대려고 했는데, 서바다 덕분에 부모님을 설득할 수고를 덜었네. 서바다가 부모님에게 아내가 여행을 떠나게 해 주세요, 라고 하면 부모님은 얼마든지 그러라고 하겠지. 요양병원에서 꼼짝도 못 하게 될 아들의 부탁이니까. 서바다가 임신했다고 한 것도 한 몫 거들 테고.'

최진혁은 자동차로 돌아와서 운전석에 깊이 몸을 파묻었다. 결혼식 이후로도 해야 할 일이 산더미였다. 다른 성별, 이제까지와 다른 몸에 익숙해져야 했고 여행 준비도 해야 했으며 해외에서 아이를 입양할 수 있는 경로도 알아봐야 했다. 서바다가 임신을 했다는 거짓말을 진짜로 만들기 위해서는 적잖은 수고와 돈이 들 터였다.

'정 안 되면 유산했다고 핑계를 댈 수도 있지만, 애는 있는 편이 좋겠지.'

가짜라도, 부모님이 가짜인 걸 모르면 진짜가 될 것이다. 손주에 대한 부모님의 집착은 혹시 일어날 수도 있는 단절을 이어 붙여 줄 것이다. 최진혁은 자신의 부모가 언젠가는 자신을 알아볼 것을 굳게 믿었으나, 그 모든 과정이 순조로울 것이라 생각지는 않았다. 최진혁은 누운 채 자신의 어깨를 양팔로 끌어안았다.

'⋯⋯이 몸과는 이젠 이별이구나.'

자고 일어나면 아마 서바다가 되어 있을 것이다. 결혼식에서 턱시도가 아닌 드레스를 입게 될 줄은 몰랐다고 중얼거리며, 최진혁은 얕은 잠에 빠져들었다.

∾

최진혁이 죽었다.

'내가 죽었다는 소식을 호텔 수영장에서 듣다니 코믹영화 같네.'

최진혁은 선베드에서 몸을 일으켜 앉았다. 여행을 떠나온 지 64일째에 날아온 메일에는 최진혁의 부고가 실려 있었다. 당연히 부모님에게 전화가 걸려 올 줄 알았는데 메일이라니. 게다가 발신인은 변호사였다.

'하긴, 부모님은 내가 진혁이라는 걸 모르잖아. 아무리 아

카피캣 식당

들의 소원이었다고 해도, 남편 임종을 안 지킨 며느리가 예쁠 리가 없지.'

예상보다 이른 죽음이었다. 병원에서는 여명 기간이 6개월 정도일 거라 말했다. 아내에게 고통스러운 모습을 보이고 싶지 않은 사랑꾼 남편에게 등을 떠밀려 여행을 떠났던 아내의 귀환. 아내는 남편의 임종을 지키다 실신한다. 그 장면을 연출할 수 있을 때에 맞춰 귀국 예정을 세워 놓은 터였다.

'서바다, 그 여자는 죽는 것도 제대로 못 하네.'

최진혁은 테이블에 놓아둔 모히또를 집어 들었다. 가느다란 손가락과 색색으로 칠한 손톱이 이제는 익숙하다. 그러나 아직 익숙해지지 않은 것도 있다. 호텔 수영장에서 맥주가 아닌 무알코올 모히또를 마셔야 하는 것도 그렇다. 서바다의 몸이 알코올에 약하다는 걸 안 것은 첫 여행지인 영국에서였다. 최진혁의 주량이라면 거뜬했을 맥주 한 병에 기절했을 때는 정말로 황당했다.

'……이젠 내 몸은 이 세상에 없는 거구나.'

장례식장에 가는 건 서바다를 위한 것이 아닌, 나의 몸을 애도하기 위한 것이다. 그렇게 생각하니 짜증이 가라앉았다. 한국행 비행기표를 검색했다.

하루가 지난 후, 최진혁은 한국에 도착했다. 비행으로 지친 몸을 쉬기 위해 일단 호텔로 직행했다. 5성급 호텔에 체크

인하고 마사지를 받은 후, 분향소로 향했다.

故최진혁. 상주 최성태. 한지수.

분향소 벽에 걸린 모니터에는 부모님의 이름뿐 '서바다' 이름 석 자는 어디에도 없었다.

'아빠랑 엄마, 둘 다 화가 단단히 났나 보네. 아무리 그래도 남편이 죽었는데 아내 이름을 안 적어 놓다니.'

그래도 크게 걱정이 되진 않았다. 부모님은 서바다를 딸처럼 대해 달라는 최진혁의 유언을 결코 무시하지 못할 터였다. 게다가 부모님은 서바다가 임신 중이라고 철석같이 믿고 있다. 그렇게 함께 지내다 보면 부모님도 알게 될 것이다. 몸은 서바다여도 영혼이 자신들의 아들이라는 것을. 알아차리게 할 자신이 있었다. 최진혁은 크게 숨을 들이마시고 분향소 안으로 들어갔다. 빈소 한가운데 놓인 자신의 영정 사진을 보자 복잡한 기분이 들었다.

'최진혁의 몸은 이젠 정말, 어디에도 없구나.'

묵직한 슬픔이 몰려왔다. 최진혁은 자신을 위한 애도의 바다에 뛰어들 준비를 하며 손을 눈높이로 올렸다. 몸을 앞으로 숙이려는 때에, 누군가 최진혁의 어깨를 거세게 떠밀었다. 최진혁은 그대로 빈소 바닥에 나뒹굴었다.

카피캣 식당

"네가 어디라고 여기를 기어들어 와! 뭣들 해. 이년 쫓아내. 내 눈앞에서 치워 버리라고!"

어머니였다. 상복 차림의 어머니가 시뻘게진 얼굴로 최진혁을 내려다보며 서 있었다.

"어머니, 왜 이러세요."

최진혁은 보란 듯이 배를 감싸며 몸을 일으켰다. 여행을 떠난다고 했을 때 이해한다고, 태교도 겸해 잘 다녀오라며 어깨를 다독거려 주었던 어머니였다. 보물 같은 손자를 임신하고 있는 서바다를 떠밀다니. 최진혁이 알고 있는 어머니는 결코 하지 않을 행동이었다.

"왜 이래? 이 사기꾼! 당장 나가!"

어머니가 다시 최진혁에게 달려들었다. 양팔을 마구 휘두르며 달려드는 어머니의 몸을 주변 사람들이 붙잡았다. 최진혁은 한 발자국 뒤로 물러서 그런 어머니를 멍하니 바라보았다.

'사기꾼? 대체 무슨 말이지?'

사람들에게 붙잡힌 채 마구 몸부림치는 어머니의 모습도, 말도, 모든 것이 당황스러웠다.

"서바다 씨, 저와 함께 저쪽으로 가시죠."

멍하니 서 있는 최진혁의 옆으로 한 남자가 다가왔다. 김 변호사였다. 아버지와 오래 알고 지낸 변호사라, 최진혁도 아저씨라 부르며 따르는 사이였다. 최진혁은 김 변호사의 손에 떠밀려 빈소를 나왔다. 빈소를 나오는 최진혁의 시야에, 어머니의 옆으로 달려온 아버지가 보였다. 아버지의 품에는 아기가 안겨 있었다.

'저 아기는 뭐야?'

이해할 수 없는 일투성이였다.

김 변호사는 장례식장이 있는 지하를 벗어나 1층 로비로 최진혁을 데리고 갔다. 소파에 앉은 최진혁에게, 김 변호사가 파일을 내밀었다.

"뭔가요, 이게?"

"최진혁의 아버지, 최성태 씨가 서바다 씨에게 증여했던 아파트에 대한 증여 취소 소송을 진행할 예정입니다. 기만행위는 취소 사유이기에 저희 쪽의 승소는 거의 확실합니다. 어머니인 한지수 씨는 강력하게 소송 진행을 원하고 계십니다. 단지 최성태 씨는 서바다 씨의 행위에 최진혁 씨도 일부 책임이 있다고 여기고 있고, 한때나마 며느리로 여겼던 사람에 대해 법적 공방까지 가기를 원치 않으시고요. 그래서 최성태 씨의 제안입니다. 서바다 씨가 최우주 님께 아파트를 증여하는 방식으로 아파트를 돌려받고, 대신 향후 3년간은 전세로 거주 가능하게 해 준다 하십니다. 증여세도 부담해 주신다고 하고요. 증여 취소 소송과 최성태 씨의 제안, 어느 쪽을 택할지는 서바다 씨의 자유입니다. 이 파일에 후자를 택할 경우의 계약서가 들어 있으니 살펴보십시오."

김 변호사의 입에서 나온 말 중 알아듣지 못할 것은 없었으나, 한 마디 한 마디가 모두 외계어처럼 들렸다. 최진혁은 자신을 향해 내밀어진 서류를 멍하니 내려다보았다. 복잡한 머릿속이 질문 하나를 입 밖으로 툭 밀어냈다.

"최우주가 누군데요?"

"최성태 씨의 둘째 아들입니다."

이건 또 무슨 소리인가 싶었다. 아버지의 둘째 아들이라니. 고작 두어 달 사이에 어머니가 임신을 해서 아이를 낳았을 리는 없었다.

"그럼……. 그러면 기만행위는 뭔가요. 저는 부모님이 왜 이러시는지 도통 이해가 안 돼요. 최진혁 씨가 사망했으니, 이젠 저와는 관계가 없다는 건가요? 그래서 이러시는 거예요?"

"아닙니다. 그런 걸로 증여 취소가 되지는 않죠. 증여 취소 사유는 기만입니다."

"그러니까 무슨 기만이요!"

최진혁의 목소리가 병원 로비에 날카롭게 울려 퍼졌다. 탁. 김 변호사가 손에 들고 있던 파일을 탁자에 던지듯 내려놓았다.

"그만하시죠, 서바다 씨. 최진혁 씨가 사망 전에 모든 사실을 밝혔습니다. 파일 안에 최진혁 씨가 남긴 유서가 있으니 보세요. 몸 상태가 급격히 악화되기 전 제가 보는 앞에서 작성하신 겁니다."

최진혁은 황급히 탁자에 놓인 파일을 집어 들어 펼쳤다.

'유서? 유서라면 내가 써 놓은 게 있는데 무슨 소리야.'

김 변호사에게 공증을 받은 건 아니었지만, 지정된 양식을 지켜 작성한 유서를 진즉에 부모님에게 건넸던 터였다. 그런데 또다시 유서라니. 최진혁은 떨리는 손으로 파일을 열었다. 파일 가장 앞에 편지 한 장과 유서가 나란히 꽂혀 있었다.

부모님께

어디서부터 말해야 할지 모르겠습니다. 하지만 세상을 떠나기 전에 밝혀야만 한다고 마음먹었습니다. 이건 저의 죄에 대한 고백입니다.

저에게 아들이 있습니다. 아이의 엄마는 출장 안마소에서 만난 여자입니다. 예. 저는 성매매를 했고 그 여자는 임신을 했다고 알려 왔습니다. 제 아이라면서요. 저는 당연히 여자가 거짓말을 한다고 여겼습니다. 딱 하룻밤 잤을 뿐인데 임신이라니요. 게다가 업소 여자라니. 부모님이 아시면 저에게 실망하실 게 눈에 선했습니다. 그건 제 인생에 일어나서는 안 되는 사고로 여겨졌습니다. 여자는 계속해서 저에게 연락을 했어요. 도저히 아기를 지울 수가 없으니 낳겠다고 하더군요. 제 아이가 아닐 거라 여기며 무시했죠. 여자의 연락이 끊어졌고, 모든 게 다 원만히 해결되었다고 여겼습니다. 여자의 친구가, 여자의 유서를 제게 보내오기 전까지만 해도 그랬습니다.

여자는 자살했다고 합니다. 유서에는 아기를 낳았고, 아기를 시설에 맡겼다는 이야기와 시설의 주소만 적혀 있었습니다. 왜 자살을 택했는지, 앞으로 어떻게 해 달라는지 등의 말은 전혀 없었죠. 그것이 저를 더 죄책감에 시달리게 했습니다. 망설이다가 시설에 갔습니다. 아기를 찾았죠. 예전부터 아버지가 말씀하셨잖아요. 부모와 자식은 천륜이라고. 그 말이 뭔지 아기를 보자마자 알겠더라고요. 그래도 혹시 몰라서 친자 확인도 했습니다. 제 아이가 맞더군요. 그렇지만 아이를 데려올 엄두는 나지 않았습니다.

그런데 암 선고를 받으니까, 정말 가증스럽게도 아이 생각부터 났습니다. 어떻게든 아이를 제대로 호적에 올리고 싶었습니다. 제가 세상을 떠난 후에, 부모님이 아이를 남부럽지 않게 길러 줬으면 싶었습니다. 하지만 아무리 결심을 하려 해도, 부모님께 아이 엄마 이야기를 할 용기가 나지 않았습니다. 전 착한 아들이고 싶었거든요. 죽기 전까지도.

고민하던 저에게 서바다가 제안을 했습니다. 서바다는 회사 앞 편의점 아르바이트생인데, 제가 아이를 맡긴 시설에서 봉사활동을 하다가 만나 친해졌습니다. 어쩌다 보니 아이에 대해서도 털어놓게 되었고요. 친밀한 사이가 아니라 오히려 편했습니다. 누구든 고민 털어놓을 대나무 숲이 필요하잖아요. 서바다가 제게는 그런 존재였습니다.

서바다는 제게 자신과 결혼하고 재산을 전부 상속해 주면 자신이 임신한 척하고 아이를 보육원에서 데려와 부모님께 소개하겠다고 말했습니다. 해외여행을 하다가 외국에서 아이를 출산했다고 하면 나이가 맞지 않는 것쯤 속일 수 있단 말에 솔깃했습니다. 그래서 그때부터 서바다와 사귀는 척을 했습니다. 사랑꾼 연기를 했죠. 그래야 제가 유서에 서바다에게 전 재산을 준다고 쓴 것을 주변 사람들이 납득할 테니까요.

하지만 죽음이 다가오는 지금, 부모님께 거짓말을 한 것이 자꾸만 마음을 무겁게 만듭니다. 그리고 혹시 서바다가 이후, 이 일로 부모님께 협박을 하거나 제 아이의 앞길을 방해하려 들면 어쩌지 하는 걱정도 떨칠 수가 없습니다. 그 때문에 마음 편히 쉴 수도 없고, 병도 빠르게 진행되는 듯합니다.

제 잘못입니다. 진즉에 솔직하게 털어놓았어야 합니다. 아버지, 어머니. 부디 제 아이를 돌봐 주세요. 아이가 있는 시설과, 아이의 이름을 이곳에 적습니다. 가능하면 아버지 호적에 올려 주셨으면 합니다.

또한 서바다에게 상속을 약속했던 이전 유서를 변경, 저의 전 재산은 제 아이에게 상속하기 원함을 밝힙니다. 사망 후 보험금의 수령인 역시 아이로 변경하기를 원하며, 이에 대한 절차는 모두 김 변호사님에게 일임하겠습니다.

아이의 이름은 우주입니다.

부디 제가 떠나도, 우주를 저라 여기시고 사랑해 주십시오.

"거짓말이야! 내게 아이 따위는 없어!"

최진혁의 고함에 로비를 지나가던 사람들이 걸음을 멈췄다. 휠체어를 탄 아이가 울음을 터뜨렸지만, 최진혁에게는 들리지 않았다. 눈앞이 시꺼멓게 물들어 아무것도 보이지도, 무엇도 들리지도 않았다. 한순간 어두운 동굴 안에 갇힌 듯 사방이 먹먹해졌다.

"솔직하시네요. 압니다, 임신 안 하신 거."

김 변호사의 목소리만이 동굴 안에 울리는 메아리처럼 들렸다.

"그 부분이 기만이란 겁니다. 최성태 씨가 증여를 할 때, 조건은 서바다 씨의 임신이었습니다. 증여 서류에도 명시되어 있지요. 서바다 씨가 임신하지 않았으면 아무리 최진혁 씨와 혼인 관계였다 해도 서바다 씨에게 아파트를 증여하지 않았을 거란 게, 두 분의 입장입니다. 서바다 씨가 임신했다는 증거를 제시할 자신이 있으면 소송으로 가시고요."

툭. 파일 위에 작은 명함 하나가 놓였다.

"이후 연락은 저에게 주십시오."

최진혁은 다급히 김 변호사의 팔을 붙잡았다.

"잠깐만요, 아저씨. 그러니까…… 그러니까, 우주가 누군데요?"

"최진혁 씨의 아들입니다. 보험금 및 기타 최진혁 씨의 유산 처리도 제가 맡았으니, 그 부분에 이의가 있는 경우도 저에게 연락하십시오. 그럼 이만."

"아니, 아저씨!"

"누가 아저씨야, 누가!"

김 변호사의 고함이 로비에 울림과 동시에 최진혁의 손이 힘없이 아래로 툭 떨어졌다.

"아저씨가 아니라 변호사입니다. 말해 두는데, 최진혁은 저한테도 아들이나 진배없는 아이였습니다. 그러니 서바다 씨의 대응에 전력으로 응할 겁니다."

김 변호사가 자리를 떠난 후에도 최진혁은 한참을 로비에 앉아 있었다.

'내가 그 아들이나 진배없는 최진혁이라고, 내가!'

로비를 오고 가는 사람의 인기척이 거의 뜸해지고, 창밖이 어둑해진 후에야 최진혁은 자리에서 일어났다. 있는 힘껏 움켜쥔 탓에 구겨진 유서를 파일 안에 넣고 병원을 나섰다. 여전히 동굴 속에 있는 듯 먹먹했지만 언제까지 병원 로비에 있을 순 없었다.

'……일단 호텔로 돌아가자. 그래도 퇴직금은 전부 서바다 통장에 넣어 둬서 다행이야. 이천만 원 정도 있으니까 그걸로 일단 변호사를……. 젠장. 임신한 증거를 어떻게 조작하지? 법원을 속일 수 있을까? 아니지. 법원까지 가면 안 돼. 부모님을 만나서 승부를 지어야 해. 그래, 일단 증거를 조작할 업체를 찾아보자. 당분간은 호텔에서 지내야겠군.'

호텔로 돌아가는 차 안에서, 최진혁은 덜덜덜 무릎을 떨었다. 부모님을 다시 한번 만나면 모든 것이 해결될 것만 같았다. 진정하자. 진정해야 한다. 주문처럼 '진정' 두 글자를 되뇌며 차에서 내렸다. 하루만 호텔에서 지내고 집으로 갈 예정이었기에 당장 숙박일 연장을 해야만 했다.

'일단 일주일쯤은 호텔에서 더 지내야겠지.'

최진혁은 호텔 카운터에 숙박 연장을 부탁하며 카드를 건넸다.

"손님, 죄송하지만 카드에 잔액이 부족하다고 나옵니다."

최진혁은 직원이 돌려주는 카드를 받아 들곤 미간을 찌푸렸다.

"그럴 리가 없어요. 다시 해 보세요."

그러나 몇 번을 해도 마찬가지였다. 다른 카드를 건넸지만, 어떤 카드로도 결제가 되지 않았다. 최진혁은 카드사에 전화를 했다. 대금 연체로 이용이 중지되었다는 안내와 함께 연체가 지속될 경우 법원의 지급 명령 이행을 받을 수 있다는 멘트가 흘러나왔다.

'대금 연체라니, 그럴 리가. 여행을 하면서 카드를 좀 쓰긴 했지만, 그래 봤자 천만 원도 안 될 텐데. 여행 중의 호텔이나 항공권은 전부 선결제였고.'

최진혁은 다급히 휴대폰으로 은행 계좌를 확인했다. 계좌에 찍힌 잔액을 확인한 최진혁의 미간이 한층 더 찌푸려졌다. 최진혁은 휴대폰 액정에 바짝 눈을 들이대고 한 번 더 잔액을 세었다. 일, 십, 백, 천……. 이백. 영이 하나 더 있어야 하는데, 없었다. 다급히 계좌 내역 전체보기를 눌렀다. 위로, 또 위로. 결제한 기억이 확실한 대금들의 숫자가 주르륵 떠올랐다.

"잠깐, 이게 뭐야. 천팔백만 원 이체?"

이체 대상은 최진혁이었다. 이체 날짜를 본 최진혁의 입이 멍하니 벌어졌다. 그날이었다. 서바다가 카피캣 식당으로 가겠다며 나섰던 새벽. 서바다는 트랜스퍼 전에 자신의 통장에 입금된 이천만 원 중 천팔백만 원을 다시 최진혁의 통장에 이체한 후 집을 나섰던 것이다.

'대체 왜? 대체 왜 이런 건데? 서바다, 넌 대체 무슨 생각

카피캣 식당

이었던 거야!'

몸을 바꿔 줄 정도로 사랑한다 말하던 서바다. 사랑을 위해서라면 무엇이든 할 수 있다던 서바다. 그 서바다가, 최진혁이 남긴 유언을 마음대로 바꾸었다. 통장의 돈도 한마디 말도 없이 이체해 버렸다. 그 통장의 돈이 최진혁을 위한 것임을 모르지 않았을 것이다. 서바다의 눈빛이 떠올랐다. 몽롱하던 그 눈빛이 최진혁을 쿡 찔렀다. 머리 한구석에서 시작된 통증이 복부로 내려오더니, 갑자기 온몸을 덮쳤다. 몸을 쥐어짜는 듯한 아픔에, 최진혁은 배를 움켜잡고 쓰러졌다. 호텔 직원이 달려왔고, 구급차를 불렀다. 식은땀을 흘리며 병원으로 이송된 후, 응급실을 거쳐 6인 병실에 입원했다. 진통제가 투여되었고, MRI와 피검사를 했고, 손등에 링거를 꽂고 잠들었다. 다음 날 오후, 최진혁은 의사와 마주 앉았다.

"췌장암입니다. 이전 S병원에서 8개월 전에 2기 판정을 받은 기록이 있군요. 판정을 막 받았을 당시에는 수술도 가능한 상태였는데 왜 치료를 안 하셨죠? 현재 다발성 전이가 이루어진 상태입니다. 이제 수술은 불가능합니다."

의사의 목소리가 아득히 멀어졌다. 내 몸을 줄게. 새벽 공기에 떠다니던 서바다의 목소리와 아버지의 품에 안겨 있던 아기와 유언장에 적혀 있던 최우주란 이름. 보육원에서 아기를 안고 행복하게 웃고 있던 서바다. 쌓여 있던 기억의 조각이 한꺼번에 무너져 내렸다.

빼앗은 게 아니라, 빼앗겼다. 최진혁은 그제야 깨달았다.

∾

"그런데 이 식당은 왜 간판이 두 개예요? 김밥지옥, 카피캣 식당. 둘 중 뭐가 진짜예요?"

"진짜나 가짜, 그런 건 없어. 식당이 자기에게 어울린다 생각하는 모습으로 바꾸는 거라. 이 건물은 살아 있거든."

"살아 있다고요?"

"악마의 건물이니까. 처음엔 간판이 없었지. 김밥지옥, 저건 아무래도 김밥천국 간판을 보고 경쟁의식이 생겼던 것 같아. 손님은 어느 쪽이 마음에 들지?"

"전 카피캣 식당이 더 좋네요. 카피캣. 지금은 잘나가는 제품을 그대로 따라 하는 용어로 많이 쓰지만요. 이전에, 19세기에는 카피캣은 모방범죄를 뜻하는 단어로 더 많이 쓰였다고 해요. 지금 제 상황에 정말 딱 맞아떨어지지 않나요?"

검고 반지르르한 짜파게티 면발이 한 가닥, 서바다의 입 속으로 쪼르륵 빨려 들어갔다.

"이해가 되지 않는군."

"또 뭐가요? 내가 트랜스퍼를 하려는 이유는 충분히 설명한 것 같은데. 나는요, 아이를 낳고 난 후 오직 하나만 생각했어요. 하루라도 빨리 아이를 보육원에서 데려와서 함께 사는 것. 이렇게 들으면 엄청 쉬운 일인 것 같죠? 하지만 힘든 일이에요. 아이를 데려오면 일하는 동안 어디에 맡기지? 일을 줄여야 하나? 하지만 그럼 생활비는? 일단 반지하방을 나오자 싶었어요. 그런 데서 아이를 기르면 애가 천식이 생길 수도 있다고 해서. 간신히 원룸으로 옮겼죠. 이제는 아이를 데려오자, 마음먹었을 때 췌장암 판정을 받은 거예요."

서바다는 짜파게티 면발을 한 가닥씩 포크로 집어 올려 먹었다. 아주 천천히, 새벽을 모두 흘려보낼 듯 느린 속도였다.

"임신한 걸 알자마자 연락을 끊어 버린 남자나 나를 보육원에 맡긴 후 한 번도 찾아오지 않은 부모님처럼 무책임한 인간은 되지 않겠다고 몇 번을 다짐했는지 몰라요. 그런데 암이라니. 병원에서는 수술하면 살 수 있다고 하더라고요. 하지만 수술비는? 그 뒤의 치료비는? 아픈 몸으로 아이를 데려오면, 내가 돌볼 수는 있을까? 보육원에 갈 때마다 울었어요. 그러니까 나는, 이 기회를 놓칠 수 없어요."

느린 포크질과는 다르게 쏟아 내듯 빠른 목소리가 점점 비어 가는 접시를 채웠다.

"아이를 베이비 박스에 버렸을 때 이미 한 번, 죄를 지었는

걸요. 나는 그 죄를 씻을 거예요. 나도 아이에게 짜파게티를 끓여 줄 수 있어요. 하지만 그거 알아요? 만날 라면만 먹으면요. 그건 절대 영혼의 음식 그따위 게 될 수 없어요. 이게 영혼의 음식이 될 수 있는 건, 그렇게 예쁜 추억이 될 수 있는 건 내일도, 모레도 먹을 게 라면밖에 없는 인생이 아니니까 그런 거예요."

쪼르륵. 또 한 가닥이 사라졌다. 짜파게티 소스만큼 검고 찐득하던, 그러나 달콤하지는 않았던 어린 시절이 서바다의 몸 안에 독처럼 쌓여 있었다. 서러움과 오기, 절대적인 배고 픔을 겪지 않으니 상대적인 행복 따위는 포기하라는 말을 여상히 들었던 날들이었다.

"짜파게티가 추억이 되는 인생. 나는 가질 수 없었지만 아기한테는 줄 수 있다고요."

최진혁의 첫인상은 '귀찮음'이었다. 편의점에서 일하다 보면 별별 사람을 다 만나게 된다. 컵라면을 골라 줬다고 자기한테 반한 거 아니냐고 쫓아다녔던 스토커, 계산할 때 웃었단 이유로 사귀자고 했던 오십 대 남자, 사귄 적이 없는데도 자신이 서바다와 사귄다는 소문을 퍼뜨렸던 사람까지. 그러나 최진혁을 보육원에서 만났을 때, 인상이 바뀌었다. 보육원에 봉사활동을 오는, 가족과의 추억을 이야기하는 남자. 이 남자라면, 아이도 받아들여 주지 않을까. 오직 그 가능성

카피캣 식당

만으로 최진혁을 진심으로 사랑해 보자 마음먹었다.

사랑. 그놈의 사랑은 결국 온통 거짓이었다. 거짓에 거짓으로 응답했을 뿐이니 지옥의 심판관도 사정을 봐주지 않을까. 한 가닥씩 먹었음에도 접시는 거의 바닥을 보이고 있었다.

"아니, 내가 이해가 되지 않는 건 다른 부분. 남자가 한 번도 손님의 사랑을 의심하지 않은 게 이상하다고."

"아아, 그거요?"

서바다는 마지막 면발을 포크에 돌돌 말았다. 보육원에서 만났을 때, 최진혁이 자신에게 했던 말이 떠올랐다. 바다 씨가 나한테 부족하다는 사실 때문에 모른 척하는 거면 그러지 말아요, 라던 그 말. 어이가 없었다. 서바다의 "왜 나를 좋아하세요?"라는 질문에 담긴 건 그런 쓸모없는 자책이 아니었다. 서른 살도 넘었으면서 열 살은 어린 여자한테 고백하는 이유가 뭐냐, 라는 의미였다. '서바다는 당연히 나보다 부족한 인간이다' 그것이 최진혁의 설정값임을 그때 알았다. 자신만만한 인간은, 자기가 저평가한 사람은 신경 쓰지 않는 법이다. 서바다에 대한 최진혁의 설정값. 그것이 이 계획을 가능하게 해 준 가장 큰 요소였다.

"저를 자기 엄마로 착각한 모양이죠."

서바다는 고요하게 웃으며 짜파게티를 입에 넣었다.

감자밥과 주먹밥

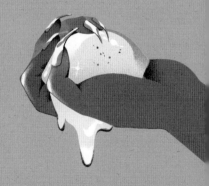

봄은 질색이다. 봄이 되어 사람들의 외출 빈도가 잦아지는 것이, 지하철이 붐비는 것이 싫다. 먹고살 걱정 없는 늙은이들이 등산을 간답시고 떼거지로 몰려나와 노약자석을 다 차지하고 앉은 것이 특히나 싫다. 매일 지하철로 두 정거장 떨어진 시청에 가 노인 사회 활동 지원사업 확인 도장을 찍고, 쓰레기를 줍고 화단을 파헤치다 보면 진이 쭉 빠진다. 지원사업에 지원했던 건 몇 푼이나 벌자고 한 일은 아니었다. 커피 내리는 것을 배워 카페에서 일할 수 있다는 홍보 문구에 혹했다. 카페에서 일하면 사람을 많이 만날 테니 그중 한 명쯤, 영혼의 레시피를 알아낼 수 있게 되지 않을까 싶었다.

'망할 놈들. 카페니 뭐니 번드르르하게 써 놓기만 하고. 자리가 없다고? 그럴 거면 써 놓지를 말던가. 그게 사기가 아니

카피캣 식당

고 뭐야.'

주비단은 불만을 되씹으며 지하철에 올라탔다. 발 한쪽이 지하철 안에 닿기도 전에 재빨리 빈자리를 살폈지만, 이미 만석이었다. 한숨을 삼키며 손잡이를 잡고 섰다.

"노인네가 왜 기어 나와서는."

주비단의 앞에 앉은 남자가 들으란 듯 중얼거렸다. 주비단 은 못 들은 척, 노약자석 쪽으로 고개를 돌렸다. 그곳에 앉아 있는, 등산복을 차려입은 노인들은 모두 주비단보다 젊어 보 였다. 허리가 굽지도 않았고, 얼굴에 검버섯도 없었다.

'하긴, 겉모습만 봐서 나이를 어떻게 알겠어.'

주비단의 현재 나이는 일흔두 살. 130여 년을 살면서 일흔 살을 넘긴 것은 처음이다. 세 번의 노년기를 겪으며 주비단 은 알게 되었다. 삶은 노인에게 더 공평하지 않다. 같은 일흔 살이라도 땡볕 아래에서 일하지 않고, 당장 저녁거리를 걱정 하지 않고, 아플 때마다 병원에 갈 여유가 있는 사람과 그렇 지 않은 사람에게 나이는 동일한 세월의 할큄을 남기지 않는 다. 주비단은 혀로 자신의 입 안을 훑었다. 어금니 두 개가 빠 진 움푹 팬 자리가 혀끝에 까끌하게 닿았다. 지하철 문이 열 렸고 한 무리의 사람들이 우르르 올라탔다. 등을 떠미는 사 람들의 압력에 주비단의 무릎이 휘청거렸다. 주비단의 몸이 앞으로 쏠리면서, 품에 안고 있던 비닐봉지에 가득 담긴 쇠비름 한 줄기가 앞으로 떨어졌다. 에이 씨. 앉아 있던 남자가 주비단을 올려다보았다.

"할머니, 조심 좀 해요. 옷에 흙 묻었잖아."

"미안하네, 젊은이."

주비단은 허리를 굽혀 남자의 무릎에 떨어진 쇠비름을 주우려 했다. 남자는 인상을 쓰며 주비단의 손을 쳐 내곤, 쇠비름을 주워 지하철 바닥에 버렸다.

"왜 반말이에요, 할머니. 언제 봤다고."

주비단은 지하철 바닥에 떨어진 쇠비름을 묵묵히 내려다보았다. 저녁에 반찬거리가 없어서, 쓰레기를 줍는 틈틈이 캔 것이다. 봄이 싫은 건, 초라한 삶을 연명해 갈 눈곱만큼의 희망을 주기 때문이다. 이대로 얼어 죽는 건 아닐까 싶은 겨울이 계속되면 차라리 얼어 죽어 버릴 텐데, 적당한 때에 햇빛을 비춘다. 차가 쌩쌩 달리는 도로 구석에도 쑥이며 쇠비름을 피워 낸다. 전쟁이 끝났던 그다음 해 봄도 그랬다. 좁은 토굴에 웅크리고 앉아 봄을 저주했다. 이따위 인생을 이어가게 할 거라면 차라리 오지 말라고. 한겨울의 추위로 나를 얼어 죽게 해 달라고. 그러나 언제나 봄은 왔다.

'……이번 해의 봄은 다를 것이야.'

주비단은 아랫입술을 꽉 깨물고 몸을 돌려 사람들 틈을 헤집으며 옆 칸으로 향했다. "그만 좀 해. 왜 그래, 할머니한테." "나물을 캐려면 집 근처에서 캐야지. 출퇴근 시간에 오고 가지 좀 말고. 젊은 애들 세금으로 지하철 공짜로 타면 그 정도 양심은 챙겨야 하는 거 아니야? 나이 들었다고 무조건 공경하라는 게 말이 돼?" 수군거림이 주비단의 발걸음에 따라붙었다.

어느 시대든, 노인은 살기가 힘들다.

'어차피 너는 나를 이기지 못해. 네가 나처럼 늙어 갈 때, 나는 다시 젊어질 테니까.'

이번 봄은 봄답게 보내리라. 젊고 싱싱한 몸으로 예쁜 치마를 입고 거리를 걸을 것이다. 나에게는 그것이 있다. 주비단의 입가가 느슨하게 풀렸다. 마법의 주걱.

'그것이 있는 한, 나는 신이야.'

옆 칸으로 건너가는 문을 열었다. 전철의 덜컹거림에 일순 몸이 붕 떠올랐다. 판잣집의 엉성한 나무 계단을 내려올 때면 느꼈던 그 부유감은, 주비단을 1960년으로 이끌었다.

∿

나의 제왕에게

지금쯤 누군가 저의 부재를 알렸겠지요. 영원히 꺼지지 않는 지옥의 화로를 책임지는 니스로크가 사라졌습니다, 라고요. 걱정 마십시오. 우코바흐에게 가마솥에 기름을 부을 때마다 화로도 살펴봐 달라고 신신당부하고 왔습니다. 샤모스는 저에게 잔소리를 하겠죠. 지상으로 올라갈 거면 정식으로 허가를 받고 가라고 말이죠. 하지만 제왕이여! 정식으로 허가를 받으면 인간의 영혼을 탐해야 하죠. 그러나 저의 이번 외출은 그들의 영혼이 아닌, 레시피를 탐하기 위함입니다. 영혼의 레시피, 인간들의 진실한 이야기가 담긴 레시피를 얻기 위해서는 거짓이 바탕이 되는 악마의 계약을 사용해서는 안 되죠. 그러니 무단 외출을 할 수밖에요. 제가 이렇게 가끔씩 규칙을 어기지 않았다면, 지금처럼 지옥의 식탁이 풍성해질 수 없었음을 인정하셔야 할 겁니다.

이번에 제가 갈 곳은 대한민국이란 나라입니다. 얼마 전 전쟁이 끝난 나라죠. 저는 이 나라 사람들의 음식에 대한 열망에 감탄했습니다. 비극이 온 땅을 적신 와중에도 그들은 단순히 배를 채우기 위해서만 음식을 먹지 않습니다.

냉면이란 음식이 있습니다. 메밀로 면을 만들어 차가운 육수에 담가 먹는 것이죠. 메밀은 서늘한 기후에서 자라는 냉대 작물인지라, 함경도에서 즐겨 먹었다고 합니다. 전쟁 중에 함경도 사람들이 부산으로 피난을 오죠. 부산에서는 따뜻한 기후 때문에 메밀이 잘 자라지 않습니다. 그러자 이들은, 구호품으로 받은 밀가루로 면을 만들어 냉면을 재현합니다. 메밀과는 다르게 밀가루로 면을 만들면 딱딱하게 굳으니 어떻게 할까 고민하다가 전분을 섞습니다. 전쟁이 끝나고 얼마 되지 않은지라 소나 닭도 귀하고 그나마 흔한 것이 돼지 뼈인데, 이게 비린내가 나지 않습니까. 그래서 거기에 약초를 넣어 냄새를 잡지요. 엄청난 노력이지 않습니까? 처음부터 전분을 어느 정도 비율로 섞어야 하는지, 약초는 또 얼마나 넣어야 하는지 그들이 알 리가 없죠. 수많은 시행착오를 거쳐 그 음식을 완성한 겁니다.

그들이 재현하고자 했던 것은 단순한 음식일까요? 그 음식을 만들어 먹으며 경험했던, 이제는 가지 못할 고향에 대한 추억일까요?

그런 사람들이 모여 사는 땅입니다. 레시피를 한가득 가지고 돌아올 수 있을 겁니다. 언제나 그렇듯 힘의 유지는 '더미'를 통해 할 테니 걱정하지 마시기를. 그다지 긴 외출이 되진 않을 겁니다. 열망은 혼란 속에서 더욱 강해지고, 안정되면 줄어드는 법이지요. 전쟁으로 인한 혼란이 가라앉을 때까지가, 제가 그 땅에 머물 시기입니다.

∾

1960년 청계천에도 봄은 왔다. 오물 섞인 흙탕물이 고무신 안으로 새어 들어왔다. 겨울에는 얼어 있어 그나마 나았던 것이, 봄이 되니 곳곳에 도랑이 생겼다. 새벽 5시, 사람들이 초점 없는 눈으로 금방이라도 무너질 듯한 판잣집 밖으로 새어 나왔다. 주비단도 사람들 틈에 섞여 걸었다. 오늘은 일자리를 얻을 수 있을까. 고무 공장이든 의류 공장이든 주비단처럼 나이 든 사람은 원하지 않았다.

'여기 사는 사람들 전부 나보다야 나은 삶 아닌가. 젊지 않은가. 그것이 최고지.'

판자촌에 산다고 해서 모두가 형편이 같지는 않다. 누구는 그래도 온 가족이 한집에 모여 저녁에 곡기 끓이는 연기라도 내보내고, 누구는 판잣집 한 칸조차 얻지 못해 철교 아래 토굴을 파고 산다. 주비단은 작년 여름에 간신히 토굴을 빠져나왔다. 그렇지 못했다면, 그 토굴에서 여름을 지냈다면 꼼짝없이 죽었을 것이다.

"너무 오래 살았어. 너무 오래……."

주비단은 습관처럼 중얼거리며 발끝을 질질 끌었다. 전쟁 전에도 숱하게 말했으나 그때는 자랑 섞인 푸념이었다. 막노동을 하던 아들이 투전판에서 제법 큰돈을 벌어, 시골에서 홀아비로 근근이 살던 주비단을 서울로 부른 것이 10년 전이었다. 오래 살다 보니 아들 덕을 다 보는구나 싶어 어깨가 으쓱해졌다. 어디에서 오셨소, 라고 묻는 사람들에게 너무 오

카피캣 식당

래 살아 아들에게 폐를 끼친다고 말하면 다들 장한 아들을 두었다고 칭찬했다. 자식 칭찬이 얼마나 마음을 간질간질하게 만드는 것인지, 그때 처음 알았다. 너무 오래 살았다고 말하면서도 더, 더 오래 살아야지 마음먹었다.

한참을 걷던 주비단은 창신동 싸전 앞에서 걸음을 멈췄다. 커다란 함지에 가득 담긴 쌀과 보리쌀, 가게 앞에 놓인 커다란 짐 자전거, 대문 안의 널찍한 마당과 함석지붕을 인 기역 자 모양의 안채, 그 안채에 세 들어 사는 사람들. 주비단이 원하는 부의 집합체가 그곳에 있었다. 주비단은 매일 싸전 앞을 지날 때면 유리창에 비친 자신의 얼굴을 물끄러미 들여다보았다. 반들반들 윤이 나는 격자 유리창에는 언제나 추레한 늙은이의 모습이 비쳤다. 무언가 기적이 일어나서 유리창에 기운찬 젊은이의 모습이 비치진 않을까 기대했지만 그런 일은 일어나지 않았다.

"어르신, 일 나가세요?"

싸전 주인 구붓이가 주비단을 보곤 허리를 굽혔다. 구붓이는 마흔 살쯤 된 남자로, 한쪽 손목이 뼈가 볼록 튀어나오고 구부러져 있어 '구붓이'라 불렸다. 구붓이는 종종 주비단에게 밥을 먹고 가라며 권하곤 했다.

"그렇지, 뭐. 종로까지 나가 보려고."

주비단은 구붓이가 자신을 '어르신'이라 부르는 것이 싫었다. 누구도 주비단을 그렇게 부르지 않았다. 주비단은 '주 영 감'이었다. 같이 나이 먹은 노인이라 해도 '어르신'과 '영감'은 엄연히 달랐다. '어르신'이라 불리려면 적어도 구두쯤은 신고, 아리랑 담배쯤은 피워야 했다. 구두는커녕 고무신도 앞 코가 다 뚫린 것을 신고 다니는 자신에게 그렇게 부르는 것은 오히려 모독이었다. 구붓이의 '어르신' 소리를 들을 때마다 주비단의 뱃속에서 무언가 검은 것이 꿈틀거렸다.

'젊은 놈이 싸전을 하는 걸 보면 꽤 있는 집 자식이었던 거지. 그러니 어르신이 입에 붙어 그리 부르는 것일 테고.'

주비단은 비틀린 속을 다독이며 걸었다. 오늘은 익선동까지 가 배달거리라도 있나 기웃거려 볼 참이었다. 굽이굽이 이어진 골목길 곳곳에 벚꽃 잎이 이정표처럼 떨어져 있다. 벚꽃 잎을 따라 걷다 보니 처음 서울에 왔을 때가 떠올랐다. 아들을 만나러 서울에 처음 왔던 그날도, 벚꽃 잎이 흩날리고 있었다.

전쟁이 터진 것은 아들과 함께 산 지 세 달이 지났을 때였다. 무엇이 무엇인지 모르게 도망쳤고, 피난길에 아들과 헤어졌다. 부산까지 내려갈 동안 계속 아들을 수소문했으나 소식을 알 수 없었다. 전쟁이 끝나고 고향으로 돌아갈까 하다 다시 서울로 온 것도, 아들 때문이었다. 집은 폐허가 되어 있었다. 집문서 등 재산에 관한 것은 모두 아들이 관리했기에

카피캣 식당

주비단은 무일푼, 무연고자가 되어 길거리를 떠돌았다. 고향에서 올라온 사람은 그곳도 엉망이 되었다고, 내려가 봤자 서울보다도 일자리가 없다는 충고를 했다. 그렇게 주비단은 나 홀로 서울 뜨내기가 되었다. 가끔 얻어걸리는 일거리와 주변의 호의에 기대 근근이 하루하루를 연명했다.

'구붓이 팔자가 아주 상팔자지. 땅도 자기 거려나? 먹여 살릴 입도 없는 것 같은데 그 돈 벌어서 다 어디에 쓰나. 젊고, 돈 많고. 손목은 전쟁 통에 그리된 것일 테지. 다리 한쪽 날아간 사람도 있으니 그 정도면 운이 좋은 거지. 나도 그런 운을 타고났으면.'

구붓이처럼 운을 타고났다면, 구붓이처럼 괜찮은 가게 하나 있다면, 구붓이처럼 젊었다면, 구붓이처럼……. 끊임없이 구붓이의 삶을 부러워하던 주비단은 혼잣말을 중얼거렸다.

"구붓이의 인생이, 내 것이 되면 얼마나 좋을까."

그 순간 바람이 불었다. 누군가 바람의 끝자락을 잡고 골목 끝에서 끝으로 달려간 듯 길을 관통하는 바람이었다. 땅에 흩어져 있던 벚꽃이 바람을 타고 허공으로 떠오른 모습이, 흡사 나무에서 벚꽃이 떨어지는 듯했다. 시간이 아주 잠깐, 거꾸로 돌아간 듯한 착각에 흩날리는 벚꽃 잎을 따라 바삐 시선을 옮겼다.

그 시선의 끝에, 묘한 건물이 걸렸다.

'……저기에 저런 건물이 있었나?'

한두 번 와 본 익선동이 아니다. 운이 좋아 지게꾼 일감이나마 얻을 때에는 골목골목을 누볐던지라 웬만한 건물은 어디에 있는지도 외우고 있었다. 그게 아니었더라도, 저렇게 눈에 띄는 건물이 기억나지 않을 리가 없었다. 제법 근사하다 여겼던 멕시코 다방이나 제비 다방도 초라하게 보일 만큼 멋진 건물이었다. 검은 대리석으로 전체가 이루어진 건물은 고만고만한 기와와 합판 지붕들 사이에서 보석함처럼 빛났다. 주비단은 반짝이는 것에 이끌리는 까마귀처럼 건물로 다가갔다.

"뭐 하는 곳이야. 간판도 없는 거 보면 가게는 아닌 것 같고……."

주비단은 밖에 서서 건물 안쪽을 기웃거렸다. 건물 한쪽이 통유리로 되어 있었으나, 불투명해 안쪽이 잘 보이지 않았다.

"식당이야. 첫 손님이군. 어서 와, 손님."

가게 안에서 나타난 사람을 보고 주비단의 눈이 휘둥그레졌다.

"구붓이? 자네가 왜 여기에……."

"그게 손님의 욕망의 대상인가 보군. 들어와. 가질 수 있게 해 주지."

평소의 구붓이와는 달랐다. 표정도, 말투도. 무엇보다 건물의 문을 여는 구붓이의 손목이 멀쩡한 것을 보곤, 주비단은 홀린 듯 남자의 뒤를 따라 가게 안으로 들어갔다.

"이게 다 무어야……."

가게 안을 가득 채운 색색의 빛과 신기한 모양의 책장. 매끈하고 기다란 탁자와 탁자 뒤에 즐비한, 한 번도 본 적 없는 신기한 조리 도구들. 주비단은 벽장을 가득 채운 식재료에서 눈을 뗄 수 없었다. 붉은 윤기가 자르르 도는 커다란 고깃덩어리를 보자 침이 꿀꺽 넘어갔다. 고기를 먹은 것이 언제인지 기억도 나지 않았다. 그마나 주먹밥 한 덩어리 먹은 것이 어제 점심때였다. 주비단은 앉으라는 남자의 말에 고민 없이 의자에 걸터앉았다. 잠깐이라도 이렇게 좋은 가게에 앉을 기회가 또 어디 있겠나 싶었다. 종로에서 유명하다는 요정에 가면 이럴까. 가게 안을 두리번거리는 주비단의 앞에 접시가 놓였다. 묵은지에 쇠고기가 둘둘 말린 것이 두 점, 소담스럽게 놓여 있었다.

"이거, 나 주는 건가?"

"웰컴 푸드야. 단, 내 이야기를 듣고 나서 먹는 게 좋을 거야."

"구붓이 자네, 말투가 영 이상하네."

"난 구붓이가 아냐. 내 이름은 로키. 지옥의 주방장이지."

"지옥? 악마라도 된다는 건가? 나도 악마라면 좀 만나 봤지. 애 밴 여자 배 가르는 놈, 살겠다고 다른 사람을 구덩이에 밀어 넣는 놈들이 악마지, 별게 악마인가."

주비단은 로키가 농담을 한다고 여겼다. 전쟁이 끝난 지 10년도 지나지 않았다. 지옥에서 살아 돌아온 사람도, 악마보다 더한 짓을 저질렀던 사람도 뒤섞여 살고 있다. 그러니 자기를 악마라 칭하는 괴짜 한두 명쯤 나타나도 이상하지 않다.

"악마를 만났다고 당당히 말하는 사람은 처음 봤군. 그럼 말이 잘 통하겠어. 손님은 타인의 인생을 훔치고 싶나? 영혼의 레시피를 가져오면, 교환해 줄 수 있어."

그때부터 이어지는 이야기를 주비단은 멍하니 흘려들었다. 악마니 트랜스퍼니, 전혀 알아들을 수가 없었다. 주비단은 그저 눈앞에 놓인 쇠고기를 먹고 싶을 뿐이었다.

"영혼의 음식 그런 게 뭐 어디 있어. 밥은 살기 위해 먹는 거야. 전쟁이 끝난 지 얼마 되지도 않았는데 추억이니 뭐니 사치스러운 소리를 하는군."

"이런. 불구덩이 속에서도 노래를 부르는 사람들이 넘쳐나는 땅에 살면서 무슨 소리야. 어쨌든 관심이 있다면 웰컴 푸드를 먹도록 해. 그걸 먹으면 계약 성립이야. 웰컴 푸드를 먹고 한 달 간, 손님은 새벽 6시 6분 6초가 되면, 언제든 이 식당을 드나들 수 있어. 한 달이 지나면 식당을 볼 수 없게 되고, 계약은 자동 소멸되지."

카피캣 식당

"이걸 먹으면? 먹지 않으면, 이 가게에 계속 올 수 있는 건 가?"

"먹지 않으면 딱 한 번 더 이 가게를 볼 수 있어. 재계약 찬스 같은 거지. 그 뒤로는 다시는 볼 수 없지."

"어느 쪽이든 이렇게 멋진 건물을 볼 수 없게 되다니 아쉽군. 계속 볼 방법은 없는 건가."

"이 가게 안에 있는 물건을 가지고 나가면 가능해. 하지만 추천하지 않아."

"도둑질이니까?"

"악마의 물건을 훔치는 건, 그만한 대가를 치르게 되어 있으니까."

더 이상 참을 수 없었다. 주비단은 접시에 놓인 쇠고기 말이를 집어 들고 입 안에 욱여넣었다. 육즙이 입 안을 가득 채우고, 순식간에 목 아래로 사라졌다. 아쉬움에 입맛을 다시며 로키의 눈치를 살폈지만, 더 이상 무언가 나올 것 같진 않았다. 주비단은 한참을 더 미적거리다가 자리에서 일어났다. 이 이상 놀고 있다가는 하루 일거리를 아예 공치게 된다. 주비단이 가게를 나와 뒤돌아보니, 가게는 언제 그곳에 있었냐는 듯 사라진 채였다.

'거참, 이상한 일이네.'

꿈을 꿨나 싶었다. 그러나 입 안에는 고기의 풍부한 맛이 여전히 남아 있었다. 주비단은 몇 번이고 뒤돌아보며 골목을 떠났다. 여러 가게를 기웃거리고 공사판도 찾아갔으나 일거리는 얻을 수 없었다. "할아버지, 그 몸으로 무슨 일을 하시겠다고 그래요." "지게 지었다가는 허리 부러지겠소." "교회 가서 점심이나 얻어 드세요." 결국 주비단은 저녁이 되도록 한 푼도 벌지 못한 채 왔던 길을 되돌아갔다.

"어르신, 지금 오세요? 밥 한 술 뜨고 가세요."

싸전 앞을 지나는데, 구붓이가 가게 밖으로 얼굴을 내밀고 주비단을 불렀다. 주비단은 구붓이의 얼굴을 빤히 바라보았다.

'역시 얼굴이 똑같은데. 하지만 말투나 표정이나, 로키라는 그 남자가 구붓이가 아닌 건 알겠군.'

그렇다면 그는 정말 악마였던 걸까. 주비단은 싸전 안으로 들어가며 아침의 만남을 곰곰이 되짚어 보았다. 인생을 훔친다던 남자의 말이 귓가에 되살아났다.

'옛날이야기에 비슷한 것이 있었지. 발톱 먹은 쥐가 선비 자리를 빼앗은 것. 여우 동생이 진짜 동생 행세를 하는 것도 있고……. 혹시 그들도 모두 악마였나? 진짜로 일어났던 일이, 옛날이야기가 되어서 전해졌던 거라면?'

그렇다면 정말로 타인의 인생을 훔칠 수 있는 걸까. 주비단은 싸전 툇마루에 걸터앉아 밥상을 들고 오는 구붓이를 바라보았다. 손목이 구부러졌어도, 딱히 불편해 보이지 않았

　　　　　　　　　　　　카피캣 식당

다. 키도 크고 튼튼해 보이는, 젊은 몸뚱이. 젊고 돈 많은 인생보다 좋은 게 있을까.

아아, 역시 구붓이가 되고 싶다.

"어르신, 드세요."

주비단의 앞에 밥상이 놓였다. 숭숭 썬 감자가 점점이 박힌 잡곡밥이 고봉으로 쌓인 밥그릇을 내려다보며, 주비단은 입술을 삐죽였다.

'저 많은 쌀가마. 혼자 먹을 때는 쌀밥을 먹겠지.'

구붓이는 비열한 놈이다. 주비단은 그렇게 생각하며 숟가락을 들었다. 일거리를 주지 않는 사람들은 차라리 낫다. 비열한 건 교회 목사나 구붓이처럼 사람 좋은 척, 자기보다 못사는 사람들에게 적당한 친절을 베푸는 자들이다. 괜히 하루를 더 살 수 있게 하는, 어중간한 봄의 희망 같은 것들. 그것이 진짜 비열함이 아닌가. 주비단은 밥을 한 숟가락 가득 떠올렸다.

"구붓이 자네, 영혼의 레시피인가 그런 말 들어 본 적 있나?"

"아뇨? 그게 뭡니까? 레시피? 꼬부랑말이네요. 미군들이 쓰는 말인가."

"영혼에 새겨진 음식, 뭐 그런 거라던데. 죽기 전에 딱 하나 먹으라고 하면 이거다! 하는 거. 그 음식을 생각하면 떠오르는 이야기가 있는 그런 거. 나도 이해를 못 하겠어. 그런데 그런 게 있다 하더라고."

"그런 거면 뭔지 알겠네요. 저도 있어요, 그런 음식."

부지런히 밥을 씹던 주비단의 턱이 멈췄다.

"……있어? 뭔데?"

"이거요. 감자밥."

구붓이는 자신이 먹고 있던 감자밥을 가리켜 보였다.

"고작 이게? 쌀밥도 아니고?"

"죽기 전에 딱 하나 먹으라고 하면 이게 생각날 것 같거든요. 전쟁 중 피난길에서요, 산에 숨어 있던 때가 있어요."

구붓이는 아련한 눈빛으로 이야기를 시작했다.

폭격을 피해서 동굴 안으로 도망친 그때, 구붓이는 이미 사흘을 굶은 상태였다. 가지고 있는 건 아무것도 없고. 무서워서 동굴 밖으로 나가지도 못했다. 그 상태로 밤이 되었는데 누군가 동굴 안으로 들어왔다. 혹시 적군이면 어쩌나, 겁을 잔뜩 집어먹고 상대를 살폈다. 들어온 건 여자 한 명과 어린애 두 명이었다. 그들도 구붓이가 있는 것을 보고 겁을 먹은 듯, 동굴 입구에 멈춰 서 한참이나 안을 살피다 슬그머니 안으로 들어왔다. 여자는 동굴 벽에 등을 대고 앉아 메고 있던 짐을 풀었다. 여자가 짐 꾸러미 안에서 꺼낸 건 감자밥을 꽉꽉 뭉쳐 만든 주먹밥이었다.

순간 구붓이의 눈에는 여자가 손에 든 주먹밥이 백 배쯤 확대되어 보였다. 제발 저걸 몸 안에 넣어 달라고, 누군가 배 안에서 마구 소리를 치는 것만 같았다. 여자는 주먹밥 한 덩어리를 반 나누어서 아이들에게 나누어 주고는 또 하나를 꺼냈다.

죽이고, 저걸 빼앗을까.

구붓이는 순간 고민했다. 저 여자가 먹으려는 저게 마지막이면 어쩌지. 여자 한 명쯤, 아무리 힘이 없어도 이길 수 있지 않을까. 여자를 노려보며 고민하고 있는데, 주먹밥을 받아 든 아이 중 한 명이 벌떡 일어났다. 아이는 구붓이 쪽으로 쪼르르 달려오더니, 손에 든 주먹밥을 구붓이에게 불쑥 내밀었다.

"너무 부끄럽더라고요. 어린아이도 음식을 나누어 먹는데, 어른인 내가 무슨 생각을 한 건가. 전쟁은 지옥이라고, 사람이 곧 악마이니 나도 악마가 되는 게 무엇이 나쁘냐고. 그런 핑계로 사람을 해치려 한 거잖아요. 사방이 지옥이어도, 악마가 안 될 수도 있는 건데."

주비단은 구붓이의 이야기를 듣는 동안 밥 한 공기를 다 비웠다.

"운이 좋았군. 피난 갔다가 돌아왔는데 싸전을 열 정도로 재산이 남아 있었다니. 나는 아들과 함께 모든 걸 잃었는데."

"아닙니다. 저는 함흥에서 피난을 내려와서 이곳에 자리를 잡은 겁니다."

구붓이의 대답에 주비단은 깜짝 놀랐다. 북에서 피난을 내려온 사람들이 서울에서, 그것도 싸전을 할 정도로 성공하기란 쉬운 일이 아니다. 국가의 감시는 엄중했고 사람들의 경계는 여전했으며 무엇보다 원체 기반이 없었다. 고향을 떠나온다는 건 그런 것이었다.

"대단하군. 대체 무슨 재주를 부린 건가?"

"재주는요. 어르신 말씀대로 운이 좋았죠. 이 싸전은 제 장인어른 겁니다. 아내와는 피난 중에 만났습니다. 몸이 약한 사람이었어요. 사람들에게 떠밀려 다친 것을 제가 도와준 것이 연이 되었죠."

"장인어른은 반대 안 하셨나? 결혼."

"장인어른은 전쟁 중에 크게 다쳐서 몸이 안 좋으셨어요. 누구든 좋으니 딸 옆에 있어 주면 된다고 하셨습니다. 부드러운 분이셨어요. 원래는 교편을 잡고 계셨던 분이라고 들었습니다. 이 싸전은 전쟁이 끝난 후에 장인어른과 알고 지내던 분이 도움을 주셔서 마련한 거라고 들었어요. 장사를 하던 분이 아니라 운영이 어려웠는데, 제가 와서 좋다고 하셨죠."

주비단은 끄윽, 낮은 트림을 했다. 급하게 먹은 밥이 체한 것인지 속이 답답했다. 구붓이를 마주칠 때면 배 안에서 꿈틀거리던 검은 무언가가 치솟아 오를 것만 같았다.

"그래, 역시 운이 좋군. 그런데 아내는? 난 자네가 홀몸인 줄 알았지."

구붓이는 그 질문에 고개를 떨어뜨렸다.

"……장인어른이 돌아가신 다음 해에 세상을 떠났습니다."

주비단은 툭툭, 구붓이의 어깨를 다독거려 주었다. 그러나 다정한 손길과는 달리, 주비단의 미간에는 옅은 주름이 잡혀 있었다. 그 주름은 싸전을 나와 집으로 돌아가는 동안 조금씩 더 짙어졌다.

'빨갱이 주제에. 혹시 저놈이 자기 장인과 아내를 죽인 것은 아닌가.'

그랬을 수도 있지 않을까, 하는 의구심은 집의 문을 열 즈음에는 확신으로 변했다. 뱃속에서 꿈틀거리던 검은 무언가는 분노가 되어 주비단을 집어삼켰다.

'그렇다면, 구붓이야말로 타인의 인생을 훔친 것이 아닌가.'

주비단은 좁은 방에 웅크리듯 누웠다. 오랜만에 부른 배를 꺼트리지 않기 위해서라도 일찍 자야 했다. 그러나 자려 할수록 구붓이가 괘씸하단 생각에 더욱 정신이 또렷해졌다.

'빨갱이가 다른 사람의 재산을 그럴싸하게 훔쳐 배를 불린 거야. 불공평하지, 암. 저런 건 불공평하고말고. 나는 이제껏 남의 걸 빼앗은 적은 없어. 그런데 늙었다는 이유 하나로 이렇게 지내고 있지 않나.'

그렇다면 비열한 구붓이 놈의 인생을 도둑질하는 건 이 사회의 공평을 위한 일이다. 주비단의 분노는 방향을 틀었다. 잠시나마 입 안을 채웠던 육즙 풍부한 쇠고기 말이 맛이 되살 아났다. 그 기묘한 식당에 한 번 더 가면, 그 맛을 뛰어넘는 쾌락을 손에 넣을 수 있을 터였다.

'하지만 악마와 계약이라니, 그건 싫군. 옛날이야기에서도 요괴나 도깨비와 계약하면 반드시 안 좋게 끝이 나지 않나.'

몸을 뒤척거리며 고민하다, 선잠이 들었다 깨기를 반복하는 사이 새벽이 되었다. 집을 나서 종로로 향하는 동안, 주비단은 묘안을 떠올렸다.

'로키가 직접 음식을 만들지 않으면, 악마와 거래하는 것은 아니지. 일단은 그 식당에서 내가 직접 음식을 만들어 먹어 보는 거야. 로키도 그랬지. 그 식당은 살아 있다고. 식당 자체에 힘이 있다고. 아무 일도 일어나지 않으면, 그때에 다시 식당에 가서 정식으로 거래를 하자 제안하면 되지.'

발걸음이 좀 더 가벼워졌다. 봄의 서늘한 새벽 공기에 발자국을 찍으며 카피캣 식당에 도착해 문밖에서 안쪽을 기웃거렸다. 가게 안은 어두웠고, 인기척은 없었다. 조심스럽게 문을 열고 식당 안으로 들어가 곧장 주방으로 향했다. 로키가 나타나기 전에 일을 해치워야 한다는 조바심에 손이 벌벌 떨렸다. 주비단은 주방을 뒤져 잡곡과 감자를 꺼내고, 냄비에 물을 담아 불에 올렸다. 감자 껍질을 깎거나 할 여유는 없었다. 무작정 한 냄비에 넣고 끓였다. 다리를 떨며 냄비가 끓는 것을 기다리다, 수증기가 피어오르기 바쁘게 불을 껐다. 숟가락을 찾을 새도 없이 들고 있던 주걱으로 밥을 퍼먹었다. 감자는 설익고 잡곡은 죽인지 밥인지 알 수 없게 질척했다. 맛 따윈 어찌되든 상관없었다. 입 안을 온통 데어 가면서 첫 한 입을 넘겼을 때, 가게 한가운데 놓인 책장 안쪽에서 환한 빛이 뿜어져 나왔다. 어둡던 가게 안이 한순간에 밝아졌다. 허둥지둥 가게 밖으로 뛰쳐나왔다. 나오고 나서야, 주걱을 들고 나왔음을 알았다.

'뭐야. 아무 일도 일어나지 않잖아.'

악마니 뭐니 거짓말이었던 걸까. 아니면 구붓이의 영혼의 레시피가 감자밥이 아니었던 걸까. 그것도 아니면, 역시 로키와 정식으로 거래를 하고 그가 만들어 주는 음식을 먹어야 하는 것일까. 주비단은 한 손에 주걱을 든 채 집으로 돌아갔다. 이성은 이대로 일을 구하러 가라고 지시했으나, 구붓이의 인생을 빼앗지 못했단 실망감은 의외로 컸다. 조금이라도 눈을 붙이고, 마음을 달랜 뒤 다시 나오자 싶었다. 주비단은 판잣집에 도착하자마자 기절하듯 잠들었다.

얼마가 지났을까.

주비단은 닭 우는 소리에 잠에서 깼다. 깨면서도 어리둥절했다. 닭이라니. 주비단이 거주하는 판잣집에서 닭을 기르는 사람은 없었다. 한 번의 강제 철거를 겪은 후 다시 지어 올린 판잣집은 한 사람이 발을 뻗기도 빠듯했다. 닭을 키울 만한 공간도 없거니와, 누군가 닭을 사 오면 다음 날 깃털만 남기고 사라질 터였다.

"어디서 닭이 이렇게 시끄럽게 울어, 울기를……."

주비단은 짜증을 내며 눈을 떴다. 눈을 뜨자마자 느낀 건 따뜻함이었다. 봄이어도 몰아치는 외풍에 등골에 시린 통증을 느끼며 일어났던 평소와는 다르게 온몸이 노곤하니 따듯했다. 다음으로 느낀 것은 쾌적함. 늘 퀴퀴한 냄새에 찌들어 있던 집 안 공기와는 다른, 상쾌한 새벽 공기가 몸 안으로 몰려들어 왔다. 깨끗한 솜이불과, 벽에 난 창문을 바라보곤 자신의 두 손을 쫙 펴 보았다. 주름 자글자글한 손이 아닌, 못박인 탄탄한 손바닥이 보였다. 안쪽에 부목을 댄 비틀린 손목을 본 순간, 주비단은 벌떡 몸을 일으켜 방문 밖으로 뛰어나갔다.

"구붓이 아저씨, 오늘 웬일로 늦잠이에요? 아저씨 어디 가요?"

누군가의 외침을 뒤로하고 주비단은 달렸다. 허리를 제대로 펼 수 없어 뛰고 싶어도 뛸 수 없던 몸이 아니었다. 관절의 마디마디가 제대로 작동하는 이 기분을 느꼈던 것이 언제였던가. 주비단은 한달음에 판자촌 집 앞에 섰다. 몇 시간 전,

자기 손으로 문을 열고 들어갔던 집이다. 그 집의 밖에 서 있자니 저승에서 돌아온 유령이라도 된 것 같았다.

'아니지. 유령은 내가 아니야. 유령이 되어야 할 것은……'

주비단은 문을 열고 안으로 들어갔다. 자신의 몸이 방 안에 있었다. 낮은 숨소리를 내며 뒤척이는 몸을, 주비단은 물끄러미 내려다보았다. 로키가 했던 말이 머릿속에서 3배속으로 재생되었다. 인생을 도둑맞은 상대가, 구붓이가 그 이상한 식당을 발견한다면. 주비단은 슬며시 몸을 굽혀 바닥에 놓인 수건을 집어 들었다.

'이 몸. 이 몸이 아예 죽어 버리면 그럴 걱정은 사라져.'

주비단은 몸 위에 올라타 수건으로 얼굴을 짓눌렀다. 손 아래에서 버둥거리는 몸부림이 선명하게 느껴졌다. 그래 봤자다. 묵중한 젊음을 이기기에 손 아래 몸은 약하다. 자신의 몸이기에, 누구보다 잘 안다. 손목이 구부러진 남자의 힘조차 버텨 낼 수 없는 늙고 지친 몸. 그 몸은 움찔 용수철처럼 한 번 강하게 튀어 오른 후 움직임을 멈췄다.

'됐다. 이젠 구붓이의 이 몸. 이 인생은 완전히 내 것이야!'

주비단은 웃었다. 키득거리는 웃음이 참으려 해도 입술 사이로 새어 나왔다. 죽어 널브러진 자신의 몸을 봐도 눈물 한 방울 나오지 않았다. 몸을 일으키던 주비단은, 방바닥에 뒹구는 주걱을 봤다. 그 이상한 식당에서 들고 나온 것이다. 주비단은 국자를 집어 들어 품 안에 넣고 집을 나왔다.

'진짜로 몸이 바뀔 줄이야. 그 악마 놈이 그랬지. 식당의 물건을 가지고 있으면 언제든 그 곳을 볼 수 있다고. 또 다른 사람의 인생을 훔치고 싶어질 수도 있으니, 가지고 있자.'

주비단은 그렇게, 처음으로 타인의 인생을 훔쳤다.

나의 제왕에게

지금쯤 제가 지옥의 도구를 분실했다는 소식이 지옥 전체에 퍼졌을 것을 압니다. 과연 그 인간은 도둑의 악마, 발라파르의 저주를 받은 듯한 인물이었습니다. 그러나 발라파르는 어리석은 이를 싫어하기에, 그와 계약을 맺을 것 같진 않습니다.

그 인간은 모릅니다. '더미'의 작동 원리를. 악마의 공간 밖으로 유출된 도구가, 그 힘을 유지하기 위해 무엇을 탐할지. 부디 그 인간이 도구를 두 번 쓰지는 않기를 바랄 뿐입니다. 저와 그 인간이 맺은 것은 어디까지나 영혼의 레시피를 얻기 위한 것일 뿐, 악마의 계약은 걸지 않았음을 다시금 상기시켜 드립니다. 때문에 도구 분실에 대한 시말서는 정당하다 여겨지나, 계약 부분에 대한 시말서는 참아 주십사 말씀드립니다.

카피캣 식당

저는 도구를 회수할 때까지 이 땅에 머물도록 하겠습니다. 레시피가 풍성해지겠군요. 혹시나 제가 저의 허락되지 않은 외출을 연장하기 위해 꾀를 썼다 생각지는 말아 주십시오. 저는 법도를 아는 악마니까요.

～

주비단은 역에서 내려 주택가로 이어지는 골목 안으로 들어갔다. 경사진 골목 양옆으로 줄지어 선 회색과 갈색의 단독주택 중 한 곳의 철문을 열면서도 주비단은 오래전 기억을 더듬고 있었다.

'그때 그 싸전 자리를 잘 가지고 있었다면, 지금쯤 얼마나 나갈까.'

구붓이의 몸으로는 예순 살까지 살았다. 기대와 달리 평탄한 삶은 아니었다. 투전판이 문제였다. 심심풀이로 한번 가볼까 하던 것이, 첫 판에서 목돈을 따고 눈이 돌았다. 하루가 멀다 하고 투전판을 드나드는 동안 싸전 일은 뒷전이 되었다. 구붓이가 모아 두었던 돈은 금세 사라졌고, 나중엔 싸전을 저당 잡혔다. 싸전을 잃기까진 채 3년도 걸리지 않았다. 그래도 몸이 건강할 때에는 괜찮았다. 칠십 대 노인일 때는 쓸모없다 손을 내젓던 이들도, 젊은 일꾼은 환영했다. 종로

가 재개발이 이루어지던 때라 일자리도 많았다. 공사판에서 하루 벌어 투전판을 갔다. 그러나 나이가 들자 또다시 일거리는 줄어들었다. 오십 대 중반을 넘기고부터는 그토록 가기 싫어하던 교회의 공짜 배식에 의지하게 되었다.

주비단은 그 교회에서 두 번째로 타인의 인생을 훔쳤다.

교회 급식소에 봉사활동을 나오던 여자였다. 중소기업에 다니는 남편과 초등학생 아들 한 명이 있는, 사람들과 어울려 수다 떨기를 좋아하던 여자였다.

'참 병신 같은 여자였지. 거기 밥 먹으러 오는 인생들이야 뻔한 나락 인생인데, 뭘 믿고 있는 얘기 없는 얘기 미주알고주알 떠들어. 덕분에 영혼의 음식이 뭔지 알 수 있었지만.'

두 번째로 트랜스퍼를 했을 때에는 좀 더 요령이 생겼다. 식당에 몰래 숨어들어 가서 가지고 간 주걱으로 음식을 만들어 먹고, 집에 돌아와서 연탄난로의 접합구를 느슨하게 해 놓고 모아 둔 수면제 수십 알을 한꺼번에 입 안에 털어 넣었다. 트랜스퍼가 끝난 뒤에 구붓이의 몸을 죽이러 갔던 수고를 덜기 위해서였다. 혹시나 트랜스퍼가 실패해 그대로 죽어도 별 상관 없었다. 구붓이의 몸으로 사는 것엔 더 이상 미련이 남지 않은 터였다. 아득한 의식의 끝에서, 이번 생은 당첨이기를 빌었다.

그것이 지금의 몸이다.

10여 년은 무난하게 살았다. 그러나 IMF가 터지고 남편이 실직을 하면서 집이 어려워졌다. 경제력이 없는 남편과 같이 살 이유가 없었다. 몸은 여자여도, 영혼은 주비단이다. 남자와 살을 부대끼고 사는 것이 달갑지 않았고 아이에게 애정도 생기지 않았다. 어디까지나 여자가 낳은 아이일 뿐, 주비단과는 생판 상관없는 남일 뿐이었다. 이혼을 했다. 이혼을 하고, 바로 다른 상대를 물색해 트랜스퍼를 할 작정이었다.

그러나 화장실 벽에 장기 매매 스티커가 붙고, 하루가 멀다 하고 회사가 부도가 나던 시기였다. 사람과 사람 사이에 이전보다 두꺼운 벽이 생겨났다. 사기를 당하지 않기 위해, 초라한 자신의 모습을 감추기 위해. 미디어에서는 온갖 미담을 긁어모아 내보냈지만 영하로 내려간 사회의 온도는 좀처럼 원래의 자리를 찾지 못했다. 주비단에게 영혼의 음식에 대해 털어놓는 사람도 없었다.

'이혼할 때 받은 재산. 그 몇 푼 되지도 않는 거라도 잘 가지고 있었어야 해.'

주비단은 자전거가 놓인 좁은 마당의 옆쪽, 길고 가느다란 통로로 걸어 들어갔다. 보증금 삼백에 월 삼십만 원짜리 반지하방은 판자촌의 방을 닮았다. 크기도, 냄새도, 절망까지도. 반지하방으로 내려가는 계단 세 칸 아래에 봄은 찾아오지 않는다.

"할머니, 잠깐만요. 월세 대체 언제 주실 거예요?"

주비단의 등 뒤에서 날선 목소리가 날아왔다. 주비단은 최대한 천천히 뒤돌아봤다. 주인집 여자가 한 손에 커다란 수박을 들고 서서 주비단을 노려봤다.

"벌써 석 달 치가 밀렸어요. 저희도 빠듯한 형편이라 더 봐드릴 수 없어요. 둘째 아이 학원비도 내야 한다고요."

"늦어도 이번 달 말까지는 해결이 될 거요. 조금만 기다려 줘."

"저번 달에도 그렇게 말했잖아요!"

주인집 여자가 버럭 소리를 지름과 동시에 문밖에서 양손에 슈퍼마켓 봉지를 든 여자가 들어왔다. 주인집 딸, 윤미소다. 주인집의 큰딸. 4년제 대학을 나온 취업 준비생. 편의점에서 아르바이트를 하고 있고 저번 주말에 스토킹 살해범의 형량이 낮게 나온 것을 항의하는 시위에 참가했다. 주비단이 그걸 아는 건, 반지하 화장실 환풍구를 통해 소리가 내려오기 때문이다. 화장실 환풍구는 윗집의 모든 것을 끌고 내려왔다. 담배 냄새와 생선 비린내, 노랫소리와 누군가의 전화 통화 소리까지. 윤미소는 화장실에 앉아 통화를 하는 버릇이 있었고, 주비단은 윤미소가 전화 너머 상대에게 털어놓는 기쁨과 슬픔을 모두 흡수했다.

"엄마. 왜 소리를 질러, 할머니한테. 동방예의지국에서 그러면 안 되지."

웃차. 윤미소가 손에 든 비닐봉지를 과장된 기합 소리를 내며 고쳐 들었다.

"넌 왜 끼어들어?"

"빨리 올라가자. 수박 무겁잖아. 할머니, 월세는 이번 달 말까지 주세요."

"누구 마음대로? 할머니, 그리고 왜 자꾸 대문으로 다녀요? 반지하랑 이어진 쪽문 놔두고. 내가 몇 번을 말했죠. 쪽문으로 다니라고."

"엄마! 그만 좀 해!"

"넌 취직도 못 하면서 쓸모없는 시위다 뭐다 쫓아다니기나 하니까 돈 무서운 줄을 모르지? 어휴, 속 터져. 너 한 번만 더 시위 같은 거 나가기만 해 봐!"

"스토킹에 살인까지 한 범죄자 확실히 처벌해 달라고 시위하는 게 뭐가 나빠."

"거기 나가면 밥이 생겨, 돈이 생겨? 시간 낭비라고!"

주인집 여자와 윤미소는 티격태격, 말싸움을 하며 집 안으로 사라졌다. 주비단은 계단 아래로 내려갔다. 방문을 열자 퀴퀴한 곰팡이 냄새가 확 몰려나왔다. 들고 있던 비닐봉지를 현관 앞에 놓고, 방 한가운데 철퍼덕 주저앉았다. 입을 멍하니 벌리고 앉아 있다가, 이불 아래로 손을 넣었다. 수북한 약봉지가 손에 잡혀 줄줄이 사탕처럼 뽑혀 나왔다.

이 다음은 남자의 인생을 훔치고 싶었다. 가능하면 주먹을 좀 쓰는, 이십 대 건장한 남자. 그것보다 더 좋은 건 이미 자기 구역을 가지고 있는 폭력단의 두목이 되는 것이다. 행동 대장은 싫다. 그건 너무 위험하니까.

주비단은 이혼 후, 룸살롱을 열었다. 이전에 투전판에 다닐 때에 술집 마담이 얼마나 돈을 잘 버는지 익히 본 터였다. 도박꾼이든 술꾼이든 최종 종착지는 룸살롱이었다. 고생은 술꾼을 상대하는 어린 여자애들이 하고 돈은 마담이 버는 걸 보면서 마담이 참 영리하구나 부러워했다. 그러니 룸살롱만 열면 돈을 갈퀴로 긁어모을 줄 알았다. 밤의 유흥에 돈과 주먹이 얼마나 긴밀하고도 복잡하게 얽혀 있는지, 그 안을 파고드는 것이 얼마나 힘든 일인지 몰랐던 순진한 결정이었다. 온갖 폭력단에서 돈을 뜯으러 왔고, 그들은 돈을 주지 않으면 가게에서 깽판을 쳤다. 아가씨들을 구하는 것부터 그들을 관리하는 것까지 모든 것이 이미 판이 짜인 카르텔이었다. 룸살롱은 몇 년을 버티지 못하고 망했다. 그 카르텔 안으로 뛰어들기에 주비단은 이른바 깡이 없었다.

'거들먹거리면서 여자들 돈이나 빼먹는 인생이라니. 얼마나 편해.'

그러나 그들의 영혼의 레시피를 알아낼 재간이 없다. 인생을 훔쳤을 때, 이 몸은 이미 서른 살이었다. 이혼을 했을 때는 마흔. 룸살롱에서 아가씨로 일하려 해도 받아 주지 않았다. 삼류 성매매 업소를 몇 년간 전전했고, 그곳에 찾아오는 폭력단 조직원에게 영혼의 레시피겠구나 싶은 이야기를 듣기도 했다. 그러나 그런 곳에 찾아오는 조직원의 인생이란 빤하게 한심한지라, 훔치고 싶은 마음이 들지 않았다.

'더는 못 견디지. 못 견디고말고. 마음에 차는 몸은 아니지만 어쩔 수 없지.'

주비단이 약봉지를 꽉 움켜쥐었을 때, 슬리퍼 끄는 소리와 물소리가 연이어 들리더니 말소리가 천장 아래로 툭 떨어졌다.

"……밥을 주냐, 돈을 주냐 그러는 거 있지."

윤미소다. 주비단은 숨을 죽였다. 더 이상은 이 몸으로 사는 걸 견딜 수 없다. 누군가의 영혼의 레시피를 알아내기만 하면, 남자든 여자든 일단 트랜스퍼를 하고 말리라. 그렇게 결심한 지 이미 1년이 지났다. 그리고 지난 주말, 주비단은 천장 아래로 흘러내리는 윤미소의 말소리를 흘려듣다가 퍼뜩 깨달았다. 그토록 찾아 헤매던 영혼의 레시피가 천장에서 줄줄 새고 있었다.

"그래서 내가 밥 준다고 했어. 시위 나갔을 때 받았던 주먹밥 있잖아. 저번에도 말했지. 나 진짜 그 맛을 잊지 못할 것 같아. 엄청 떨려서 밥도 못 먹었거든. 시위 처음이었잖아,

감자밥과 주먹밥

나. 그런데 앞에서 뒤로 전달되는 주먹밥을 받아 드니까 갑자기 차분해지는 거야. 이걸 나누어 먹는 사람들 전부 같은 마음으로 한곳에 있다고 생각하니까 힘이 나더라. 그런 게 음식의 힘인가 봐. 뭘 먹을 때 한 번도 그런 감정 느낀 적 없었는데. 엄마가 뭐라고 했냐고? 뭐라고 하긴. 그딴 거 얻어먹으려고 광화문까지 기어 나갔냐! 이러고 등짝 얻어맞았지."

주비단은 약봉지를 다시 이불 아래로 밀어 넣고, 서랍장을 열었다. 비단 보자기 안에 주걱이 다소곳이 놓여 있었다. 주비단은 아기를 쓰다듬듯 주걱을 사랑스럽게 매만졌다.

'오늘이야. 오늘 새벽이면 드디어 이 늙어빠진 몸에서 벗어날 수 있어. 직장 없고 조건 좀 안 좋아도, 젊지 않은가. 스물다섯 살이면 그야말로 꽃피울 나이지.'

젊은 것이 최고다. 어느 시대고 어느 나라고 그렇다. 늙으면 몸은 점점 힘들어지는데, 일할 곳은 오히려 힘을 써야 할 곳밖에 없다. 시청 지원센터에서는 커피 내리는 것을 배워도 노인을 고용하려는 카페가 많지 않아 어쩔 수 없다고 했다. 서른다섯 살만 넘어도 카페에서는 채용하지 않으려 한다고. 단순 노동 이외에는 제공할 일자리가 없다고.

주비단은 주걱을 다시 보자기에 싸 넣고, 소주 반병을 마신 뒤 이불 안으로 파고들어 갔다. 새벽이 되기까지 한숨 자둬야지 싶었다. 옅은 잠에 빠져들었을 때 누군가 문 두드리

카피캣 식당

는 소리를 들었지만 무시했다. 이런 반지하방에 찾아오는 사람이라곤 밀린 전기세를 내라고 독촉하러 온 징수원뿐이다.

주비단이 잠에서 깬 건 새벽 4시 즈음이었다. 주섬주섬 이불 안에서 몸을 일으켰다. 돌아오면 바로 약을 삼킬 수 있게 물통을 꺼내 놓고, 방 한가운데 놓인 난로 옆에 연탄을 두었다. 미리 써 둔 유서는 서랍장 위에 뒀다. '내가 아끼는 주걱을 머리맡에 두었는데, 주인집 딸이 내게 잘해 주었으니 유품으로 줬으면 한다'라고 쓴 유서다. 자기 자신의 죽음을 위해 준비를 하는 것도 두 번째가 되니 덤덤했다. 모든 준비를 마치고 문을 열었다.

"뭐야. 이게……."

문밖에 아이스박스가 놓여 있었다. 몸을 숙여 상자를 열었다. 반으로 잘린 수박이 새빨간 속살을 드러내고 있었다. 랩으로 꽁꽁 싸맨 수박 위에는 메모지가 붙어 있었다. 주비단은 축축하게 젖은 메모지를 떼어 냈다.

엄마 말에 너무 속상해하지 마세요. 더우니까 수박 드시고 힘내세요!

동그란 글씨체로 쓴 글씨는 물에 젖어 번진 채였다. 쪽지를 다시 상자 안에 넣었다. 수박은 시원해 보였다. 당장 베어물고 싶은 기분이 드는 새빨간 색. 그러나 주비단은 상자를 닫고 계단을 올랐다.

'바보 같은 것. 쓸데없이 오지랖이 넓으니 취직도 못 하는 거야. 내가 이제부터 뭐 하러 가는지도 모르면서 수박을 왜 줘, 수박을.'

종로로 향하는 버스 안에서 주비단은 입술을 비죽거렸다. 버스에서 내린 후에도, 카피캣 식당 앞에 섰을 때까지도 새빨간 수박이 자꾸만 떠올랐다.

'스토킹, 그것도 그래. 그딴 게 지랑 무슨 상관이라고. 그게 다 배가 불러서 그렇지. 그 젊은 몸뚱이, 제대로 쓰지도 못하고 매일 밍숭밍숭 맨얼굴로 다니지를 않나. 내 것이 되면 아주 제대로 써 주지. 화장도 아주 곱게 하고…….'

주비단은 카피캣 식당의 문을 열었다. 어둑한 부엌 한쪽에 서서 쌀을 찾고, 냄비에 불을 올렸다. 뜸이 들려면 30분은 걸릴 터였지만, 냄비가 끓어오르자마자 불을 껐다. 설익은 밥을 억지로 뭉쳐 주먹밥을 만들어 입에 넣었다. 입을 우물거리며 식당을 나와 다시 버스를 타고, 집으로 돌아왔다. 방 한가운데 자리 잡고 앉아, 의식을 치르듯 알약을 봉지에서 하나씩 꺼내 손바닥 위에 쌓았다. 물병에 남은 소주 반병을 섞고 알약을 입에 털어 넣었다. 술과 약을 함께 먹으면 효과가 더 좋다고, 고통 없이 저세상에 갈 수 있다고 지원사업에서 만난 노인이 가르쳐 준 터였다. 그도 늘 죽음을 준비한다고 했다.

죽음을 준비함으로써, 살아야 할 이유를 찾는다고. 주비단은 그를 비웃었다. 다시 젊어질 수 없는, 이미 시들어 버린 삶을 멋진 문구로 포장한다 해서 무엇이 달라지나 싶었다.

'자, 고통은 잠시야. 견디고 깨어나면, 새로운 인생이다.'

주비단은 이불 위에 드러누웠다. 이제 곧 수마와 고통이 동시에 덮쳐 올 것이다. 고통은 수마를 이기지 못한다. 이전 삶에서 그것을 알았다. 몸부림치다 까무러치면 그걸로 성공이다.

그러나 무언가 달랐다.

몸부림치다가 한 번 의식을 잃었다. 그리고는 다시 깨어났다. 바뀐 것은 없었다. 여전히 몸은 고통스러웠고, 연탄가스로 가득한 방 안에 누운 채였다. 미친 듯이 심장이 뛰며 사지가 비틀렸다. 어째서. 이쯤 되면 윤미소의 몸으로 옮겨 가야 하는데. 실패인가. 그것이 윤미소의 영혼의 레시피가 아니었던 건가. 주비단의 머릿속에는 지나간 삶의 주마등이 아닌, 후회가 몰려왔다. 이 몸으로 사느니 더 살 필요 없다니. 왜 그런 생각을 했을까.

살고 싶다.

너무나도 살고 싶다.

주비단은 간신히 눈을 뜨고, 문 쪽을 향해 몸을 틀었다. 문까지 기어가기만 하면 어떻게든 살 수 있을 것만 같았다. 그러나 몸의 방향을 바꾼 것이 고작이고, 손가락 하나에도 힘이 들어가지 않았다. 뿌옇게 변하는 시야로, 주비단은 머리맡에 놓아 둔 주걱이 점점 커지는 것을 봤다. 천장에 닿을 정도로 커진 주걱 한가운데 뾰족한 이가 가득한 입이 생겨났다. 주걱은 입을 쩍 벌리고 길고 붉은 혀를 뻗어 주비단의 몸을 휘어 감았다.

'이것은 죽기 전에 보는 환영인 것인가. 아니면…….'

더 이상 무엇도 생각할 수 없었다. 주비단이 마지막으로 떠올린 것은 수박이었다. 붉고 매혹적이던, 빨갛지만 시원해 보이던 수박.

베어 물면 아삭, 소리가 났을 것이다.

∞

주걱이 허공에서 툭 떨어졌다.

"돌아왔군. 보자. 그다지 영양가 없는 영혼이로군. 하긴, 그럴싸한 영혼을 가진 인간이 남의 인생을 훔치려 할 확률은 낮지. 꼭 이런 인간들이 간만 크단 말이야. 악마의 물건을 덥석 가져가고. 인간 주제에 계약도 하지 않고 악마의 권능을 사용하니 영혼이 마구 깎이지. 단 두 번 만에 소멸된 것 보면 원체 더미가 적었던 모양이지. 하긴, 긴 세월을 산다고 더미

카피캣 식당

가 풍부해지는 것은 아니니."

로키는 의자에서 내려와 주걱을 집어 들었다. 탁자에는 쓰다 만 편지가 놓여 있었다. 로키는 펜촉 끝으로 톡톡 탁자를 쳤다.

"어떻게 할까. 주걱을 찾았으니 이젠 이 땅에 더 머무를 명분이 없긴 한데. 슬슬 다른 곳으로 떠날까. 아니면……."

전쟁이 끝나면 혼란도 열망도 모두 사라질 줄 알았다. 그러나 이 땅은 전쟁이 끝난 후에도 여전히 혼란스럽고, 사람들의 열망은 점점 더 들끓었다. 그러한 환경에서 수집된 영혼의 레시피는 극상의 이야기 맛을 제공했다.

나의 제왕에게

펜이 편지지 위에 글씨를 아로새겼다. 마지막 문장에 마침표가 찍히고 어두웠던 식당 안이 환해지며 오로라 빛으로 가득 찼다.

새벽 6시 6분 6초. 카피캣 식당의 문이 열릴 시간이다.

작가의 말

다른 사람의 인생을 훔칠 수 있다면, 훔칠 건가요?

누군가 이런 질문을 던진다면 어떤 대답을 하실 건가요? 저는 이 소설을 쓰기 전에 제 주변 몇몇 사람에게 이 질문을 해 보았습니다. 대부분이 훔쳐야지, 라고 대답했습니다. 훔치고 싶은 인생의 예시로 나온 사람들은 대부분 부와 명예, 혹은 아름다움을 지닌 이들이었습니다. 특이한 대답으로는 레이디 가가의 강아지가 되고 싶다는 게 있었는데, 레이디 가가의 강아지가 납치되었던 사건을 알려 주니 다시 생각해 보겠다고 하더군요.

그가 강아지의 인생을 훔치고 싶었던 건 아마도, 레이디 가가의 강아지쯤 되면 아무런 고생 없이 호의호식할 거라 여

카피캣 식당

졌기 때문일 겁니다. 강아지에게도 강아지 나름의 고초가 있을 수 있다는 걸, 그는 상상해 본 적이 없는 거겠죠.

인생을 훔친다고 표현하면 판타지처럼 들리지만, 타인의 삶을 도용하는 케이스는 의외로 많이 존재합니다. 많이 알려진 것으로는 미야베 미유키의 소설 『화차』처럼 신분 세탁을 위해 도용하는 경우가 있습니다. 우리나라에서도 자살 사이트에서 만난 피해자를 살해 후, 피해자의 신분을 도용한 사건이 있었지요. 이 사건은 가해자가 자신을 사망처리 해 자신의 보험금을 수령하려 했다는 점에서 사전에 계획된 범죄였습니다. 일상에서 가장 흔히 볼 수 있는 도용이라면 SNS에서 연예인을 사칭한 계정이 있습니다. 팔로어(follower)를 늘린 후 계정을 판매하거나, 팬을 상대로 사기를 치는 등의 목적을 가지고 만들어집니다. 때로는 정말 그 연예인인 척하는 행위 자체에 만족을 느끼는 경우도 있습니다. 이 경우 프로필에 작은 글씨로 'NOT Real'이라는 문구를 표시해, 책임을 회피하는 모습을 보이기도 합니다.

어릴 적 누구나 한 번은 다른 사람을 따라 해 봤을 겁니다. 친구가 산 필통을 따라 사고, 친구의 말투를 따라 해 보기도 하지요. 관심 없던 연예인인데 친구가 좋아한다고 해서 따라서 좋아하기도 합니다. 누군가를 동경하는 마음은 점점 커져서, 그 사람의 소지품이나 취향까지 모든 것을 따라 하고 싶어집니다. 동경하는 마음 그 자체가 나쁜 것은 아닙니다. 동경은 때로 누군가의 꿈을 결정하기도 하고, 삶의 의지가 되기도 하며, 꿈으로 변하기도 합니다. 연예인을 동경하는 누군가는 그 동경을 꿈으로 바꾸어 무대에 서고, 누군가는 그를 사칭하는 팬 계정을 만들어 운영합니다. 그 차이는 무엇일까요.

이 소설은 봄에 시작되어 봄에 끝나는 구조입니다. 불행해도 봄은 죄가 없다 말하는 인물과 불행을 봄의 탓으로 돌리는 인물은 같은 선택을 하지는 않을 거란 생각에 그렇게 짜 보았습니다.

소설을 쓸 때 종종 빌리 아일리시(Billie Eilish)의 〈카피캣(COPYCAT)〉을 들었습니다. 모방을 당하는 쪽의 심정이 잘 드러난 노래입니다. 책을 읽을 때 배경음악으로 추천합니다. 또한 소설 속 악마인 로키, 니스로크 및 기타 악마들은 쿠사노 타쿠미의 『도해 악마학』에 나온 구절을 차용, 설정을 붙인 것으로 종교적인 차원의 악마가 아님을 밝힙니다.

이 책을 함께 만들어 주신 모든 분들에게 감사의 인사를 드립니다. 무엇보다 여기까지 읽어 주셔서 감사합니다. 다음에 또다시 만나기를 바라 봅니다.

카피캣 식당